春江潮水連海平

——別選唐詩三百首

賞析版

人人出版

體例說明：

①**編排順序**——盡可能依詩人活動年表順序選編，並依「原詩」、「注釋」、「大意」、「簡析」順序呈現。

②**注解說明**——在原詩上的難字或破音字的讀音，標示同音字。

③**年代**——因年號更迭，會標注西元紀年以利識別。

④**地點**——詩人出生、活動或詩中所示地點，加注今天的行政地點參照，但不詳列縣市細節。

⑤**大意**——盡量能將字義傳遞出，但不限於一字一句的對應。

⑥**簡析的寫作**——精簡地補充詩人及成詩的背景、詩作的秀異之處或選錄的理由，以深入詩作情意之外的脈絡。

聯合推薦（姓氏筆畫排序如下）

詩，總能讓被遮蔽的萬物，在剎那生滅的片刻，流動而開顯。讀詩，總能讓萬物最細微的姿度，被凝視而豐盈。羅宗濤教授纂輯的《別選唐詩三百首》，涵括耳熟能詳的大家名作，以及諸篇或饒富趣味，或孤絕蒼涼的小品，讀來別有對人世的深情，而展現選錄的洞見。在生命的寬處或窄處，在紛繁的行路上，在爭分奪秒的工作裡，我們都需要一首詩，在那首詩中，照見絕美的一瞬，身心安住，應作如是觀。

——何儒育　臺北復興高中國文老師

唐詩是我們文化及語言的寶藏，不僅拓廣了興發感動的抒情疆界，也豐沛了書寫創作的文學語庫。羅宗濤教授新編《春江潮水連海平：別選唐詩三百首》一書，選出原本《唐詩三百首》未加收錄的多篇遺珠，不僅展現編者對於唐代文化精神與詩歌藝術的整體造詣，同時更能符應現代讀者的時代品味與審美傾向。期待這部別開生面的選集，能夠流傳蟬鳴

「居高聲自遠」的清音，遞送早梅「先發映春臺」的生機，帶給更多朋友們詩意的感動。

——吳昌政 臺北建國中學國文老師

唐詩之美流傳的是文字、節奏，更是生命。在唐詩的涵泳中，不只是文學之美，更是詩句中帶來的人生美學。歷年唐詩以承繼《全唐詩》系統的《唐詩三百首》為代表，但列為三百，則難免有三百之外的遺珠之憾。羅宗濤教授選錄其他詩作，帶領我們更窺唐詩中少人尋幽的靜僻之美。「春江潮水連海平，海上明月共潮生」，此書將詩的境界如同「春江」開闊成「海潮」，品味咀嚼書中文字，宗濤老師的美學賞析，恰如「月明」倒映心中宛轉流芳。

——吳韻宇 桃園慈文國中退休國文老師

羅老師選詩，不拘格律，無論詩名，詩篇平易，詩情今人能感，尤其間雜著情味盎然的佳句補遺、詩話索隱，與無有重覆的《唐詩三百首》對讀，頗有意趣。近年高中國文教學忙著閱讀理解、議題融入，這才想起，當今國文課堂，好難得只是單純安靜地讀一首詩。

全唐詩數萬首，這部由自家老師的老師精選過，讀來自是不同！選詩三百，溫柔詩教，是師者未言而言的深情密碼。答應羅老師，會將您精挑細選的心血，傳給您的學生的學生的學生，教詩心情憶代代相承。

——李佩蓉 臺北景美女中國文老師

熟讀《唐詩三百首》，在日常文化涵詠中，蘅塘退士的選集，從清朝至今，已有兩百五十年的影響，從士子到童蒙，都能吟哦上口。但仍有許多佳句佳篇，未出現在前人選集中，難免有遺珠之憾。若以現代觀點角度來看，《全唐詩》近五萬首的瀚海中，仍有不同美學的考量，透過一代詩儒羅宗濤教授的眼光，融合他自身詩書畫的絕學涵養，為啟蒙之書再提煉編纂不同的版本，實有助於詩教傳統之延續。而唐詩特有的聲律、意象，自然活潑地呈現在詩行中，大至張若虛春江花月夜的宇宙詩篇，再到李白杜甫古詩樂府的人間對話，甚至詩僧道士宮女小兒的生活情感記事，此書都能從大處放眼，亦能從小處著筆，整個唐詩風華再一次收覽眼底，讓詩樂傳唱的時代，再一次投映在我們的心底。

——陳美桂 北一女退休國文老師

每次演講介紹杜甫的生平，我都會從〈奉贈韋左丞丈二十二韻〉說起，提到他的「詩史」地位，則一定會談到〈三吏〉、〈三別〉。如果要介紹劉禹錫，則我以為他兩遊玄都觀的詩，最能體現「詩豪」的豪氣。但是啊，可惜這些重要的詩都未收錄於《唐詩三百首》。因此拜讀本書，實在非常驚喜；本書不僅選詩極嚴謹，又能簡明條析每首詩的創作背景和重要性。在《唐詩三百首》之後，終於有第二本適合所有讀者的唐詩入門書了！

——趙啟麟《大人的詩塾》作者

前言　思翁無歲年，此意在人間

陳逢源（政治大學中文系教授）

唐詩為文學瑰寶乃是文學史的共識，唐人寫作詩，更像是全民運動，上至帝王卿相，下至販夫走卒，既能寫，也能欣賞，白居易初及第時贈長安妓人阿軟絕句，竟然題於杳無人跡的江邊驛館，連詩人自己都覺得詫異，元稹寫〈見樂天詩〉寄呈，白居易以「偶助笑歌嘲阿軟，可知傳誦到通州」一詩相酬；李涉〈井欄砂宿遇夜客〉甚至遇到喜愛詩文而不貪錢財的綠林好漢，可以看見唐詩創作階層複雜，流傳範圍廣大，唐詩特別之處由此可見。明代胡應麟《詩藪．外編》卷三載「甚矣！詩之盛於唐也。」唐詩集其大成，浩瀚如海，任取一瓢飲，都可以自成一家，只是其中有不同階段，不同流派，唐代詩人隨其閱歷，也有不同風格的作品，精彩紛呈，匯編選本，也就成為了解唐詩，學習唐詩的重要方式，而這種選本於唐代已然如此，近人匯編《唐人選唐詩》，包括敦煌殘卷佚名《唐寫本唐人選唐詩》、元結選《篋中集》、殷璠選《河岳英靈集》、芮挺章選《國秀集》、令狐楚選《御覽詩》、高仲武選《中興間氣集》、姚合選《極玄集》、韋莊選《又玄集》、韋縠選《才調集》、佚名《搜玉小集》等，可見唐人一方面創作，另一方面也在調整審美眼光，尋求新的方向，選本是對於唐詩實踐性的反省，既是向唐代詩人致敬的過程，也是重新思索文學方向必經方式，每一次向唐詩尋求典範的嘗試，都代表一種文化躍升的覺醒與準備。

歷代唐詩選本既是一種文化軌跡，重複而選並不是矛盾與歧出，只是線索既多，不免紛雜，為求其全，清代康熙敕纂《全唐詩》，整理詩人二千二百餘人，得詩四萬八千九百餘首，唐代三百年詩作薈萃於一編，康熙〈御製全唐詩序〉斷言「詩至唐而眾體悉備，亦諸法畢該，故稱詩者，必視唐人為標準。」後人在《全唐詩》基礎上也就有更全面的視野，其中以沈德潛《唐詩別裁集》與孫洙《唐詩三百首》最具代表性，沈德潛目的是為科舉所需，至於別號蘅塘退士的孫洙則是為詩學普及，不管立場是官方抑或民間，清人所選原則已經從偏主一種文學風格，走向更為全面多元，以《唐詩三百首》而言，雖說是塾課之作，但以其規模用心，早已超乎於此，原因正是承繼《全唐詩》完整材料以及《唐詩別裁》再現風雅的主張，所選詩作原本就是熟悉精彩作品，因此流行不輟，幾乎家置一編，成為最具影響力的唐詩選本。以三百篇之數，《詩經》為儒門經典，《唐詩三百首》為了解唐詩的經典，也有踵武追繼用意存在，只是自清代康、乾以來已歷三百餘年，《唐詩三百首》刊行至今也已經超過二百年，歷時既久，觀念多有變化，清末之後西風東漸，文學主張更為活潑，觀念更為多元，對於唐詩的觀點也從過往寫作的仿效，轉為詩學的閱讀欣賞，後世研讀唐詩的目的已有不同，更何況還有許多後世耳熟能詳的詩篇，甚至是代表性作品，並未見收於《唐詩三百首》之中，不免讓人有遺珠之憾，因此如何彰顯唐詩於傳統文學的作用，重新煥發唐詩的價值，以符合現代需求，無疑是有待解決的問題。

吾師羅宗濤教授為政治大學教授，曾擔任政大中文系所主任、文理學院院長、教務長前後十餘年，學術研究從敦煌學而及於唐詩，又由唐詩擴及中國文學史，觸類旁通，從比對佛經與敦煌文獻，解決唐傳奇至宋話本間失落環節，又深入唐人文學活動的觀察，從禪師、詩僧的分析，建立詩境與禪境逸趣研究；從繪畫與題畫詩，了解不同藝術間互文效果；從寫真詩得見詩人自我認同，自我投射的思考；從題壁詩了解詩人的自我宣傳，以及詩作的傳播管道；從花、雲、夢等不同主題切入，了解詩人意象建構，建立唐詩主題學研究；從詩人生命史觀察，釐清藝術構思與寫作手法，解決晦澀奇崛詩風問題；從詩人交往詩，建立詩人群體的觀察，了解廣泛而複雜的詩人社群網絡；從詩人對於唐亡的反應，了解詩歌中世變與心境的轉變；還包括詩人作詩與作詞的比較、不同時期格律平仄分析等，從不同研究角度，進行深密細膩的觀察。凡此有助於開啟研究風氣，推動唐詩多維的了解，吾師學術淵雅深厚，心心念念，全在於啟發後學，退休之後，寄情丹青，勤讀如昔，更將心力回歸於唐詩，重新檢視《全唐詩》，反覆挑選，剔除《唐詩三百首》之外，另選出三百首詩作，從詩本身情意、美學價值，詩人對於當時社會情狀等，交互考量擇定。詩作有百首選一，也有錄其組詩，或是擇取一、二首等，略依詩人活動時間編次，重現唐詩流衍觀察，是以不另分古詩、樂府、五言、七言等不同形式，以見唐代詩人在古詩、樂府、近體詩之間融通發展；其次，援取明人高棅《唐詩品彙》初唐、盛唐、中唐、晚唐四期模式，回歸於唐詩整體的觀察，而為免減損詩作意趣，僅列必要注釋，大意略舉內容，簡析說明情意，方便了解詩作旨趣，作者生平也力求簡潔明白。凡此皆是因應讀唐詩目的改變所做的思考，以及數十年研究唐詩心得，因此可以與《唐詩三百首》並讀，收增廣之益，也可以單獨來讀，了解唐詩內在脈絡，就功能而言，可以作為參考工具之用，也可以做為閱讀文本。吾師數年之間反覆思考，目的是再現唐詩價值，以助後世讀者，然而卻在發凡起例完成挑選、注解、編次工作時，於二〇一七年十月忽感不適，經診斷為腦出血，陷於昏迷，雖然緊急施予手術，但病況未見好轉，隔年一月離世，家人親友、門人故舊哀慟不已，泰山其頹，哲人其萎，無限懷念，然而整理唐詩未及完成，更讓人深感惋惜。筆者簡陋，力有未逮卻不敢不承其志，於是整理手稿，補綴其事，稍稍得見其中命意與心思：

一、示詩歌之情性

先秦詩以言志的文學主張，至六朝陸機〈文賦〉「詩緣情而綺靡」，詩是統合心、情的表意符號，具有抒發心志，表露情感的傳統。詩人在志與情之間，尋求心中安適所在，所錄虞世南〈蟬〉、王績〈野望〉作為三百篇之首，虞世南歷事陳、隋、唐三朝，以「高潔」獲得世人崇敬，也將體會投射到蟬上，表現出雍容不迫的風度氣韻。至於另一位詩人王績，原是隋朝名儒，但在李唐受到冷落，卻能不羨榮利，樂於歸隱，「長歌懷采薇」的遺民心境表露無餘。可見新的王朝，政治、社會重新洗牌，詩人能夠把握好自己，秉持心中的志節，發為歌詠才有諷勸的意義，詩歌也才不會淪為求取權力的名帖，「蟬」、「薇」具有詩人宣示其志的作用，一如司馬遷《史記》以伯夷、叔齊居之於七十列傳首，呈現詩人的心性志節。此一原則通貫全編，所選詩人情感鮮明，具有個性，所選詩作足以表露情感，彰顯性情，粗豪劍客俠士入選，宮女小兒也入列，例如郭震〈古劍篇〉豪氣干雲，雖是少作，不掩其志；開元宮人〈袍中詩〉纏綿多情，雖處宮禁，充滿兒女情思；武后召七歲女子賦詩〈送兄〉「所嗟人異雁，不作一行飛。」反映小女孩單純的心思，這些都是突破過往選擇標準，再現唐代詩人至情至性的詩篇。

二、述唐詩之演變

唐詩三百年發展大家已經習慣以初、盛、中、晚四個階段來建構一個開啟、極盛、變化、衰微的分期模式，依時編輯的用意，可以了解唐詩演變的軌跡，從社會變動，多元發展，複調進行的文學活動，開展整體趨向的了解，所以一編在手，可以掌握唐詩外在環境以及內在發展脈絡，深入唐代詩人的所思所感。李白豪情壯志正符合盛唐詩風，所錄應制作品〈宮中行樂詞〉是盛世光景代表詩篇，最後「只愁歌舞散，化作彩雲飛」不僅反映宮廷宴樂流光華彩，也暗示曲終人散的無奈；杜甫見證安史之亂的禍害，記錄唐代由盛轉衰過程，所選〈曲江二首〉第一首，「江上小堂巢翡翠，苑邊高冢臥麒麟」，藉由盛衰對比，人間秩序完全崩潰，感慨深矣，而「三吏」、「三別」之作，更是唐肅宗乾元二年（七五九）郭子儀等九節度使包圍鄴城一役的即時報導，原本應該有機會平叛，卻在史思明反叛情況下，形勢急轉直下，所選〈新安吏〉、〈新婚別〉分別為「三吏」、「三別」的第一首。李白、杜甫是盛唐詩人代表，是盛唐詩的顛峰，更是盛唐的參與者與見證者，彰顯絢爛榮景的輝煌，也鋪排繁華落盡的無奈，撮舉匯聚，可以了解唐代詩人裁文用筆的努力，也得見詩人在社會、國家之間的深情紀錄。

三、標詩人之名作

唐代詩人名家備出，名篇傳誦千古，然而孫洙《唐詩三百首》卻常有遺珠之憾，別選三百首詩便是希望可以拾遺補缺，減少翻檢的辛苦，因此特別留意詩人代表性作品：駱賓王七歲能詩，號稱神童，〈詠鵝〉便是七歲的作品，整首詩率真爽朗，描寫生動，「白毛浮綠水，紅掌撥清波」更是對句精巧，讓人看到早慧天才兒童。而張若虛的〈春江花月夜〉，給合春、江、花、月、夜五種動人良辰美景，精彩的描繪，在時間、空間營構美妙的藝術境界，提供心靈全然的觸動，聞一多讚譽這首詩是「詩中的詩，頂峰上的頂峰」，這首詩足以不朽。同樣道理，王維詩中有畫，畫中有詩，〈鳥鳴澗〉「月出驚山鳥，時鳴春澗中。」由動顯靜的即視感，可以成為王維代表作。李白〈把酒問月〉「青天有月來幾時？我今停杯一問之」，彰顯詩人生命情懷，展現超然才情，杜甫〈奉贈韋左丞丈二十二韻〉「紈袴不餓死，儒冠多誤身」的悲歎，如果少了這些篇章，對於詩人志懷恐怕也就無法完整領會，更何況是一種詩風的代表作，李益〈從軍北征〉中「磧裡征人三十萬，一時回向明月看。」捕捉瞬間的畫面，場面既壯闊又悲涼，少了這首詩，唐代邊塞詩中似乎就缺了一塊。類似的例子，不勝枚舉，相信只要通讀所選三百首詩，不僅可以飽覽三百年的名詩佳作，詩人形象會也更為鮮明。

四、存精彩之佳句

唐詩有佳作名篇，也有精彩佳句，駱賓王〈於易水送人〉「昔時人已沒，今日水猶寒。」其實是脫化於陶淵明〈詠荊軻〉「其人雖已沒，千載有餘情。」在易水送別，眼之所見是流淌的河水，想到是歷史上燕太子丹於易送荊軻入秦場面，於是稍加點化，也就更具臨場感，就像蘇頲〈汾上驚秋〉濃縮了漢武帝〈秋風辭〉，在汾河之上，同樣感受到青春不在，使得衰老悲歎更為真切。詩人從模仿中創新，讓人心情得以抒發，就像魚玄機〈江行〉「畫舸春眠朝未足，夢為蝴蝶也尋花。」巧妙運用《莊子．齊物論》莊周夢蝶的典故，形容自己物我兩忘，也貼合女詩人春睡意濃的美麗形象，善用典故，使得情感更為凝練，這趟江行有著心靈安適的寓意。其他如李紳〈憫農〉「誰知盤中飧，粒粒皆辛苦。」元稹〈離思〉「曾經滄海難為水，除卻巫山不是雲。」賈島〈劍客〉「十年磨一劍」，許渾〈咸陽城東樓〉「山雨欲來風滿樓」、杜牧〈山行〉「停車坐愛楓林晚，霜葉紅於二月花。」曹松〈己亥歲〉

「一將功成萬骨枯。」等，許多佳句早已成為熟知的語彙，收錄這些詩作，讀者可以探得淵源，了解典故所在，更可以證明語言承轉，佳句永遠流傳。

五、明人情之想望

別選三百首詩標舉人情想望，以及人倫圓滿的期待，例如宮女傳詩主題，開元宮人的〈袍中詩〉「蓄意多添線，含情更著棉。今生看已過，結取後生緣。」深宮禁苑無礙於愛情的追求，相對於六朝喜歡描寫宮女美貌，唐代詩人為宮女尋求幸福的想法更為動人，顧況〈葉上題詩從宮中流出〉「帝城不禁東流水，葉上題詩欲寄誰？」引發浪漫的想像，宣宗宮人〈題紅葉〉「流水何太急？深宮盡日閒。慇勤謝紅葉，好去到人間。」對一片紅葉的祝福，反映出宮女想過人間生活的願望，紅葉成為訂情物，突破宮牆禁錮，有了圓滿結局。因此，對於夫妻之情也就更加注意，選錄王韞秀〈同夫遊秦〉、元載〈別妻王韞秀〉，元載一介窮書生，但夫妻彼此打氣，決定入秦求取功名，讓人看到夫妻同心願意一同闖蕩的決心。選錄韓愈〈青青水中蒲〉三首，乃是代替妻子盧氏所寫的懷己之作，率真語氣，抒寫想念自己不捨分離的心情，詩人文學遊戲之筆，也讓人看到奇崛不從流俗一代文豪的甜蜜家庭生活。詩人真情有感天動地的力量，情人之間、家人之間、朋友之間許多感人肺腑的故事，唐詩保留著人間真情的想望。

事實上，選錄這些詩是以文學史的眼光，反映了唐朝社會發展，以及美學的進程，諸多愛戀情事，悲歡離合故事，提供深入詩歌情感的想像，讀者可以備查存參，也可以通讀尋索，有助於提升文學的理解，從而回應清代以來唐詩選本的問題，滿足現代對於傳統文學了解的需求，用心並非標舉喜愛詩作而已。吾師溫文儒雅，謙和自持，作詩清麗，繪畫嫻雅，書法自成一格，文章足以傳世，學術可以不朽，然而始終以教育為職志，以文化薪傳為己任，桃李春風，潤物無聲，乃是傳統中文人的理想典型，吾師於癸巳年（二〇一三）中秋作：

舊書滋味寸心知，深夜窗前讀楚辭？
蘭蕙與來隨意寫，指南山下月明時。

如果道有其脈，道統所繫，詩有其心，詩心有傳，期待所錄三百首詩可以提供參考。最後，人人出版社周元白董事長堅定的支持，編輯劉佳奇小姐、林庭安小姐細心校理，整理工作終於得以完成，期待讀者可以深味其中精彩，在此一併感謝。

序　指南山下月明時

李時銘（逢甲大學中文系退休教授）

詩是人類心志情感的語言表現，所謂「在心為志，發言為聲，情動於中而形於言。」「志」，涵蓋了情與志，融攝了一個人的聞見思感。因此，詩伴隨著人而存在，以語言、文字、音樂等形式展現出來，亦即白居易所稱「詩者，根情、苗言、華聲、實義。」透過這些形式而達到「吟詠情性」的目的。

詩既然因人而生，隨著時間的遞嬗，不斷的積累，數量龐大的作品，一般人難以盡讀，亦不必讀盡，故而選詩之作就因應而生。選詩一方面為讀者節約許多心力，一方面也展示選者的理念與審美觀，有時則提示了詩派風格、寫作方法；而選詩者也必須具備廣腹笥、明流變、知得失的素養。

選詩可以上推到《詩經》，編選重在詩的教化作用；梁朝的《昭明文選》也選了大量的詩，標舉「事出於沉思，義歸乎翰藻」，兼具情感思想與文采。

唐代是中國詩歌發展的輝煌時期，體類兼備，題材深廣，名家輩出，各擅勝場。那是一個創作力旺盛、諸多情志激盪迸發的時代，風格流派，眾妙紛呈，當時就有選詩之作。從今存的十六種中，我們可以覘知各選本都有其清楚的理念與目的。其後選唐詩者，代不乏人，尚可稽考的至少有六百種，其中流傳最廣的，莫如乾隆進士孫洙夫婦編選的《唐詩三百首》。這個選本是為「兒童就學」用的，具有體裁完備、題材廣泛的優點，所選幾乎都是各家的代表作，然而，在今日看來，還是有些不切時宜。一則有些優秀作品因政治因素而被捨棄，如杜甫的三吏三別、白居易的〈村居苦寒〉等，乃至膾炙人口的張若虛〈春江花月夜〉，也因為文學觀而成了遺珠；一則當時的「兒童」所學，無論其目的或內容，已大異於今日，例如一些因應科舉的應制詩，今人大概不耐讀了。

羅老師的《別選唐詩三百首》在原選外另出新裁，期能讓現代的青年學生更廣泛地接觸唐詩。在作品的排次方面，有別於舊編之就體式序列，本書略依作者時世，以詩繫人。讀者在玩賞文辭、陶養情致之餘，還可以略窺個別詩人的風格特色，並認識唐詩的發展脈絡、古調新變之初步輪廓。

詩歌的欣賞，首先訴諸直觀，誦讀一遍，腦中自會營造出一些圖像，心裡產生些許感觸；其次理解字義辭義，再則索求語典事典：事典幫助我們認識一個詞語的故事內涵與寓意，語典則因為長期的積澱與凝定，從而醞釀出某種語境，進一步精煉為某些意象。本書所選的詩作，文詞上求其平順易解、情致上則重視古今通感，加以詩重意會而難言詮，因此注釋就無需辭費，讀起來也就不至於有太重的負擔。

讀詩總需要一些生活歷練與情感經驗，畢竟詩人的詩大致從生活中來。自永安街的小院幽居開始，我就常去羅老師家，其後上課、問學，乃至工作服務，多得老師提攜。數十年之親炙，見老師生活如詩，生命亦如詩，舉止總是舒緩閒雅，言語總是不疾不徐；更難得的是有英華內蘊、德藝微顯的師母相伴。詩是他們的日常，所居所處，莫不是詩：無論案頭牆屏、酒茗淡巴，談宴有詩，灑掃有詩，乃至庖廚柴米，也都可以詩化。記得我最愛吃師母的燉蹄膀、滷肥腸。有幾回聽師母說菜，言及刀工火候、設色調味，真是工序井然、層次分明，我曾說：「師母做菜好像在寫詩。」她開心又含蓄地笑笑，真說中了？

詩，一直充盈在羅老師和師母的生活中，數十年的蘊蓄與踐履，譜成如詩的生命，這本書，或許可視為他們詩化生命的一點分享。或許，我們也能偷點閒暇，沏杯清茶，隨興翻讀幾首，甚或無腔無調的吟誦幾句，超佚塵囂之外，攄懷詩囿之中，享受尚友古人的情真味長吧。

序　風流儒雅憶吾師

周元白（人人出版公司發行人）

我認識羅宗濤老師已是五十年前的事了。一九七〇年的九月，我剛進入文化學院印刷工程系就讀，我們這一班的「大一國文」，就是由羅老師講授。文化學院的創辦人張其昀先生請羅老師編纂《中文大辭典》，也順便到文化學院兼課，可能是因為好不容易請他來陽明山一趟，就請他多教一門國文。我那幾屆的印刷系特別幸運，由羅老師上課。

但是，國文課的時段很不好，排在周六下午最後兩堂，地點在大義館四樓。那時候還沒有「周休二日」，周六要上全天課。一般來說，排在周六下午的課、尤其是最後兩堂，學生已經是意興闌珊，魂不守舍。但是羅宗濤老師的國文課卻是我們班出席率最高的課，甚至畢業多年之後，同學相聚，談起國文課，我們都覺得那是最懷念的一門課。

第一堂課，羅老師走進教室，令班上同學為之側目。一個三十出頭的年輕人，身穿藏青色長袍，稍作自我介紹之後，先跟我們「約法三章」：一，上課不點名，同學不想上也沒關係，聽到一半想走，就走，不必報備。二，考試的時候，同學可以翻書查資料。這等於間接告訴我們，不會有人不及格。第三件事就是羅老師喜歡抽菸，上課的時候會抽菸，同學如果想抽，也可以抽。這三件事宣布完，羅老師就開始上課。

羅老師上我們的國文課，也不照著課本。他每次上課就講兩首詩或詞，一堂講一首。他先把詩詞寫在黑板上，然後，那堂課就講這首詩詞，下了課就擦掉，第二堂課再寫一首，又是講一節課。羅老師的字，真是漂亮！可惜當時沒有用相機拍下來，不過羅老師的講課，很多過了半世紀我都還印象深刻。印刷系是工學院，所以羅老師講課著重趣味性，比較輕鬆，講了許多詩詞的典故、背後的故事。像是韓愈的〈左遷至藍關示侄孫湘〉：

一封朝奏九重天，夕貶潮州路八千。
欲為聖明除弊事，肯將衰朽惜殘年！
雲橫秦嶺家何在？雪擁藍關馬不前。
知汝遠來應有意，好收吾骨瘴江邊。

韓愈被貶到潮州去，路上觸景而心生感慨，「雲橫秦嶺家何在？雪擁藍關馬不前」，這個畫面太美了！後來我當兵到了宜蘭金六結，看到蘭陽平原的雲霧橫在山脈前，就想到老師講過的「雲橫秦嶺」。

羅老師講劉禹錫的兩首〈遊玄都觀〉，也是非常精采：

紫陌紅塵拂面來，無人不道看花回。
玄都觀里桃千樹，盡是劉郎去後栽。

劉禹錫這首詩暗諷滿朝文武，說他們「盡是劉郎去後栽」，結果被貶官。十年後，劉禹錫回長安，再遊玄都觀，又寫了一首詩：

百畝庭中半是苔，桃花淨盡菜花開。
種桃道士歸何處？前度劉郎今又來。

劉禹錫嘲笑這些人是他被貶以後才來做官的，沒多久得罪當道，又被貶官。劉禹錫大半輩子被貶官，每次讀他總要嘆氣。後來白居易寫了一首詩，有兩句是說「亦知合被才名折，二十三年折太多。」意思是，你的才名太高，得罪了人，但是貶官二十三年也貶太多了。劉禹錫馬上寫了一首應答，開始就是「巴山楚水淒涼地，二十三年棄置身」。至情至性，都是非常好的詩，我以前沒讀過，但羅老師講得極為生動有趣，所以這堂國文課雖然時段是最不好的，也不點名，但卻是我們班出席率最高的一門課，平常不愛詩詞的同學，也深受羅老師講課的生動與風采吸引。

羅老師其實沒大我們幾歲，但是他的風度翩翩，談笑風生，抽菸的姿勢也很美。他講柳永的〈雨霖鈴〉：「寒蟬淒切，對長亭晚，驟雨初歇」，講到「今宵酒醒何處？楊柳岸、曉風殘月」，我們也都聽得入迷了，這時候就想點根菸，邊聽邊抽。我們班上都是男生，放眼望去，台上台下各抽各的，抽成一片。因為要抽菸，所以窗戶洞開，讓空氣流通。從教室往外望去，可以遠眺觀音山，旁邊就是華崗的百花池。到了冬天，雲霧常飄進來，寒氣逼人，滿室迷濛，分不清是雲是煙。這種景象、這等風度格調，在今天都已是絕響，不可能復見了。

這些記憶伴隨著詩詞，格外深刻。讀到詩，就想起當年往事，而回憶也讓詩咀嚼起來更有滋味。

畢業之後，偶然有機會碰到羅老師，但沒有深談。這些年，我迷上中國大陸製作的詩詞節目，連續看了好些年，慢慢有了一個念頭：我想請羅老師來編選一本能代表歷代詩詞精華的詩詞，但又不敢貿然登門拜訪。後來又看了兩三年電視詩詞節目，心一橫：想做就做吧，不要再耽誤了！於是就打了電話給羅老師，陳述了一下這個想法，希望能攛合約前往拜訪。羅老師聽了高興得不得了，直說「這個想法太好了，沒有合約我都做，沒有稿費版稅我也做！」

羅老師認為「歷代詩詞」的跨度太大，不妨先從唐詩著手。但即使是唐詩，其實範圍也很驚人。《全唐詩》收了近五萬首詩！要從裡頭選三百首出來，也不是尋常學者能做到的事。不過，羅老師治學綿密，《全唐詩》從頭到尾至少讀過五遍！羅老師不僅讀過，還做了很多筆記。就我親眼所見，翻開幾冊《全唐詩》，頁邊的空白處密密麻麻寫滿註記。羅老師還考問我，知不知道《宋詩》有多少首？我當然不知道。羅老師說大概有二十五萬到二十七萬首。這個數字讓我嚇一大跳，這才深覺選編一本「歷代詩詞精華」的想法有多麼欠缺考量、多麼大膽。同樣讓我驚訝的是，羅老師說他《全宋詩》看過兩遍，全台灣像他這樣的人，恐怕不多吧？

編輯詩選，編者雖然「述而不作」，但是從學養眼光到時代背景，種種微言大義都蘊含其中。現在坊間流行的《唐詩三百首》是清代的蘅塘退士所選。蘅塘退士生當乾隆盛世，不敢碰觸社會疾苦，所以像杜甫寫安史之亂的「三吏三別」就沒有選。而且蘅塘退士的《唐詩三百首》有點像是給科舉考生的參考書，講究的是格律工整，若論文學價值，《全唐詩》中絕對還有更勝一籌者。

在那次拜訪中，我跟羅老師達成共識：這個選集不是編給學院派看的，而是一般大眾都能欣賞，所以典故多的不選，拗口、不好讀也不選，一切以「好念，好讀，好記」為原則。另外就是不跟蘅塘退士的《唐詩三百首》重複。羅老師在師母協助下，先把出現在《唐詩三百首》的詩做個記號，從《全唐詩》中予以排除，然後著手選詩。我原本以為從五萬首詩中選三百首，也要花不少時間。沒想到才過了一個月，羅老師就把詩選好了。羅老師不善電腦，他把和師母一起選出來的詩，他親手抄了一份，交到我手上。

本來羅老師還要為每一首詩寫一段大意與簡析，但是只寫了三十幾篇，就不幸病逝，未竟的工作，由政大中文系陳逢源教授續完。陳教授雖然專治《左傳》，但因為身為羅老師女婿，對於羅老師選詩、解詩的角度與見解，也有所掌握。所以羅老師編的《別選唐詩三百首》能出版，師母、羅老師公子英奕與陳逢源教授是最大的推力。只是後續宋詩的選編，就只能是遺憾了。

序　詩情畫意長相思

陳靜雅

能為宗濤的《好詩三百首》寫序，是我這輩子萬萬想不到的事，可是他對我真好，一定得寫。

記得新婚時晚餐後，我們常坐在客廳的沙發上，一盞燈，二杯茶，他講詩給我聽，他講得好認真，我聽得好仔細，他知道我喜愛詩詞中的美。而我打理家事，洗碗的時候他站在我身邊拿著詩歌唸給我聽；我擦地板時，他在我身後提了一桶水，也唸詩給我聽；我生病了，他也躺在身邊，唱歌給我聽！

等我肚裡有了娃，開始唸書給胎兒聽，一手拿書，一手放在我的肚皮上。四個月的小娃一聽他唸書，就拳打腳踢的，他唸一句她回一拳，一家三口樂不可支。

小娃出生二個月就開始和他說沒有字的話，父女倆聊得可開心呢！

接著弟弟妹妹也出生了，唸小學時，每天晚上睡前做爸爸的就說書開講，西遊、三國、水滸章回小說，一個晚上要講好幾次的欲知後事如何？請待下回分解。小孩纏個沒完，說到梁山好漢吃大塊肉、喝大碗酒，老大老二就傳店小二！小妹就叫媽！於是我就端熱湯上好吃的夜宵，感覺梁山好漢就像自家兄弟一般的熟悉。

唸書給妻子聽是他為學生講好課了，預講一遍。唸章回小說給孩子們墊下對中國文學的興趣。

如此夫君、老師、父親何等親切可人阿！全家大小對他都敬愛有加，何況他十分風趣。

二十年後，孩子大了，我苦苦要求去旁聽他的課，於是前前後後我聽了三十年。直到去香港珠海學院客座教授我仍然和他一同進教室，他是教授，我做旁聽生，照樣記筆記。

二〇一六年從珠海回家，過耶誕節，歲末年初，人人出版社周社長來訪，與宗濤談論計畫著想為喜愛詩詞的男女老少再編一本《老師三百首》，小小的冊子人手一冊可以放口袋，走到哪兒，享受到哪裡，可以提升大家對這美學的興味。

於是先由我將全唐詩裡唐詩三百首有的詩做上記號，先生再把其餘好的詩選了三百多首，我再抄錄一次，然後由他訂讀音、寫大意、作簡析、寫詩人略傳，一首一首的都要做如此多的工序，再由讀天文的兒子打字輸入電腦，傳給出版社排版。歡悅的氛圍，充滿了這個喜愛讀書的家。那一段日子兒子說是他長大以來最快樂的。哪知突然有一天宗濤就頭暈，小腦出血，就走了！女婿逢源幫忙接手完成遺志。

他一書桌的好詩，久久不能去動它，天天晚上都把燈仍亮著，怕他回來黑黑的找不著書，看不見自己未完成的詩的簡析等等。

忍不住想起王勃的〈詠風〉：

肅肅涼風生，加我林壑清。
驅煙尋澗戶，卷霧出山楹。
去來固無跡，動息如有情。
日落山水靜，為君起松聲。

為了讓故去的人放心，我以虞世南的〈蟬〉自我期許：

垂緌飲清露，流響出疏桐。
居高聲自遠，非是藉秋風。

記得早年旁聽他講課的情境。他用著帶有磁性的嗓子，說著作詩人的胸襟，詩人的處境心有所感，學會了效法古人的思維有了自己做人處事的尺度和分寸。

說到良辰美景，詩人柔美的情誼，對待親朋好友甚至情人，濃蜜細緻的心思絲絲入扣的也牽動了我那根細細敏感的心弦，忍不住的在筆記簿上畫了草圖，三十年後七十五歲的我，把它畫了出來，在桃「濤」圓展出，我和花兒心魂相守。

盼著哪一天他突然開門，滿面春風說：「我回來了！」

感謝周社長給了我們如此機會，但願這本好詩人人喜愛，它有這麼一個故事。

春江潮水連海平——別選唐詩三百首（賞析版）

目錄

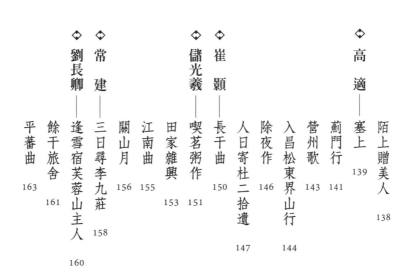

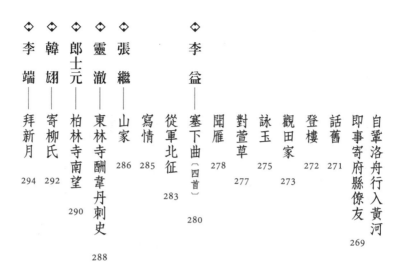

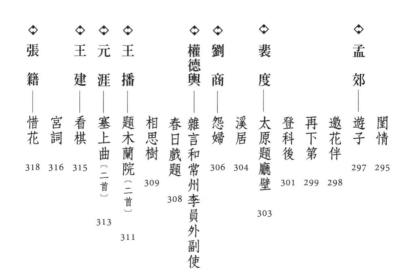

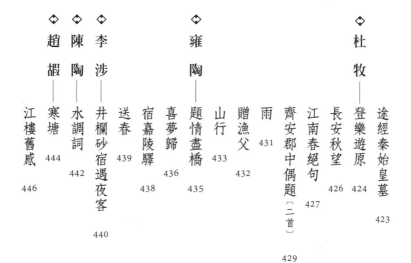

虞世南

虞世南（五五八—六三八）字伯施，越州餘姚（今浙江餘姚）人。早歲仕陳。入隋，任祕書郎、起居舍人等職。入唐，歷官秦府參軍、弘文館學士、太子中舍人、著作郎、祕書監等職。曾學書於僧智永，得其法，與歐陽詢齊名，並稱「歐虞」。《全唐詩》存詩一卷。

◇蟬

虞世南

垂緌[1]飲清露，流響出疏桐。
居高聲自遠，非是藉[2]秋風。

注釋 ①緌：緌音蕤，冠纓上的垂飾，蟬喙似之。②藉：依託。

大意 蟬喙很像顯貴冠纓的垂飾，但蟬一生只飲潔淨的露水，嘹亮的蟬聲從葉子稀疏的梧桐樹頂傳出。正因為它的品格高潔，所以聲音遠揚，這並非依託秋風的傳播就能獲致的效果。

簡析　蟬的種類繁多，但其生態大同小異。蟬的幼蟲期很長，有的長達十七年；成蟲出現於夏秋間，壽命很短，通常約二十天。初夏蟬鳴，表示春光已逝，春花凋謝。孟秋之月，涼風至，白露降，寒蟬斷續，預告寒冬將臨。唐代詩人耳有所聞，心有所感，於是寫下許多詠蟬詩。由於詩人詠蟬時的情境不同，所以各首詠蟬詩都有獨特的精神面貌。清代施補華《峴傭說詩》就曾選出虞世南〈蟬〉、駱賓王〈在獄詠蟬〉、李商隱〈蟬〉為代表，並分別給予「清華人語」、「患難人語」、「牢騷人語」的評語。虞世南歷事陳、隋、唐三朝，都是憑藉他的「高潔」獲致世人的崇敬。他將自己深切的體會投射到蟬上，表現出雍容不迫的風度氣韻。再者，蟬聲可能發自不同的樹木，但他卻鎖定梧桐，這暗用了《莊子》的寓言，《莊子．秋水篇》說鳳類的鵷鶵從南海飛到北海，沿途「非梧桐不止，非練實不食，非醴泉不飲。」虞世南即以鵷鶵自況。這是唐詩中第一首詠蟬詩，值得玩味。

王績

王績（五八五，一說五九〇—六四四）字無功，號東皋子，絳州龍門（今山西河津）人。隋煬帝大業年間，中孝悌廉潔科，授祕書省正字，出為六合丞。因簡傲嗜酒，屢受彈劾。大業十年（六一四）託病棄官歸里。隋末大亂，王績逃亡河北。唐高祖武德五年（六二二），以六合丞待詔門下省。太宗貞觀四年（六三〇），其兄王凝得罪大臣，兄弟都受抑不用。王績又託病歸隱故鄉。貞觀十一年，任太樂丞，不足兩年，又辭官歸田。十八年，自撰墓志，憂憤而卒。他的詩作真率質樸，恬淡自然。《全唐詩》收錄一卷，後人陸績有所增補。

◇野望

王績

東皋①薄暮望，徙倚②欲何依？
樹樹皆秋色，山山唯落暉。
牧人驅犢返，獵馬帶禽歸。
相顧無相識，長歌懷采薇③。

注釋　①皋：皋音高，高地。②徙倚：徙音洗，徘徊留連。③采薇：周武王伐殷，伯夷、叔齊不食周粟，采薇首陽山。

大意　傍晚的時候，我到住宅附近東邊的高地去眺望，徘徊流連，內心卻徬徨沒有著落。舉目望去，遠近的樹葉都泛黃凋零，秋意已深，而群山也只在山頭留下落日餘暉。這時，牧人趕著小牛下山，獵人也騎馬帶著野禽回家。我和他們打了照面，卻互不相識，只好獨自唱著歌，懷想殷周之際孤竹國的伯夷、叔齊兄弟義不食周粟，登首陽山採野菜過活的道理了。

簡析　王績是隋朝名儒文中子王通的弟弟，但王通在唐高祖武德元年就已逝世。儘管王通生前在政治上不受隋朝重視，但他的博學多能，卻為世人所欽仰，樂於追隨學習，而他的弟兄也都很卓越，所以王氏家族的社會地位頗為崇高。李唐建立新朝，政治、社會重新調整，王績和另一兄長王凝，不僅在政治上受到冷落，受到排擠，連在社會上的聲望也趨於暗澹。王績這首〈野望〉已透露出遺民的心態，想要尚友古人，採薇首陽山。這是一首情景交融引導律詩發展的好詩。

寒山

寒山，詩僧。生卒年、籍貫都不詳。早年周遊四方，三十歲後，長期隱居台州始豐縣（今浙江天台）翠屏山。其地幽僻寒冷，因自號寒山子，與台州國清寺僧豐干、拾得時有來往。喜作詩，每題樹間石上。至於他的活動時代，有太宗貞觀間，玄宗到德宗間，中宗後等說法。他的詩多宣揚佛教輪迴思想，且常譏刺事態人情，表述他對人生哲理的思考，亦有抒寫山林景致，隱逸情趣之作。詩風淺顯明白，多用俚語村言，淺白如話，時含機趣。自稱曾作詩六百餘首，今存三百餘首。

◇詩第五十一首　寒山

吾心似秋月，碧潭清皎潔。
無物堪比倫，教我如何說。

大意　我的心像明亮的秋月，又像皎潔的碧潭，又好像什麼都不是。因為我的心本來就空無一物，哪裡有什麼事物可拿來做譬喻，但如果放下譬喻，又教我不知從何說起。

簡析　這首詩清雅如畫，又有禪意，心體澄朗，難以言說，詩人用秋月與碧潭都是譬喻，但也都只是譬喻，禪心妙境，不容易呈現，《老子》第一章：「道可道，非常道；名可名，非常名。」第二十五章：「吾不知其名，強字之曰『道』，強為之名曰『大』。」寒山言佛理，其實也深得《老子》不可言說的精髓。

詩第一九九首

寒山

寒山頂上月輪孤，照見晴空一物無。
可貴天然無價寶，埋在五陰①溺身軀。

注釋　①五陰：即五蘊，指色、受、想、行、識，一切眾生都由此積聚而成。

大意　寒山頂上掛著一輪明月，明月照見晴空一絲浮雲都沒有。只可惜這麼可貴，純屬天然的無價寶貝，我們卻只用由色、受、想、行、識積聚而成的身軀來認識它，這就難免扭曲變形了。

簡析　寒山生卒年不可考，詩皆無題，《全唐詩》存其詩三百餘首，編為一卷，本篇依其順序加以編號。並選其中兩首，略言其大意。

上官儀

上官儀（約六〇八－六四四）字游韶，陝州陝縣（今河南陝縣）人，貞觀初，登進士第，召授弘文館直學士，累遷祕書郎，轉起居郎。高宗時為祕書少監，龍翔二年（六六二）位居宰相。曾為高宗草廢武后詔，為武則天所忌恨。麟德元年（六六四）武后指使許敬宗陷害他參與梁王李忠謀反事，下獄死。上官儀曾歸納六朝以來對偶之法，創「六對」、「八對」之說，對律詩的發展有所貢獻。《全唐詩》存詩一卷。

◇入朝洛堤[①]步月　上官儀

脈脈[②]廣川流，驅馬歷長洲。
鵲飛山月曙[③]，蟬噪野風秋。

注釋　①洛堤：洛陽皇城外百官候朝處，因臨洛水得名。②脈脈：脈音默，連續不絕。③曙：天剛亮，破曉時分。

大意　寬闊的洛水不停的流著，我騎馬沿著洲渚上的長堤，踏著月光，準備入朝。山頂漸漸泛出曙光，殘月已變得暗澹，喜鵲也迎向早晨，飛翔報喜。這時，秋風送來寒蟬陣陣的嘶噪，是我該領導百官上朝的時候了。

簡析　上官儀在高宗龍朔年間（六六一—六六三）任宰相，這首詩寫他在東都洛陽等候入朝的情懷。當時，天下太平，而上官儀的宦途也正達頂峰，寫來態度雍容，音韻清亮。

駱賓王

駱賓王（六四〇—六八四），婺州義烏人（今浙江）。七歲能詩，號稱神童，據說〈詠鵝詩〉就是此時所做。武后專政，徐敬業起兵，駱賓王起草著名的〈為徐敬業討武曌檄〉。徐氏事敗，駱賓王也不知所終。後世因駱賓王忠肝義膽與文采昂揚，尊之為神，每年端午皆盛大奉祀。駱賓王才高位卑，悲憤之情時見詩文；對革新初唐的浮靡詩風，建立五言律詩的格律，有重要的貢獻。今有《駱臨海集》傳世。《全唐詩》編其詩三卷。

◈ 詠鵝

駱賓王

鵝！鵝！鵝！曲項①向天歌。
白毛浮綠水，紅掌撥清波。

注釋 ①曲項：彎曲脖子後部，即昂著頭。

大意 鵝！鵝！鵝！鵝兒彎起長頸向天高歌。它的白色羽毛漂浮在綠水上，透過清澈的水波，我們還可以看到它那橘紅色的腳掌不斷在撥弄著。

簡析　駱賓王在七歲時就寫下這首傳世的〈詠鵝詩〉，首先是鵝！鵝！鵝！的叫聲引起他的注意。我們先人每每模仿動物的叫聲來為它命名，如貓、虎、鴨、鵝之類，這就是所謂「其名自叫」。聽到叫聲舉目望去，就看到是鵝彎曲頸子朝天高歌，然後看見浮在綠水上的白毛，最後注意到水面下滑動的腳掌。一個虛歲七歲的孩子，從聽到鵝的叫聲，看到鵝的樣子，接著看到水面上的鵝，最後連水面下鵝掌的滑動都盡入眼簾，有條不紊而又生動的一一寫下來。

◇於易水送人　駱賓王

此地別燕丹①，壯士髮衝冠②。
昔時人已沒，今日水猶寒。

注釋 ①燕丹：燕音煙。戰國末期，燕國太子，為人質於秦，秦王待他不好，燕太子丹輾轉認識荊軻，請荊軻入秦刺秦王。②壯士髮衝冠：《史記．卷八十六》載送別之情境云：「太子及賓客知其事者皆白衣冠送之。至易水之上，既祖，取道，高漸離擊筑，荊軻和而歌，為變徵之聲，士皆垂淚涕泣。又前而歌曰：風蕭蕭兮易水寒，壯士一去兮不復還！復為羽聲忼慨，士皆瞋目，髮盡上指冠。於是荊軻就車而去。終已不顧。」

大意 荊軻就在這裡和燕太子丹訣別入秦行刺的。當時在場相送的正義之士都慷慨激昂，頭髮豎立，上衝素冠。荊軻雖早已消逝不見，但易水的寒氣卻亙古不變！

簡析 武則天在唐高宗崩後，要以武氏取代李氏為帝，改唐為周。徐敬業起兵討伐，駱賓王為他起草〈討武曌檄〉。正在駱賓王義憤填膺時，偏偏來到易水送別同志。此情此景，令他感慨忒深，所以格調高亢。後二句師法陶淵明〈詠荊軻〉的「其人雖已沒，千載有餘情」之意，兩者都指出抗暴之心，歷久不變。陶氏處於東晉和劉宋交替之時，而駱氏則正逢武周篡唐之際，因而體認相同。只是陶淵明人在南方，而駱賓王則親臨易水，駱賓王以一「寒」字貫串今古，更具臨場感。

王勃

王勃（六五〇—六七六），字子安，絳州龍門人（今山西）。他出身望族，是隋末大儒王通的孫子，自小就能寫詩作賦，以神童被舉薦於朝廷。後因一篇戲作得罪高宗，官職被廢。其父降官當交趾令，王勃前往探視時，渡海溺水而死。王勃是初唐傑出的青年詩人，與楊炯、盧照鄰、駱賓王齊名，稱「初唐四傑」。他的詩多抒發個人情志，擅長寫離別懷鄉。著有《王子安集》。《全唐詩》存詩二卷。

◇詠風

王勃

肅肅①涼風生，加我林壑清。
驅煙尋澗户，卷霧出山楹②。
去來固無跡，動息如有情。
日落山水靜，爲君起松聲。

注釋　①肅肅：擬聲詞，形容風聲。②山楹：指山中的石室。

大意　肅肅發響的涼風快速吹來，使我感到樹林山谷更加清爽。它吹散了煙靄，讓我尋找到溪澗邊的人家；捲走了山間的宿霧，現出山間的房屋。風吹來吹去，不留痕跡，但當它由靜而動，卻像懷有深情厚意一樣，縱然在日落以後的靜夜，它還不辭辛勞，為人們奏起松濤悅耳的樂章。

簡析　王勃藉由風的流動這一自然現象，寫成了有意識的活動。以擬人化的手法，表現自己普濟的抱負。

◆別薛華①　王勃

送送多窮路②，遑遑③獨問津④。
悲涼千里道，淒斷百年身。

心事同漂泊，生涯共苦辛。

無論去與住，俱⑤是夢中人。

注釋 ①薛華：即薛曜，薛王二家世交。薛曜以書畫聞名。②窮路：謂世路艱難。③遑遑：急促不安。④津：渡口。⑤俱：俱音居。

大意 在荒涼的路上，我一程又一程的送你。現在到了非分手不可的時候，今後你就得懷著徬徨不安的心情單獨去問路了。在遙遠的道路上，只有一顆悲涼的心陪伴著你，但你可不要因為悲淒而傷害到百年有用之身啊！我們心中的計劃都還沒有著落，無法自主，生活也同樣淒苦辛酸。如今一別，無論是遠行的你，還是留下來的我，都會思念對方，在對方的夢中浮現。

簡析 薛華和王勃是同鄉、世交、良友，兩人情誼深厚。這首詩寫得非常真切，令人感動。

◇滕王閣[1]

王勃

滕王高閣臨江渚，佩玉鳴鑾[2]罷歌舞。
畫棟朝飛南浦[3]雲，珠簾暮捲西山[4]雨。
閒雲潭影日悠悠，物換星移幾度秋。
閣中帝子今何在？檻[5]外長江空自流。

注釋 ①滕王閣：唐高祖子（李）元嬰，詔封滕王，遂以名閣。②鑾：車鈴。③南浦：地名，在今江西南昌西南。④西山：山名，在今江西新建西南，一名南昌山。⑤檻：檻音見，欄杆。

大意 高聳的滕王閣俯瞰著江中的沙渚。當年身佩玉飾，乘坐響著鈴鐺的馬車那些貴賓，他們的歌聲舞影久已不再。從早到晚，飛來陪伴空閣裡畫棟的只有南浦的白雲，掀動門前珠簾的只有西山的涼雨。清潭映著閒雲，一天天就這樣過去；春去秋來，一年年就如此消逝。當年宴會的主人，如今安在？只有閣外的長江，不管人事更迭，依舊不停地流著流著！

簡析　滕王閣在今江西西昌，為唐高祖第二十二子滕王李元嬰所建。事隔多年，王勃路過南昌，適逢當時都督閻氏宴客賦詩，預先讓女婿寫好序文，準備當眾誇耀女婿的文才。他先佯請諸人作序，眾賓皆辭謝，王勃年少，不知就裡，執筆就寫，於是留下名篇〈滕王閣序〉，其中最膾炙人口的就是「落霞與孤鶩齊飛，秋水共長天一色」的名聯。其實整篇序文都寫得很成功，有條理、有深度。此詩緊接在序文之後，是要作為範例供眾賓作詩時參照用的。寫來情景交融，寄慨遙深。

郭震

郭震（六五六—七一三），字元振，原籍太原陽曲（今山西陽曲東南），祖父徙居魏州貴鄉（今河北大名東南）。高宗咸亨四年（六七三）登進士第。後獻所作〈古劍篇〉，甚為武后嘉賞，授右武衛冑曹，右控鶴內供奉。歷官涼州都督、西安大都護、太僕卿等職，後為宰相。守邊時，軍威大振，邊患平息。後因誅太平公主有功，進封代國公。玄宗時，因軍容不整，流放新州，旋改饒州司馬，病死於途中。其詩慷慨雄邁，深受杜甫贊揚。《全唐詩》存詩一卷。

古劍篇

郭震

君不見昆吾[1]鐵冶飛炎煙，紅光紫氣俱赫然[2]。
良工鍛鍊凡幾年，鑄得寶劍名龍泉[3]。
龍泉顏色如霜雪，良工咨嗟[4]嘆奇絕。
琉璃玉匣吐蓮花，錯[5]鏤[6]金環映明月。
正逢天下無風塵，幸得周防君子身。
精光黯黯青蛇色，文章片片綠龜鱗。
非直[7]結交遊俠子，亦曾親近英雄人。
何言中路遭棄捐，零落飄淪古獄邊。
雖復沉埋無所用，猶能夜夜氣衝天。

注釋 ①昆吾：山名，產金屬、美玉。②赫然：顯耀盛大。③龍泉：古寶劍名，見《越絕書》。④咨嗟：嗟音接，嘆息。⑤錯：鍍金。⑥鏤：雕刻。⑦直：只是。

大意 您沒親眼目睹在冶煉昆吾山所產最珍貴鐵礦時，飛動炎煙的狀況，紅炎紫煙都那麼顯赫。最卓越的鑄劍師鍛鍊了好幾年，這才鑄成了命名為龍泉的寶劍。龍泉劍的劍身，晶瑩得有如霜雪一般，連鑄劍師自己都為它的鋒利再三讚嘆。用琉璃美玉做成的劍匣，吐出形如蓮瓣的劍光，金色刀環除了鍍金之外，還精工雕鏤，可以和明月相輝映。當遇上天下安定沒有戰爭的時代，寶劍無從充分發揮作用，但至少也可以防衛君子的人身安全。這時，劍身的鋒芒變得黯淡，蒙上一層青蛇的顏色，它的紋路也變得像綠龜的片片鱗甲。雖無大用，它所結交的不只是仗義勇為的游俠，也曾經親近過胸懷大志的英雄豪傑。沒想到半路被人拋棄，居然零落沉淪在豐城古代監獄那邊。但寶劍畢竟是寶劍，縱使已落到一無所用的地步。它那不可遏抑的劍氣，還是夜夜上衝天空，多年後終於被有識之士發現，重新問世。

簡析 這首詩是郭震少年時所作。詩人任俠使氣，不拘小節，年十八舉進士，為通泉尉。曾行事逾矩，武后召見詰問，郭震直言無隱，武后欣賞他的豪爽，要看他的文章，他呈上這篇〈古劍篇〉，武后不僅嘉歎，還加以拔擢。此後歷中宗、睿宗，他都官運亨通，出將入相，封代國公。在出將期間，他威震邊塞。到了玄宗在驪山講武，認為他軍容不整，貶新州。不久擬逐步復起，但他卻病死在途中。

據《晉書．張華傳》的記載，宰相張華望見豐城經常夜有紫氣上達斗宿和牛宿之間。他找來懂得符籙瑞應的雷煥，登樓仰觀，雷煥說那是寶劍之精。張華派他任豐城的縣令。雷煥到任，掘開監獄的屋基，入地四丈，得一石函，非常光亮，打開一看，中有二劍，一把刻龍泉，一把刻太阿。從此天上斗牛之間，再也沒有紫氣。

讀了上述兩段資料，我們就知道郭震是藉歌詠龍泉寶劍來寄託自己的理想抱負，對人才不會被埋沒深具信心。整首詩寫得氣象鮮明，感情奔放，氣勢磅薄。

宋之問

宋之問（六五六—七一二），字延清，一名少連，汾州人（今山西汾陽）。宋之問弱冠知名，實則弄臣，傾附張易之、武三思，居位不廉；流配欽州途中賜死。宋之問與沈佺期齊名，詩有齊、梁靡靡之風。後人輯有《宋之問集》。《全唐詩》編其詩為三卷。

◆ 渡漢江　宋之問

嶺外音書斷，經冬復歷春。
近鄉情更怯，不敢問來人。

大意　我被貶到五嶺之外，家裡的書信完全斷絕，孤孑一人在遙遠的蠻荒度過冬天，又再經歷了春天。現在，我北上渡過漢江。在這離鄉愈來愈近的時候，原先的殷切期盼，不知為何變成了害怕的心情，遇上同鄉，卻不敢詢問家人的近況，生恐他帶來了什麼不祥的消息。

簡析　這是宋之問從嶺南逃歸，途經漢江時所寫的五言絕句。他將當時複雜的心理變化，用精簡的二十個字抒寫得如此真切，耐人尋味。

賀知章

賀知章（六五九—七四四），字季真，號石窗，晚號四明狂客，越州永興（今浙江蕭山）人。武朝證聖初年擢進士第，累遷禮部侍郎、集賢院學士等；天寶三載（七四四）棄官歸隱為道士。賀知章的詩清新脫俗，且擅長草書和隸書；他和張旭、張若虛、包融合稱「吳中四士」，和李白是好友，曾讚嘆李白是「謫仙人也」。賀知章的詩文以絕句見長，除祭神樂章、應制詩外，其寫景、抒懷之作亦風格獨特。《全唐詩》存詩一卷。

◈詠柳

賀知章

碧玉妝成一樹高，萬條垂下綠絲絛①。

不知細葉誰裁出？二月春風似剪刀。

注釋 ①絛：絛音滔，絲編的繩子。

大意 這株高大的樹，有如用碧玉妝扮而成似的，樹上垂下萬條嫩綠色的絲帶。究竟是誰費那麼大的工夫裁出綠帶上無數的細葉呢？原來二月的春風就像拿了無形的剪刀做下這又浩繁又精細的工程。

簡析 第一句「碧玉妝成一樹高」既可就字面如前面「大意」來解讀。然而，也不妨以「碧玉」為人名來看待。南朝有首〈碧玉歌〉歌詠一位剛成年的美少女說：「碧玉破瓜時，郎為情顛倒。」後來「碧玉」漸漸用來廣泛稱呼年紀極輕的迷人少女。賀知章可能即兼用兩義作為雙關。但無論如何，〈詠柳〉的主旨在於大自然活力的展現。他將柳和二月春風都形象化，擬人化，把早春稚柳寫得生動活潑。

張若虛

張若虛（約六六〇—七二〇），揚州（今屬江蘇）人。官兗州兵曹。與賀知章、張旭、包融齊名，號「吳中四士」，《全唐詩》存詩兩首。

春江花月夜

張若虛

春江潮水連海平，海上明月共潮生。
灩灩[1]隨波千萬里，何處春江無月明？
江流宛轉遶芳甸[2]，月照花林皆似霰[3]。
空裡流霜不覺飛，汀上白沙看不見。
江天一色無纖塵，皎皎[4]空中孤月輪。
江畔何人初見月？江月何年初照人？
人生代代無窮已，江月年年祇相似。
不知江月待何人？但見長江送流水。
白雲一片去悠悠，青楓浦上不勝[5]愁。
誰家今夜扁[6]舟子，何處相思明月樓？
可憐樓上月徘徊，應照離人妝鏡臺。

玉户簾中捲不去，擣衣砧⑦上拂還來。
此時相望不相聞，願逐月華流照君。
鴻雁長飛光不度，魚龍潛躍水成文。
昨夜閒潭夢落花，可憐春半不還家。
江水流春去欲盡，江潭落月復西斜。
斜月沉沉藏海霧，碣石⑧瀟湘⑨無限路。
不知乘月幾人歸？落月搖情滿江樹。

注釋　①灩灩：波光蕩漾。②甸：甸音店，古代都城郊外的地方。③霰：霰音現，雨點遇冷空氣凝成的雪珠。④皎皎：潔白的樣子。⑤勝：勝音生。⑥扁：扁音篇。⑦砧：洗衣時用來輕搥衣服的石塊。⑧碣石：碣音傑，古山名。其所在，古今說法不一。詩泛指東北方。⑨瀟湘：瀟水和湘水會合的地方，在今湖南，詩泛指西南方。

大意　春天來了，江水浩浩東流，接連大海，跟海潮一同漲起，而海上明月也隨潮湧生。月光照遍了春江，使千萬里的江水都波光蕩漾。江水迴旋繞過芳香的春之原野，月光照耀著花林上的露水，就像灑上了一層雪珠。春寒襲人，但看不見空中有霜雪飛動，連洲渚上的白沙也看不見，因為大地全部被月光所覆蓋。

月光洗淨了萬物的五光十色，江天一色，仰望空中只剩一輪光亮的圓月。在這恬靜的月夜，令人不免疑惑，在江畔是誰最早見到月亮的？江月是那一年開始照人的？人生世代相傳，永無止境，而江月也一年一年規律地運行著。不知道江月是否在等待什麼特別的人，我們只感到時間流逝，就有如長江不停流逝一般。

這時，天空有片白雲向遠方飄走，正像遊子的不由自主。這攪動了遊子在青楓浦口的離愁。今夜多少乘著扁舟的遊子苦思家人，而多少地方也有許多思婦正在月光照耀的高樓，想念著行蹤不定的遊子。

可愛又惱人的月光在樓上徘徊不去，應該一直陪著孤寂的思婦，照臨她的梳妝鏡臺、門簾、擣衣砧，捲不走，拂不開。思婦和遊子同時望月，卻無法聽到對方的語言。思婦好想追隨月光照耀在外的夫婿。可是，連善於傳遞書信的鴻雁和游魚也無從找到居無定所的收信對象。

怎知道他鄉遊子連做夢也思念著家中情人，只可憐到了春花開始凋落，春季已經過半，還回不了家。江水無情，就是要將春天整個流盡，而寂靜江潭上的落月又已悄悄斜向西邊。

西斜的落月，漸漸深藏於海上吹來的晨霧。然而，多少相距遙遠的遊子和思婦，仍然兩地相思，沒有相逢。不知道到底有沒有少數人還能在這個春天的月夜回家團聚？月亮終於落下了，如夢如幻的春夜流逝了，只有那相思之情並沒有跟隨著流逝，江邊的綠樹還滿載情意，搖曳生姿。

簡析 聞一多讚譽這首詩是「詩中的詩，頂峰上的頂峰。」這首詩集合了春、江、花、月、夜五種動人的良辰美景，構成美妙的藝術境界。詩人觀察入微，筆觸細膩，情感豐沛，所以意象鮮明。

此詩全篇二百五十二個字，每句七言，每四句換韻，但不是呆板地每韻換意。例如當詩人從寫遊子換到寫思婦時，他只用「白雲一片出悠悠，青楓浦上不勝愁。誰家今夜扁舟子？何處相思明月樓？」就自然而順暢地轉換過去。換言之，他用同一韻腳，綰合了兩層意思，不留任何痕跡。

南京大學中文系教授吳翠芬闡發聞一多的意思有云：「月在一夜之間經歷了升起—高懸—西斜—落下的過程。在月的照耀下，江水、沙灘、天空、原野、楓樹、花林、白雲、扁舟、高樓、鏡臺、砧石、長飛的鴻雁、潛躍的魚龍、不眠的思婦以及漂泊的遊子，組成了完整的詩歌形象，展現出一幅一幅充滿人生哲理與生活情趣的畫卷。」很有啟發性，值得參考。

蘇頲

蘇頲（六七〇—七二七）字延碩，京兆武功（今屬陝西）人。弱冠登進士第，授烏程尉，累遷右臺監察御史。中宗時，歷任給事中、修文館學士、中書舍人。睿宗時，升任工部侍郎，襲父爵許國公，世稱蘇許公。玄宗開元四年（七一六）起為宰相四年，後轉禮部尚書，出為益州大都督府長史。蘇頲以工文稱，與燕國公張說並稱「燕許大手筆」。亦工詩，典雅秀贍。《全唐詩》存詩二卷。

◆汾①上驚秋

蘇頲

北風吹白雲，萬里渡河汾。
心緒逢搖落②，秋聲不可聞。

注釋 ①汾：汾音焚，汾水，又稱汾河，在山西省，全長七一六公里，流向初與黃河並行向南，於龍門下游十餘公里注入黃河。②搖落：凋殘衰敗。

大意 從北邊吹來的涼風吹來片片白雲。在這由暖轉涼的時候，我卻要渡過黃河、汾水到萬里之外的遠方去。我的心緒本來就很複雜，偏偏又遇上凋殘蕭瑟的季節，秋天的落葉、鴻雁、蟋蟀種種聲音，真教我再也聽不下去。

簡析 乍讀此詩，篇中的名詞和漢武帝的〈秋風辭〉很相似，二者究竟有何關連呢？話說漢武帝元鼎四年（前一一三）方士奏稱在河東郡掘得黃帝鑄的寶鼎，武帝行幸河東，祠后土，泛舟與群臣歡宴，樂甚，乃自做〈秋風辭〉云：「秋風起兮白雲飛，草木黃落兮雁南歸。蘭有秀兮菊有芳，懷佳人兮不能忘。汎樓船兮濟汾河，橫中流兮揚素波，簫鼓鳴兮發櫂歌，歡樂極兮哀情多，少壯幾時兮奈老何！」

蘇頲的感慨如何與武帝連繫起來？其中還須有個仲介，這個仲介就是唐玄宗。玄宗在開元十一年（七二三）仿效漢武帝來到河汾祠后土，當時任職禮部尚書的蘇頲理應隨駕，但忽然奉詔遠赴四川成都，這令他感到震驚，多年來他都任官京師，甚至當了四年的宰相，忽然卻在五十四歲遲暮之年必須遠赴益州。葉嘉瑩譬喻秋天是「將軍白髮，美人遲暮」，漢武帝在樂極生悲之際，感嘆自己已邁向衰老，其實漢武帝正處於四十五歲的盛年，而蘇頲倒已經是五十四歲，以唐代文人平均年齡五十三歲來說，蘇頲的老之已至，比起漢武帝的害怕老之將至，其感慨就更為真切深刻，因而他濃縮了〈秋風辭〉來寄託他複雜的心緒。

七歲女子

七歲女子，姓名不詳，南海（今廣東廣州）人。武后如意元年（六九二）召見，令賦詩一首，即此五言絕句。

◇送兄　七歲女子

別路雲初起，離亭葉正稀。
所嗟人異雁，不作一行①飛。

注釋　①行：行音杭。

大意　我在清晨送別哥哥，這時朝雲剛剛升起。到了必須分手的離亭，見到秋林落葉正紛飛著。抬頭望去，鴻雁恰好排成一字飛回南方，只可惜人還不如雁，哥哥不能和我一同回家去。

簡析　這首精簡的五言絕句，提到送別哥哥是在朝雲初起的清晨，落葉紛飛蕭瑟的秋季，天空是北雁南飛，結伴成行，於是興起人不如雁的感傷。一個七歲的女孩，寫出情景交融的好詩，難怪得到武則天的嘉獎。

張旭

張旭（六七五？—七五〇？）字伯高，吳（今江蘇蘇州）人，為盛唐著名草書家，性嗜酒，常醉後叫呼狂走，而後揮毫落紙，時稱「張顛」，又尊為「草聖」。其詩別有神韻，與賀知章、包融、張若虛號「吳中四士」。《全唐詩》存詩六首，《全唐詩續拾》補詩四首。

◇山行留客　張旭

山光物態弄春暉，莫爲輕陰便擬歸。
縱使晴明無雨色，入雲深處亦沾衣。

大意　山巒和山上的花鳥樹木都在春光照耀下，盡情賣弄它們的千姿百態。不要為了天氣稍微轉陰，就怕被雨淋濕而打算提早回去。其實，縱使天氣晴朗毫無雨意，群山裡的濃雲還是會沾濕你的衣裳。

簡析　張旭在春光明媚，鳥語花香的時候，和朋友結伴登山遊覽，天氣轉陰，同伴打算半途回去，張旭勸他留下繼續遊玩，並寫下這首作品。從此詩可看出他性情爽快，不拘小節。

張九齡

張九齡（六七八—七四〇），字子壽，韶州曲江（今屬廣東）人。官至中書令，他以正直敢言見稱，既是詞臣又是賢相，惜遭李林甫讒謗，貶為荊州長史，他的詩素練質樸，後世談到他的詩文，必與其人品操節並論。著有《曲江張先生文集》。《全唐詩》編其詩為三卷。

◇秋夕望月　張九齡

清迥①江城月，流光②萬里同。
所思如夢裡，相望在庭中。
皎潔青苔露，蕭條黃葉風。
含情不得語，頻使桂華③空。

注釋　①迥：迥音窘，遼遠的樣子。②流光：月光。③桂華：桂花。

大意　江城荊州月夜的天空這麼清澈遼闊，在遙遠故鄉的月光也同樣明亮吧！我所思念的人，望而不見，如夢如幻，我想這時她也正在庭院中望著月亮思念著我。但我們所能看到的，只是皎潔的月光照射在青苔上的露珠和秋風吹落的黃葉。我們滿懷思念之情，卻無從當面互訴款曲，這每每辜負了月亮的一番厚意。

簡析　張九齡在武后神功元年（六九七）登進士第，由校書郎逐步陞遷，玄宗開元二十一年（七三三）拜相，為著名賢相。二十四年，受奸臣李林甫排擠，罷相。次年貶為荊州長史。荊州瀕臨長江，故詩稱「江城」，而張九齡家鄉曲江則瀕臨珠江上源之一的北江，也是座「江城」，因此，夫妻二人所見的月色水光很相似，二人兩地相思，也就顯得更為自然。理得辭順，情景交融。

◈賦得自君之出矣　張九齡

自君之出①矣，不復理殘機②。

思君如滿月，夜夜減清輝。

注釋　①出：離家。②機：織布機。

大意　自從夫君出門遠行以來，妻子獨自在家，連織布機上殘留的布匹都無心織完。她一心思念著夫君，日益憔悴消瘦，宛如那圓圓的明月，一夜一夜減弱它的光輝。

簡析　古人作詩，有摘取前人成句為題的，往往在題首冠以「賦得」二字。東漢末年，徐幹有詩云：「自君之出矣，明鏡暗不治。思君如流水，無有窮已時。」後來南朝詩人就有人仿效作詩。張九齡在前輩「思君如某某，如何如何」之外別出新意，寫下此詩，這是從模仿中創新，也是對自己聯想力的一種鍛鍊。

王之渙

王之渙（六八八—七四二），字季凌，并州人（今山西）。曾任冀州衡水主簿，因被人誣謗，乃拂袖去官，後復出任縣尉。他擅長描寫邊塞風光，早年精於文章，並善於寫詩，多引為歌詞，常與王昌齡、高適等詩人互相唱和。《全唐詩》存詩二十九首。

◆送別

王之渙

楊柳東風樹，青青夾御河。
近來攀折①苦，應爲別離多。

注釋 ①攀折：古人有折柳送別之習，一同「留」。

大意 楊柳在春風的吹拂下，長出青青的柳條，夾著御河兩岸隨風款擺。只是近來苦於時常被人攀折，這應該是因為在此折柳送別的人太多了。

簡析　此詩將柳樹擬人化，把人別離的苦楚投射給柳。別離的人愈多，柳條被折的也就愈多。世人種種別離之苦以柳條被折之苦加以概括，所以能寫得如此精簡。

孟浩然

孟浩然（六八九—七四〇），襄州襄陽人（今湖北），世稱孟襄陽。他曾在太學賦詩，詩與王維齊名，並稱王孟，且與張九齡交好，但終身是個布衣。孟浩然的詩歌多為五言短篇，擅寫田園隱逸，繼陶淵明、謝靈運後，開啟盛唐田園山水詩派先聲。著有《孟浩然集》。《全唐詩》編其詩為二卷。

◇送朱大入秦

孟浩然

遊人五陵①去，寶劍直②千金。
分手脫相贈，平生一片心。

注釋　①五陵：長陵、安陵、陽陵、茂陵、平陵五個漢代帝王的陵寢，皆位於長安，為當時豪俠巨富聚集的地方。②直：值。

大意　遊人要到長安的五陵去謀發展。在送行時，我把身上價值千金的配劍脫手相贈，以壯行色。人生最可貴的，就是一片真心啊！

簡析　唐人習慣以排行稱呼朋友，朱大是朱家的老大，秦指長安。五陵原指漢朝的五座皇陵，漢帝每立陵墓，就把各地富豪遷往陵墓附近居住。以高祖長陵、惠帝安陵、景帝陽陵、武帝茂陵、昭帝平陵最著，合稱「五陵」，唐人每以「五陵」稱長安豪門貴族聚居的地方。孟浩然擔心朱大在上流社會顯得寒傖，臨別時就把珍貴的寶劍相贈。這是盛唐孟浩然豪邁爽快的表現。

◇送杜十四①之江南　孟浩然

荊吳②相接水爲鄉，君去春江正淼茫③。
日暮征帆何處泊？天涯一望斷人腸。

注釋　①杜十四：即杜晃。②荊吳：古二國名，指楚和吳，也以吳楚之地來泛指長江以南的地方。③淼茫：淼音秒，遼闊無涯。

大意　長江中游的荊州和下游的東吳都以水為鄉，你從荊州到東吳去，正逢春水遼闊浩渺，極為方便。然而，你才剛離去，我就開始記掛你今晚要停泊何處？佇立江邊一再眺望，你已遠在天際，這時，離情別緒不覺就湧上了心頭。

簡析　詩的前兩句從荊州和東吳都是以水為鄉，風物相同說起，接著說春水浩渺，船行順暢，這是送者對行人的寬解安慰。杜晃一走，孟浩然的擔心和傷心才連續出現。讀來餘味無窮。

◆渡浙江①問舟中人

孟浩然

潮落江平未有風，扁②舟共濟③與君同。
時時引領望天末，何處青山是越中④？

注釋 ①浙江：為浙江省主要河川，以水道曲折而得名。至杭縣會浦陽江，稱為錢塘江。②扁：扁音篇。③濟：濟音擠，渡河。④越中：今浙江紹興。

大意 澎湃的錢塘潮已經落下，江面無風，波平浪靜，我們有緣同坐一葉扁舟安穩渡江。我時時伸長脖子望著天際的青山，請問哪一座青山底下才是越州？

簡析 開元十三年（七三五）孟浩然自洛陽沿汴河南下，經廣陵到杭州，在往越州（今浙江紹興）途中，恰遇錢塘江漲潮，等潮退江平又沒起風的時候，詩人和幾個當地人共渡錢塘，他請他們指點越州的所在。這是他旅途的實錄，但是卻也將他的心情表露無遺。遇潮阻留，並未萌生無奈之感，觀潮反而增添了意想不到的趣味。而重新上路，又是一種愉快。

「同船過渡三分緣」，和陌生人萍水相逢，相談甚歡，又是另一種愜意。嚮往已久的越州已經愈來愈近，更使他興奮不已。乍看之下全篇只用平淡的日常話，略述行程而已，仔細品味，它的心情卻令讀者感同身受。

◆題大禹寺[1]義公禪房

孟浩然

義公習禪處，結構依空林。
戶外一峰秀，階前群壑深。
夕陽連雨足[2]，空翠落庭陰。
看取蓮花淨，應知不染心。

注釋 ①大禹寺：在今浙江紹興市東南四里的會稽山，晉驃騎郭偉建。②雨足：雨腳。

大意　義公禪師習禪的房屋，緊靠一片清靜的樹林。屋基座落在挺秀的高峰上，走到階前，卻可俯看許多深谷。久雨初歇，夕陽終於露出光芒，綠樹陰影落在庭院中，也映照在潔淨的池蓮，而蓮花就象徵了主人不染的禪心。

簡析　開元十三年（七二五）孟浩然在越州（今浙江紹興）寫下此詩。此詩藉景物讚美義公的安禪。安禪須養靜，養靜非幽居不可。結宇空林，而巖高谷深。天邊夕陽，映照殘雨。庭中草木，一色青翠。時景無不清絕。最後以池中蓮花喻義公的不染塵俗作結。全篇無一字描寫義公如何參禪，而他習禪的境界卻約略可以體會到。

王昌齡

王昌齡（六九八—七五六），字少伯，太原人。進士及第後任祕書省校書郎，開元年間選博學宏詞科，改任汜水縣尉。後貶江寧丞，再貶龍標尉，仕途不順。晚年棄官還鄉，為刺史閭丘曉所殺。王昌齡乃盛唐著名詩人，時人稱王江寧；擅長七言絕句，描寫邊塞戰爭氣魄雄渾，寫閨中幽怨卻是感傷抒情，有詩家夫子、七絕聖手的美譽。《全唐詩》存詩四卷。

◆從軍行 ◎七首其二　王昌齡

烽火城西百尺樓，黃昏獨坐海風秋。
更吹羌笛關山月①，無那②金閨萬里愁。

注釋　①關山月：樂府橫吹曲名，多描寫邊塞蕭條，征人思歸等感情。②無那：那音挪。無奈。

大意　在最前線監視敵人活動的烽火樓西面，高聳一座瞭望臺。黃昏時分，一個哨兵孤獨坐在高樓上，感受到青海吹來的秋風，陣陣秋風不但使他身體發涼，更一直涼到內心深處。這時，偏偏有人用羌笛吹起〈關山月〉這悲涼的曲子，寂寞哨兵還能不思念起萬里之遙正在思念著自己的妻子呢？

簡析　在一年中最為蕭瑟的秋天，一天中人畜最想回家的黃昏。從視覺，從觸覺描寫戍樓上孤獨的戍卒已經強忍他的悲情，到了用羌笛吹的〈關山月〉傳入耳中，他再也無法遏止思念之情，他想到金閨裡寂寞的妻子，但不是單向的由他想到她，而是妻子也正在想念著他，二者相加相乘的結果，使兩地相思的情意，更為豐厚，這是王昌齡高明之處。

◇從軍行◎七首其四　王昌齡

琵琶起舞換新聲，總是關山舊別情。
撩亂①邊愁聽不盡，高高秋月照長城。

注釋　①撩亂：紛擾雜亂。

大意　戍守邊疆的將士在琵琶聲中蹁躚起舞，他們不斷更改新創的曲子。但無論如何改變，曲裡總是包含著思念家鄉的濃情。擾亂心緒的樂聲陣陣傳入耳中，而明月高掛天空，照耀長城的景象，卻又引起了另一番思潮。

簡析　帶著異域情調的琵琶聲，總是觸動征人思鄉之情。而秋月照臨長城，使城下將士想到，自從長城建立以來，一代又一代，一批又一批，無數的戍卒都同樣望著月下長城，同樣懷著思鄉之情，這又為了什麼？邊塞生活，無論耳聞、目睹，都引人遐思，這就是邊塞生活。短短四句，卻寫得如此有聲有色，意味深長，王昌齡不愧是邊塞詩的高手。

◈從軍行　◎七首其五　王昌齡

大漠風塵日色昏，紅旗半卷出轅門①。

前軍夜戰洮河②北，已報生擒吐谷渾③。

注釋　①轅門：古代駐軍，用車子作為屏障，在出入口掀起兩車，車轅相向作為營門，稱為轅門。②洮河：河名。發源於甘肅、青海邊境的西傾山南麓。在洮口注入黃河，全長約五百公里。③吐谷渾：谷音玉。中國邊疆遊牧民族之一，唐太宗時為李靖所敗，降唐。

大意　遼闊的沙漠刮來強風，吹起的沙塵使日色昏暗無光。大軍冒著惡劣的天候，為了減低風阻，半捲軍旗出了轅門，直指敵營，打算主動出擊。行軍到半路，卻遇上先鋒部隊派來回報軍情說：昨夜在洮河北岸的夜戰中大獲全勝，連敵酋也遭生擒了。

簡析　詩的內容先從無畏於環境惡劣的增援部隊說起，他們堅決抓緊時機上路去攻打敵人。眼看一場惡戰就要開始，可是一個大轉折卻完全出人意表。本來作為主力的增援部隊在路上就得到最新的軍情——作為先鋒的健兒已經在夜戰中大獲全勝，生擒敵酋。王昌齡對戰鬥的過程並未著墨，但我軍的艱苦、堅毅、迅猛、勇敢卻表露無遺，而先鋒之所以戰勝，正憑藉這種精神。此外，我軍先鋒無待主力的馳援就徹底擊潰了敵軍，可見唐軍的遊刃有餘。王昌齡寫邊塞詩手法多元，都極為出色。

◆送魏二　王昌齡

醉別江樓橘柚香，江風引雨入舟涼。

憶君遙在瀟湘月，愁聽清猿夢裡長。

大意　別筵設在江邊的酒樓上，窗口飄來橘柚的花香。宴罷相送到船上，江風吹拂著細雨，使船裡泛起了涼意。當我酒醒想念你的時候，你已經遠在南方的瀟水湘水對著明月難以成眠。縱使偶能淺眠入夢，耳中仍被淒清的猿聲所縈繞，令你在夢中也擺脫不了悲愁的情緒。

簡析　王昌齡有位姓魏排行第二的朋友到南方去，他設宴餞行，並親送上船。就內容而言，唐人送別的詩很多，此詩不過是其中之一，它深受讀者喜愛，是由於它的表現手法。詩的語言以形象化，能引起讀者的感覺為上。人有眼、耳、鼻、舌、身、意六根，六根和色、聲、香、味、觸、法相應，就會產生感覺，有了感覺，才會引發感情。此詩首句「醉別江樓橘柚香」，「醉」字已包含了齒頰留芬的味覺，而「橘柚香」的「香」字是嗅覺。「江風引雨入舟涼」是「觸覺」。「憶君遙在瀟湘月」是想像中的視覺。「愁聽清猿夢裡長」是想像中的聽覺。四句之中，六根全都用上。而全詩最後一「長」字更是餘音嫋嫋，意情深遠。王昌齡的表現手法，值得細細揣摩。

◈採蓮曲 ◎二首其二　　王昌齡

荷葉羅裙一色裁，芙蓉向臉兩邊開。
亂入池中看不見，聞歌始覺有人來。

大意　綠色的荷葉和羅裙都是用相同的綠色剪裁而成，而少女鮮嫩的臉龐則與粉紅色的蓮花交相輝映。少女混入蓮花之中，人花難辨，成了美麗大自然的一部分。聽到悅耳的〈採蓮曲〉，這才知道花裡夾雜著可愛的採蓮女。

簡析　王昌齡這首〈採蓮曲〉別出心裁。表面上，他似乎要將採蓮女的形貌隱藏在蓮花之中，其實，他已經也把少女之美喻為蓮花之美。不過他最想突出的是女郎的歌聲，這是蓮花所不能及的，美女之所以被稱為「解語花」者以此。他並沒有忽略採蓮女的美，而更強調其歌，正與詩題〈採蓮曲〉相呼應，於此可見他構思的周密。

開元宮人

開元宮人，姓名不詳，玄宗開元間宮人曾作詩縫賜守邊軍衣中。

◇袍中詩

開元宮人

沙場征戍客①，寒苦若爲眠？
戰袍經手作，知落阿誰邊？
蓄意多添線，含情更著②棉。
今生看③已過，結取後生緣。

注釋 ①征戍客：出征或戍守的軍士。②著：著音卓。③看：看音刊。

大意 離家遠赴沙場出征的人，環境既艱苦又寒冷，怎能入睡呢？這件戰袍是經過我親手做的，可是我也不知道它究竟會落在什麼人的身邊？我刻意多添些針線，含情更加些絲棉，看來我這一生就要在宮中寂寞度過，就以這襲戰袍和你結下來生的良緣罷！

簡析 開元年間，玄宗賜邊軍絲棉戰袍，戰袍由宮女手製。有個士兵從他的戰袍中看到這首詩，連忙報告戰區的統帥，統帥將此詩上奏朝廷。唐明皇以詩遍傳六宮，想找出寫詩的作者，有個宮女自稱「罪該萬死」，出面承認。明皇卻對她說：「妳想結來生緣，朕就讓妳結今生緣好了。」就將宮女賜給得〈袍中詩〉的軍士為妻。最終是以喜劇收場，並傳為佳話。然而，這也反映出無數宮人寂寞無奈的心情。白居易〈長恨歌〉說「後宮佳麗三千人，三千寵愛在一身。」讀者或許會以為「三千」只是個誇張的數字。其實不然，後宮還有許多不同年齡、不同職掌、不很佳麗的宮女，當時為數是四萬多，她們都是從民間良家女選拔進宮的。她們的好處只是沒有衣食之虞，但一生都得深藏宮中。唐代詩人寫了宮詞，從不同片斷，抒寫宮人的悲哀，可資參考。而最可悲的是一般宮女去世，就埋葬在宮女的公墓「宮人斜」，她們的墓誌一律刻著「（某姓）宮人，不知何許人也。……」而且石碑粗糙，時有裂痕。一生全都貢獻給後宮，逝世之後，只落個有姓無名的結局，真令人鼻酸。唐明皇偶然興起賜婚一人，其他佳麗和不很佳麗的人，就只能默默過著寂寞的一生。

王維

王維（七〇一－七六一），字摩詰，太原祁人（今山西祁縣）。二十一歲中進士，官大樂丞，隨即因案受牽連，謫為參軍。天寶末年安祿山反，王維被俘，亂平後以附賊罪下獄，以「凝碧」詩表忠獲赦。後累遷尚書右丞，世稱王右丞。四十歲後隱居藍田輞川，妻亡無子，孑然一身。王維詩歌以描寫田園山水見長，此外還擅長音樂與繪畫，宋代詩人蘇軾讚「詩中有畫，畫中有詩」。著有《王右丞集》。《全唐詩》編其詩為四卷。

◆欒家瀨[①]

王維

颯颯秋雨中，淺淺[②]石溜瀉。

跳波自相濺，白鷺驚復下。

注釋　①瀨：沙或石上淺而急的流水。②淺淺：淺音尖，水流急的樣子。

大意　颯颯的秋雨之後，水流淺淺溪石之間，水波濺起，水珠四散，連白鷺都被驚嚇飛起，過了半晌才敢再飛下。

簡析 秋雨之後，水勢高漲，但在石瀨之間，水淺而急，水花激濺四射出來，連白鷺也受到驚嚇，王維「詩中有畫」，是指詩中充滿畫面，讓人讀詩，也好像行步於溪邊，享受水色美景，詩境與畫境融合為一，而更引人入勝的是，王維詩往往在畫面中形成一種動態的美感，溪水從石頭之中，激起水花，這邊的水珠飛濺到那邊，那邊的水花飛濺到這邊，水珠相互飛濺，如同彼此玩耍一般，說法既活潑又熱鬧，白鷺被水花驚起，突然的驚嚇，見證了水勢飛濺的力道，但終於察覺一切是如此自然，於是又安然飛下，詩人捕捉秋雨之後，水濺鳥驚的瞬間畫面，靜謐之中，充滿了生命力，是鋪排山水的佳作。

◈鳥鳴澗

王維

人閒桂花落，夜靜春山空。

月出驚山鳥，時鳴春澗中。

大意 少了俗事的牽絆，悠閒地看著桂花飄落，夜闌人靜的時候，更能夠感受春天山林裡的空寂。一輪明月升起竟然驚動了山裡的鳥，不時在春天溪澗之上鳴叫。

簡析 本詩為王維〈皇甫岳雲谿雜題五首〉中的第一首。人要悠閒，心才能靜，心靜之後各種感官才能發揮作用，然而悠閒無事要怎麼形容？王維用「桂花落」來表現，桂花細小，落地悄然無聲，白天都不易看見，然而詩人卻可以察覺得到花從枝上落下，春山靜夜，萬籟俱寂，於是一點點的動靜，都可以察覺，山靜也就是心靜。然而山靜又要如何形容？一片靜謐當中，一輪明月升起，在全然寂靜的春山中，光影的變化驚動了山鳥，於是在春山溪澗之上鳴叫。春天山林，不是一片死寂，有了聲響，反而更顯幽靜，詩人以白描手法，以鳥鳴聲音，襯托春山的靜，詩人營造氣氛的巧思，靜觀萬物當中，展現了閒雅自適的心情。這首詩可以與〈欒家瀨〉參看，詩人獨特敏銳的感官，不論是在秋天，或是春天；是白天或深夜；在溪邊還是山裡，詩人於末了，運用了相同的手法，同樣是驚鳥的動作，眼見「白鷺驚復下」，耳聽「時鳴春澗中」，都是由動顯靜，在動態聲響中，感受到自然的美好，當然詩人心靈的靜謐通透也就不言可喻。

◈萍池　王維

春池深且廣，會①待輕舟回。
靡靡②綠萍合，垂楊掃復開。

注釋　①會：適逢。②靡靡：遲緩的樣子。

大意　又深又廣的春池覆蓋一層青萍，輕舟划過之後，分開的青萍又慢慢合攏。沒想到一陣春風吹來，低垂的楊柳拂過水面，又輕輕巧巧地把青萍給掃開。

簡析　這首詩為王維〈皇甫岳雲谿雜題五首〉中的第五首，如同風景寫生一般，一池春水，青萍浮於水面，美景如畫，詩人細膩觀察到水面青萍的動靜，輕舟泛於其上，攪亂水面，船行而過，復歸平靜，然而卻在春風楊柳戲弄之下，又被攪亂，擺盪之間，一開一闔，充滿生動活潑的趣味。

◆辛夷塢①

王維

木末芙蓉花，山中發紅萼。
澗戶寂無人，紛紛開且落。

注釋 ①塢：四周高中間低的地方。

大意 山中有許多辛夷花，在枝頭上綻放著美麗紅色的花朵。儘管溪澗上的小屋寂靜無人，但它依然自顧自地盛開，自顧自地凋落。

簡析　本詩為王維《輞川集》第十八首，描繪的是輞川一帶的風景，辛夷塢遍植辛夷木，辛夷花不同於桃、杏，花苞是在枝條頂端上，狀態很像荷花，顏色也很相近，所以詩人用「芙蓉」來形容，用「木末」來說明，都是十分準確的描寫。這片美景理應為人所欣賞，但澗戶無人，辛夷花在枝頭怒放，開得何等燦爛，而花開之後，紛紛凋零，又何等灑脫，美並非因人而生，花開花落，一任自然，如同《莊子．知北遊》所言：「天地有大美而不言」，從自然景物美感的捕捉，昇華為生命的體會，是詩人獨有的領悟，正好印證王維自己在〈終南別業〉所說「中歲頗好道，晚家南山陲。興來每獨往，勝事空自知」的心境。

◇木蘭柴①

王維

秋山斂②餘照，飛鳥逐前侶。
彩翠時分明，夕嵐無處所。

注釋 ①柴：讀音債。以竹或樹枝編成的柵欄。②斂：聚集。

大意 秋天的山巒沐浴在落日餘暉中，山林中飛鳥相互追逐嬉戲。樹林鮮豔翠綠的色彩在光影變化中更加鮮明，黃昏不時飄出的霧氣使得山色更加迷離。

簡析 秋天、夕陽、山色，原本就是最具美感的景象，不乏精彩詩篇，王維描繪其中的光影變化，既無讚嘆，也無感慨，亦無惆悵，而是在餘暉當中，展現短暫又生動的迷離美感。傍晚日光灑落秋山，秋山映著餘暉變成畫面主角，成為賞玩的主體，整首詩更像是一幅靜物寫生一般，看著飛鳥追逐，青翠山色映著晚霞，顏色紛呈分明，光影變化更加豐富，詩人善用複合意象，展現木蘭柴多層次美感。陶淵明〈歸去來辭〉「雲無心以出岫，鳥倦飛而知還。」王維轉化其中意象，飛鳥應該要還巢，但是詩人卻看出飛鳥在山林之中，相互追逐，恣情行動，夕照餘暉，山嵐不擇地而出，在秋山之中，更增情調，似無心，若有意，詩人巧妙安排，輕柔之中，無處不優雅，秋山黃昏，可以讓人獲得心靈的澄澈與平靜。

◆書事　王維

輕陰閣小雨，深院晝慵開。
坐看蒼苔色，欲上人衣來。

大意　細雨初歇，天尚微陰，雖在白天，卻懶得開院門。坐下看著院落的青苔，鮮綠顏色好像要跑到人的衣服上頭來了。

簡析　王維寫自然之景往往將自己抽離，藉由觀看的方式，呈現自然空靈的美感，以及寧靜恬淡的心境。本詩卻是藉由眼前之景，抒寫自己的感受，清新活潑又有雅趣。雨歇天陰，在詩人的想像中，是天陰擋住了小雨，雨後的片刻，無事而清閒，懶開門是人情之常，但坐看青苔，看到雨後鮮綠的顏色，綠到好像要跑到人的衣服上來，就要有詩人的想像力，「欲上人衣來」的擬人手法，不僅傳神，全詩充滿了力道，也表現出王維觀物的巧思。

◆息夫人[1] ◎時年二十　王維

《本事詩》云：「寧王[2]宅左，有賣餅者妻，纖白明媚。王一見屬意，厚遺其夫，取之。寵惜逾等，歲餘，因問曰：「汝復憶餅師否？」使見之，其妻注視，雙淚垂頰，若不勝情。王座客十餘人，皆當時文士，無不悽異。王命賦詩，維詩先成，座客無敢繼者。王乃歸餅師，以終其志。」

莫以今時寵，難忘舊日恩。
看花滿眼淚，不共楚王言。

注釋　①息夫人：春秋陳國人，嫁息侯，楚文王滅息後強納為妻，雖育有二子卻未對王開口。②寧王：李憲（六七九—七四一），唐玄宗大哥，卒謚讓皇帝。

大意　不要以為今天的寵愛，就能忘記舊日過往的恩情。儘管面對良辰美景，息夫人仍然淚水不斷，始終不願意和楚王講話。

簡析　息夫人，名息嬀，春秋時陳侯之女，息國國君夫人，但後來被楚文王所奪。《左傳．莊公十四年》記載了這個故事：蔡哀侯為了私怨，唆使楚文王強佔息嬀，就算已經生了兩個小孩，但息嬀始終不願意和楚文王講話；楚文王得知原由後派兵伐蔡，俘虜蔡哀侯。蔡哀侯是咎由自取，但息嬀成為陰謀下的犧牲品，無言的抗議，讓人產生無限的同情。依據詩題小注以及孟棨《本事詩》，這首詩是王維年輕時應酬所寫的作品，藉由春秋時代息夫人不忘舊人的典故，歌詠賣餅者妻子對於餅師的眷戀，文字簡潔而動人。夫妻相偕，白頭到老，有互許一生的承諾，有相持相助的恩情，春秋時代楚王奪人之妻，息夫人用自己的方式來表達自己堅守的原則。相同的道理，寧王娶賣餅者妻，女子雖然享受榮華富貴，但面對過去互許終身的丈夫，仍有無限的思念。全詩沒有譏諷，卻巧妙表現女子堅貞的感情，不是富貴、名位可以動搖，文字委婉，情感真摯，無一言虛造，無一語矯飾，因此當時在座之人無法再接續，而寧王會將夫人送歸餅師，實在是因為王維的詩真實直切，觸動人心，因此成就一段佳話，詩的力量，由此可見。

◆使①至塞上

王維

單車②欲問邊③，屬國過居延④。
征蓬出漢塞，歸雁入胡天。
大漠孤煙直，長河落日圓。
蕭關⑤逢候吏，都護⑥在燕然⑦。

注釋　①使：出使。②單車：輕車簡從。③問邊：慰勞邊塞將士。④居延：城名、湖名，在甘肅酒泉郡。⑤蕭關：關名，在甘肅省固原縣東南，為關中四關之一。⑥都護：邊疆地區的最高長官。⑦燕然：燕音煙。山名，即今外蒙古杭愛山。

大意　輕車簡從要到邊關去慰問軍士，然而路程遙遠，附屬國還在居延之外。千里飛蓬從漢塞飄出，南方的歸雁又飛回北方。浩瀚沙漠孤煙直上青天，綿延無盡黃河之上，落日渾圓。途經蕭關恰巧遇到偵候官吏，告訴我都護已經到了燕然山最前線了。

簡析　這首詩是詩人奉命赴邊疆慰勞將士的一首紀行詩，大漠壯闊雄奇的景色迥異於關內，此行宣慰軍士，輕車簡從，但目的卻並不明朗，於是用蓬草、歸雁，既寫景，又寄寓人生的飄泊。詩人運用最擅長的寫景手法，以「大漠」、「長河」建立起廣袤雄偉的空間，而「孤煙直」、「落日圓」不僅有了色彩，也使得空間更為立體，黃沙滾滾的大漠，蜿蜒無盡的黃河，盡收攏在兩句之中，大、長、圓、孤、直這些形容詞當中，大／孤；長／圓，相互衝突，煙直／日圓又饒有意象，天地之間顯得蒼涼又壯闊，成為傳唱千古的名句，這是充滿美感色彩的空間布局，王國維《人間詞話》直指「此種境界，可謂千古壯觀。」唐代為富盛王朝，就在最後兩句展露無遺，《後漢書．竇憲傳》載竇憲大破單于，「遂登燕然山，去塞三千餘里，刻石勒功，紀漢威德，令班固作銘。」大漠古來征戰地，唐代繼承漢代功業，詩人一句「都護在燕然」，具有歷史象徵意義，也符合宣慰的目的。

◈少年行◎四首錄二　王維

第三

出身仕漢羽林郎①，初隨驃騎②戰漁陽③。
孰知不向邊庭苦，縱死猶聞俠骨香。

第四

一身能擘④兩雕弧，虜騎千重只似無。
偏坐金鞍調⑤白羽⑥，紛紛射殺五單于⑦。

注釋　①羽林郎：漢代掌宿衛侍從的禁軍。②驃騎：驃騎音票寄，將軍名號，漢武帝始以名將霍去病為驃騎將軍。③漁陽：今天津薊縣。④擘：擘音播，張開。⑤調：調音條。⑥白羽：箭。⑦單于：單音禪，匈奴稱其酋長為單于。

大意　從軍當上了皇家宿衛禁軍，初上戰場就跟隨了驃騎大將軍參加漁陽大戰。誰都知道奔赴邊疆打仗的辛苦，但為了國家戰死也是永世留芳。

英雄出少年，一個人可以左右開弓，入侵騎兵一層層圍來，絲毫沒當成一回事。側著身子坐在馬鞍上，從容調好翎羽射出，敵酋紛紛中箭落馬。

簡析　〈少年行〉是樂府舊題，往往用來表現飛揚跋扈的少年意氣，所以充滿高揚爽快的氣魄。這兩首詩是王維〈少年行〉四首之二，表現個人俠氣之外，將原本縱酒狂歡的場景，轉變為戰場上建功立業，雖死無悔的表白，更有報效國家的壯志豪情。「虜騎千重只似無」的瀟灑，「偏坐金鞍調白羽」的從容，寫出少年郎的英雄氣魄，「縱死猶聞俠骨香」的決心，則有志士仁人的氣度，王維一方面保有原本少年游俠主題，又增添了志士豪情的元素，以及個人報國的志向，俠氣昇華為骨氣，個人縱情享樂昇華為承擔家國事業的志懷，不僅內容更為豐富，也反映自己年少的熱情與想望，詩人善用舊題作新曲，這是很好的示範。

◇送沈子歸江東

王維

楊柳渡頭行客稀，罟師①蕩槳向臨圻②。

惟有相思似春色，江南江北送君歸。

注釋 ①罟師：罟音古，指船夫。②臨圻：圻音其，臨近曲岸之處，指友人所去之地。

大意 楊柳依依，渡口行客稀少，船夫搖起槳駛向臨圻。我的相思如同春色一般，江南江北一路伴隨你回家。

簡析 這首詩為王維的送別詩，同樣是送別，相對於〈送元二使安西〉中「渭城朝雨浥輕塵，客舍青青柳色新。勸君更進一杯酒，西出陽關無故人。」離情的激昂濃烈，這首寫的情緒卻是清新綿邈。首句點出送別之地，也構畫折柳送別的場景，行客稀少的冷清，不減心中離別的痛苦，而隨著船夫划槳起行，離別在即，詩人眼光卻從青青楊柳延伸到遠方，綠野千里，芳草萋萋，相思之情如同滿眼春色，滿布江南江北，詩人想像著一路相伴而行，自然的色調與人的思緒巧妙聯結，既是比喻，也是感情的投射，悠遠的相思化為滿眼春色，情景融合，抽象變為具象，離別之苦，在詩人的點化之下，變成相隨相伴，再無分離。全詩充滿活力與展望，意境至為優美明朗。

◇崔興宗①寫眞詠　王維

畫君年少時，如今君已老。
今時新識人，知君舊時好。

注釋　①崔興宗：王維的表弟，長期過隱逸的生活，只有在天寶十一載（七五二）至十三載曾官右補闕。今存詩五首。

大意　當年為崔君畫這幅畫像還是青春年少，如今卻已經年老。當我們結交了好多新的朋友之後，比較之下才知道朋友還是舊的好。

簡析 這是王維看崔興宗畫像時的題詠，面對過往的形象，詩人頗有感慨，畢竟歲月不饒人，兩人都已年老，但相對於畫像的沒有改變，以及這個人留在心中的印象，卻又不得不感慨，這真是一輩子的好朋友。這首詩用字淺白，幾近口語，但是在昔—今／今—昔時間的推移之中，變的是人，變的是世道人心，但畫像不變，感情也不變，王維用一輩子的觀察，來證明兩人真摯的情誼，在歷經人世滄桑，了解人情世故之後，讀來更雋永有味。

◈菩提寺禁裴迪來相看①說逆賊等擬在凝碧池上作音樂供奉人等舉聲一時淚下私成口號誦示裴迪

王維

萬户傷心生野煙，百官何日再朝天？
秋槐葉落空宮裡，凝碧池頭奏管絃。

注釋 ①裴迪來相看：唐天寶十五年（西元七五六年），安祿山攻陷長安，王維被拘禁於菩提寺，裴迪來看視。

大意 百姓居處變成荒煙蔓草讓人傷心，朝廷百官不曉得什麼時候才能再朝見天子？秋天槐樹葉子落在空蕩蕩的宮廷中，凝碧池那邊叛軍卻在聽著音樂縱情享樂。

簡析 在安史之亂的變局中，皇帝逃難去了，但來不及走的臣子，處境危險又為難，往往身不由己，王維裝病推辭，卻還是被授偽職。等到平叛定亂之後，這批身陷賊朝的官員面臨清算，王維最終以這首詩免其災禍，除了表述忠誠之心外，更有悲憫王朝凋零的傷感，讀來特別悽涼感人。「萬戶」是百姓生活所在，如今荒煙蔓草，繁華在一夕之間消失不見，原本百官僚屬，要待何時才能迎來天子，是吶喊也是期待。詩人善用對比，原本宮殿繁華殘破，無比冷清，而凝碧池邊叛軍卻逼著梨園弟子、教坊工人演奏音樂，喧鬧不已，一冷一熱，令人無限感慨，亂世無奈，表露無遺。詩人的悲憫文字，成為表明個人心志的最佳證明，王維稱為「詩佛」不僅是詩有禪意而已，而是對生命始終有著悲憫的情懷。

李白

李白（七〇一—七六二），字太白，號青蓮居士，祖籍隴西成紀（今甘肅泰安縣），出生於中亞碎葉城（今吉爾吉斯共和國境內），少時隨父遷居四川綿州青蓮鄉。天寶元年，隨友人吳筠入長安，賀知章讀李白的詩〈蜀道難〉讚嘆其為天上謫仙，並推薦給唐玄宗，召為供奉翰林。後因侮弄宦官高力士，得罪寵妃楊玉環，於是辭官離京。安史之亂，李白因受牽連，被囚於潯陽，流放夜郎途中遇赦獲釋，最後病逝於當塗。李白一生曲折離奇，詩文高妙清逸，世稱詩仙。著有《李太白集》。《全唐詩》編其詩為二十五卷。

◇古風 ◎第九首　李白

莊周夢蝴蝶①，蝴蝶爲莊周。
一體更變易，萬事良悠悠。
乃如蓬萊水，復作清淺流。
青門種瓜人，舊日東陵侯②。
富貴故如此，營營③何所求？

注釋 ①莊周夢蝴蝶：《莊子・齊物論》：「昔者莊周夢為胡蝶，栩栩然胡蝶也，自喻適志歟，不知周也。俄然覺，則蘧蘧然周也。不知周之夢為胡蝶歟？胡蝶之夢為周歟？」②東陵侯：召平為秦朝東陵侯，秦滅後在長安城東種瓜，又稱東門瓜。③營營：為生計奔波。

大意 莊周夢見自己化成蝴蝶，醒來之後竟然不知道是自己變成蝴蝶，還是蝴蝶變成了自己。所有事物都是不斷變化，周流不止，沒有例外。就算是蓬萊仙山周圍遼闊的海水，也會化為涓涓細流。長安東門外種瓜的先生，當初曾經是秦朝的東陵侯。功名富貴不過如此，汲汲營營又能求得什麼？

簡析 這首詩是李白〈古風〉五十九首中的第九首，藉由《莊子・齊物論》中的一則寓言，莊周夢見自己化成蝴蝶，醒來之後，恍惚之間，不曉得是莊周變成蝴蝶，還是蝴蝶變成莊周，因此興發感慨，世事變化，生命流轉，所有的東西都是變動不居，沒有什麼執著的道理，功名利祿自然也是如此。詩人舉了兩個例子來證明，一是蓬萊仙島無垠的海水，也會變成涓滴細流；二是隨著王朝的更替，秦朝的東陵侯到漢朝竟是種瓜為生，詩人以生命形態、自然變化，到歷史上的實例，最終提出對於人生態度的看法，層層推進，論述具有層次，不僅有說服力，而且灑脫豪氣，充分展現詩人的才情。

◇古風 ◎第十五首 李白

燕昭延郭隗，遂築黃金臺①。
劇辛方趙至，鄒衍復齊來。②
奈何青雲士③，棄我如塵埃？
珠玉買歌笑，糟糠養賢才。
方知黃鶴舉④，千里獨裴回。⑤

注釋 ①黃金臺：燕昭王請郭隗（隗音偉）為師，為之築臺，後用來比喻招攬賢才。②首四句：戰國燕昭求治，廣納賢才，先拜老臣郭隗為師，為之修築高臺、置黃金，隨後著名遊士劇辛、鄒衍等紛紛從各國來見。③青雲士：指在高位之人。④黃鶴舉：春秋時田饒在魯國未受重用，離去時對魯哀公說：「臣將去君，黃鶴舉矣。」⑤最後兩句：喻賢才遠走高飛，獨自徘徊。

大意　燕昭王為了延聘郭隗築起黃金高臺，因此劇辛從趙國來投奔，鄒衍也從齊國過來。可是如今當政者卻棄我如塵埃，用珠玉買歌歡笑，用糟糠來養賢才。如今我終於了解，黃鶴為何高飛而去，千里獨自徘徊。

簡析　詩人歌詠燕昭王厚待賢士，天下歸心的歷史故事，李白藉此興發對燕昭王的仰慕，以及對郭隗等人能夠遇到明主的羨慕。可惜的是古今對比之下，如今上位者重視的是自己的享樂，對賢才棄若敝屣，李白生不逢時，無法發揮，也就有許多感慨。「青雲」對比「塵埃」，高下懸絕，極為諷刺；黃鶴遠舉，千里徘徊，更是充滿形象的比喻，賢人無所歸，是李白的感慨，也是古來賢士共同的悲哀。有意思的是李白既洞悉世情變化，功名利祿轉眼成空，卻又對於未能得遇明主，深有怨懟，前者是理智，後者是感情，或許就是在個人理智與情感之間，無法調伏和諧，跌宕衝突，發為詩歌，宣洩其中的不平，因此特別能撫慰千古以下激昂的心靈。李白〈古風〉五十九首中，「笑」與「泣」是經常出現的語彙，比例更高於「酒」、「醉」，展現詩人心中情感豐富，元好問〈論詩三十首〉論阮籍：「縱橫詩筆見高情，何物能澆塊壘平？」用來說明李白心情，也十分貼切。

◇古風 ◎第三十八首　李白

孤蘭生幽園，眾草共蕪①沒。
雖照陽春暉，復悲高秋月。
飛霜早淅瀝，綠豔恐休歇。
若無清風②吹，香氣爲誰發？

注釋　①蕪：雜草，作者自比為幽蘭遭埋沒。②清風：喻知己。

大意　幽蘭生在園林之中，被眾多雜草掩沒。雖然也曾獲得春日陽光的照拂，但沒多久秋月照臨，又陷於悲涼境地。如果再經霜雪的侵凌，幽蘭恐怕終將凋零。想想假使一直沒有清風吹拂，幽蘭又為誰飄香呢？

簡析　詩人以幽蘭自況，生長在深院之中被雜草所掩沒，就算有馨香，也只能隨四時而凋零。同樣道理，人就算充滿才情，但沒有機會發揮，隨時光衰老，只能徒呼奈何，最後一句「若無清風吹，香氣為誰發？」是詩人的感慨，也是詩人的期待。李白另有〈贈友人三首〉之一：「蘭生不當戶，別是閒庭草。夙被霜露欺，紅榮已先老。謬接瑤華枝，結根君王池。顧無馨香美，叨沐清風吹。餘芳若可佩，卒歲長相隨。」命意相同，多了些美人遲暮的感慨，卻少一點意氣風發的驕傲，這首詩寫出豪情和自我期許，更完整呈現李白的性格。

◈採蓮曲

李白

若耶溪①傍採蓮女。笑隔荷花共人語。
日照新妝水底明，風飄香袂空中舉。
岸上誰家遊冶郎②，三三五五映垂楊。
紫騮③嘶入落花去，見此踟躕④空斷腸。

注釋 ①若耶溪：耶音椰。在今浙江紹興市南。②遊冶郎：出遊尋樂的青年男子。③紫騮：騮音留。駿馬。④踟躕：踟音遲。徘徊。

大意 若耶溪畔美麗的採蓮女，隔著荷花相互笑語，陽光照著採蓮女光耀的新妝，映在水裡明豔透亮。微風吹起，衣袖高舉，空氣瀰漫令人愉悅的香氣。岸上不知誰家的少年郎，三三五五在綠柳垂楊下游蕩。想著紫騮馬闖入花叢裡去，不免枝殘花落，令人躊躇斷腸。

簡析 〈採蓮曲〉為樂府詩舊題，依《樂府詩集》乃是梁武帝改西曲製〈江南弄〉中的一曲，李白以此歌詠若耶溪畔採蓮女，不僅貼切，更將男女相悅的民歌格調提升，活潑而且風雅。人沒於荷花，荷花美人成為一體，銀鈴笑語從花間傳出，美景伴隨悅耳聲音，而美女新妝於日照之間，相映於水面，更增明媚豔麗，微風吹起衣袂，空氣瀰漫令人愉悅的香氣，是亭亭荷花，也是美女所觸動的香味感受，於是耳之所聽、目之所見、鼻之所嗅，無一不是充滿愉悅的氣氛，而如何呈現此情此景誘人的力量？就是岸上留連不去的遊冶郎了。末了「紫騮嘶入落花去」，留下耐人尋味的惆悵，美麗邂逅終將空留遺憾。整首詩文字優雅，描寫生動，情感含蓄，情思悠遠。李白有〈越女詞〉五首，其三「耶溪採蓮女，見客棹歌回。笑入荷花去，佯羞不出來。」其五「鏡湖水如月，耶溪女如雪。新妝蕩新波，光景兩奇絕。」

可以與這首詩相參看，而命意之巧，還是本詩為勝。

◆塞下曲 ◎六首其一　李白

五月天山雪，無花只有寒。
笛中聞折柳①，春色未曾看②。
曉戰隨金鼓，宵眠抱玉鞍。
願將腰下劍，直爲斬樓蘭③。

注釋　①折柳：樂曲名，曲調哀傷悲涼。②看：音刊。③樓蘭：西漢西域國名，位於新疆省羅布泊西。

大意　五月的天山仍滿山積雪，凜冽寒氣中看不到任何花草，笛聲中有〈折楊柳〉曲調，但現實中卻根本沒有任何春天的感受。戰士白天在戰鼓聲中與敵人殊死拚搏，晚上抱著馬鞍睡覺，一刻都不敢放鬆。只有期待腰中佩掛的寶劍，能夠早日打敗敵人平定邊疆。

簡析　本詩為李白〈塞下曲〉六首之一，詩人藉由樂府詩題，書寫邊塞軍旅生活，功業在艱困中成就，於是從苦寒的環境寫起，原本盛夏時節，但五月天山積雪未消，寒氣凜冽，耳中聽著〈折楊柳〉的曲調，眼前卻看不到任何春色，可以想像環境的惡劣。然而戰事緊急，白天殺敵，晚上也不敢安眠，戰士艱難危險，命懸一線，這樣的辛苦就為了早日平定邊疆戰事，建立不朽功業，最後兩句俐落爽快。盛唐風光，原就在戰士豪情壯志中完成，詩人文字流暢，一氣呵成，表達了即使困頓卻始終激昂的報國熱情。

◇結襪子① 李白

燕南壯士吳門豪，筑中置鉛魚隱刀。②
感君恩重許君命，太山一擲輕鴻毛。

注釋 ①結襪子：樂府舊題。②首二句：指燕國高漸離在筑中置鉛刺殺秦始皇，吳國俠士專諸將匕首藏於魚腹刺殺王僚。

大意 燕國壯士高漸離用灌了鉛的筑襲擊秦始皇，吳國豪俠專諸用藏在魚腹中的刀刺殺吳王僚。他們是為報答知己而能以命相搏的人，把泰山之重視如鴻毛一般輕。

簡析 〈結襪子〉為樂府舊題，李白藉由古題歌詠高漸離與專諸兩位歷史人物，表彰為知己而死的壯志豪情。首句揭示兩人來歷，次句寫出刺殺方式，而歸結於士為知己而死的信念，無畏權勢，不懼生死，表現激昂的心情以及對知遇之恩的感念。「感君恩重許君命」重複「君」字，刺客行事鮮明，但背後指使之人，往往隱身於事件之後，但在李白詩中，

「君」是讓人生命相許的關鍵人物，於是既像是對話，又像是承諾。司馬遷〈報任少卿書〉言「人固有一死，或重於泰山，或輕於鴻毛。」刺客為報君恩，將如泰山之重的生命視為鴻毛一般全然捨棄，懸殊的對比，強化詩歌情緒，其中的氣魄與爽情，只有任俠尚氣的李白才能將刺客心中堅持的信念寫得絲絲入扣，也才能真正體會壯士對於知遇的期待。

◇宮中行樂詞 ◎八首其一　李白

小小生金屋①，盈盈②在紫微③。
山花插寶髻，石竹④繡羅衣。
每出深宮裡，常隨步輦⑤歸。
只愁歌舞散，化作彩雲飛。

注釋 ①金屋：《漢武故事》：「若得阿嬌作婦，當作金屋貯之。」②盈盈：美麗端正。③紫微：指天子之宮。④石竹：葉似竹而稍窄，初夏開花。六朝隋唐時多用作衣飾圖案。⑤步輦：輦音輾。皇帝在宮中乘坐的由人推位換行的車子。

大意 自幼生長於金屋之中，舞姿輕盈經常在皇帝面前表演。頭上插著鮮豔的山花，身上穿著繡花的羅衣。出入深宮苑囿，跟隨在皇帝步輦旁邊。只怕有一天，歌舞一散，就像天上的彩雲，隨風而去。

簡析 這是李白應制作品，孟棨《本事詩》中記載，玄宗某次於宮中行樂時，命李白作五言律詩十首，雖然李白當時已酒醉，仍揮筆立就十篇，無需加點修改，筆跡遒利。這組詩是盛世光景的代表詩篇，也是李白展現才情的重要作品，辭藻華麗，音韻和諧，有宮中行樂歡娛的命意，也寄寓美景易逝的感慨。「金屋」用的是漢武帝「金屋藏嬌」的典故，然而歌詠的對象是宮廷舞伎，頭上簪花，身著羅衣，各種盛典無不參與，榮耀華貴如同仙人一般，只是當歌舞結束，歡愉之後，似乎也就失去意義。美麗燦爛往往短暫，流光溢彩如同雲霞一般隨風而散，徒留無限遺憾。這首詩反映盛唐文采風華，也有盛世而衰的擔憂，「化作彩雲飛」讓人有無限的懷想。

◇勞勞亭①歌

李白

金陵勞勞送客堂，蔓草離離生道傍。
古情不盡東流水，此地悲風愁白楊。
我乘素舸②同康樂③，朗詠清川飛夜霜。
昔聞牛渚④吟五章，今來何謝袁家郎。⑤
苦竹寒聲動秋月，獨宿空簾歸夢長。

注釋 ①勞勞亭：三國時吳國所建，長期為送別場所。在今南京市漢西門勞勞山上。②舸：舸音葛。大船。③康樂：指謝玄之孫謝靈運襲封康樂公。④渚：讀音主。⑤昔聞二句：東晉袁宏有逸才，少孤貧，以運租為生。時鎮西將軍謝尚鎮守牛渚，夜泛江上，聞袁宏在運租船上吟詠其〈詠史詩〉，大加贊賞，即邀過舟談論，直到天亮，從此袁宏聲譽日隆。

大意 在金陵南邊的勞勞亭，道旁長滿了離離野草。自古以來這裡就是送別的地方，相思之愁如同長江之水滾滾東流，加上風吹白楊，更增離情愁緒。我乘著一葉小舟在霜夜長江上吟詠，以前袁宏在牛渚吟詩，獲得謝尚的賞識，如今我的詩歌不會比袁宏差，卻得不到知音。所遇到的只有秋月、枯竹而已，只好空船獨宿，寄情於夢中。

簡析 本詩為李白牢騷之語。勞勞亭為送別之地，充滿離人愁緒，但詩人觸景傷情，想到的是謝靈運乘舟泛江的詩歌，想到的是袁宏在月夜吟詠得到賞識。今夜沒有相知相惜的朋友可以晤言而歡，更別說有賞識的人可以欣賞支持，只有秋月、苦竹，伴隨淒涼的風聲，心中寂寞無聊，可以想像。對於充滿才情又深有抱負的人，最苦的事莫過於無從發揮，沒有人關注，於是感覺上天地同悲，無限愁苦，夢成為詩人唯一可以寄託的歸宿。

◆秋浦歌 ◎十七首錄二　李白

第十四

爐火照天地，紅星亂紫煙。
赧郎①明月夜，歌曲動寒川。

第十五

白髮三千丈，緣②愁似個③長。
不知明鏡裡，何處得秋霜？

注釋 ①赧郎：熱得臉發紅的工人。②緣：因。③個：這樣。

大意 爐火紅光照耀天地，紫煙當中火星亂竄。煉銅的工人在明月夜裡辛勤冶煉，一邊工作一邊歌唱，歌聲響徹溪流山谷之間。

白頭髮長到三千丈，只因心中的愁緒也是這麼長。對著鏡子端詳，到底是從那裡惹來這麼多的秋霜。

簡析　秋浦在今安徽貴池縣西，李白〈秋浦歌〉十七首所寫為流寓於外的愁思，在山水之間，行止遊觀，美景如畫，卻屢屢出現「淚」、「愁」等複雜的情緒。「爐火」一詩正是全組詩中最為熱切激昂、最為衝突的詩篇。破題是驚天動地的熊熊烈火，紫煙彌漫中火星四濺，場面盛大，天地彷彿也置於冶爐當中，燒得通紅。再以「赧郎」來形容冶煉工人，這個紅紅火火的場景，原是冶煉工人辛勤勞苦工作的地方，「赧」是害羞而臉紅，卻用來形容被爐火映紅的臉龐，原本粗豪的形象，多了旖旎遐想，一邊勞動，一邊歌唱，歌聲讓山谷都沸騰了起來，短短的文字，使得冶煉的作坊聲光交映，冷熱相互烘托，在寒冷的月夜裡，酣暢淋漓展現了壯闊的場景，工人勞動充滿了熠熠生輝的熱情，一如詩人激昂澎湃的心。

另一首詩卻急轉直下，全詩無一字著景，都是攬鏡自照，自問自答。「白髮三千丈」讓人怵目驚心，是極端誇飾的話語，心中愁緒也是如此綿長，層層鋪排，就是點出「愁」字已經厚重到難以想像。鏡中自己，愁生白髮，鬢染秋霜，不得不思量何以致此。詩人用倒敘的手法，深化了自己的提問，離奇誇張的形容，更成為千古名句，壯志未酬，馮唐易老，成為詩人心中最大的遺憾。純然自我的感慨，低吟思量當中，宣洩心中的抑鬱與愁懣，成為全組詩中最感人的詩篇。

前一首寫冶爐前的工人，後一首寫鏡中的自己，深有對比的趣味，就空間而言，前者聲動天地，後者卻在鏡子方寸之間；就顏色而言，前者紅色，充滿激昂情緒；後者白色，唯有綿長的哀愁。在全組詩中，最為衝突，也最能展現詩人流寓於外，面對美景的欣喜，以及面對自己的愁苦，具有反差的藝術效果，也反映詩人內心世界難以調伏的心情。

◆聞王昌齡左遷①龍標②遙有此寄

李白

楊花落盡子規啼，聞道龍標過五溪③。
我寄愁心與明月，隨風直到夜郎④西。

注釋　①左遷：貶官。②龍標：今湖南省黔陽縣。③五溪：在今湖南省西部，五條溪的總稱。④夜郎：指位於今湖南沅陵的夜郎縣。

大意　楊花落盡的時節，伴隨子規鳥不如歸去的啼聲，聽到你被貶謫外地的消息，而且是比五溪更遙遠的龍標，滿滿的愁緒只能託付明月，伴隨清風與你一路到夜郎之西。

簡析　聽聞好友被貶，心中的不捨與同情成為串貫全詩的主調。兩人同樣不容於世，有志難伸，有著同是天涯淪落人的心情，也唯有詩人更能理解人身不由已的難堪。從楊花落盡，人生飄零開始，子規鳥不如歸去的叫聲，既是寫實的描述，又是充滿文學意象的描繪，現實總難順心如意，尤其此次一貶遠到龍標一地，一路窮山惡水，讓人擔心，只能寄語明月清風，一路相伴相隨，「愁心」是擔心，然而隨著月光，謫人似乎也就不再孤單。依據《新唐書·文藝傳》載王昌齡：「不護細行，貶龍標尉。」此時正是讒言交謗，身陷其中的時刻，李白以清風明月相隨君子，其實也是藉此表達對於朋友的信賴與支持。

◆把酒問月

李白

青天有月來幾時？我今停杯一問之。

人攀明月不可得，月影卻與人相隨。
皎如飛鏡臨丹闕①，綠煙②來盡清輝發。
但見宵從海上來，寧知曉向雲間沒。
白兔擣藥③秋復春，嫦娥④孤棲與誰鄰？
今人不見古時月，今月曾經照古人。
古人今人若流水，共看明月皆如此。
唯願當歌對酒時，月光常照金樽裡。

注釋 ①丹闕：紅色的宮門。②綠煙：指暮靄。③白兔擣藥：傳說月中有白兔長年擣不死之藥。④嫦娥：相傳是后羿的妻子，羿求不死之藥於西王母，嫦娥竊以奔月。

大意 天上是從什麼時候有了明月？讓我停下酒杯一問。明月高掛天空，人想攀登是難上加難，但是月光卻始終跟隨著人。明月如飛天明鏡照耀著華麗的宮殿，而當雲霧散盡，月光更是映耀碧空。明月每夜從海上升起，破曉時分又隱沒於雲間。春去秋來，月亮上的白兔總在擣藥，月宮裡的嫦娥又有誰可以相伴？現在的人沒有看過古時候的月，但今天的月亮卻照耀過古時候的人。古人今人像流水一般，水一波波地逝去，人一代代地流轉，但古人與今人所看到的月亮卻是相同的。最終的期待是當飲酒歡唱之時，月光常映照在酒杯裡。

簡析　這首詩題下注云：「故人賈淳今予問之。」唐人寫月多矣，李白詩中更經常出現月的描繪，而本詩奇特之處是受人之託，明月不僅是詩的主題，更成為詩人質問的對象。

詩人起手便不凡，停杯一問，用的是倒裝句法，問的是悠悠宇宙的大問題，明月從何而來？幾時而來？這亙古以來的難題也只能向明月詢問。明月高不可攀，但月光卻隨人而行，可親而不可近，若即若離，撫慰人心，卻又遙不可及，寫出人對明月神祕複雜的感覺。碧空之中光潔如鏡，雲霧散去，流光萬里，每夜從海上升起，破曉時分又消失於雲間。傳說中月宮有白兔與嫦娥，日復一日，枯寂相守，又是怎麼的情景？「今人不見古時月，今月曾經照古人。」今人、古人；今月、古月相互對舉，具有迴環錯綜的趣味，更在今古之間，得見人生的短暫，月的恆久成為永駐存在的證明，再進一步以流水作為比喻，一如張若虛〈春江花月夜〉「江畔何人初見月？江月何年初照人？人生代代無窮已，江月年年祇相似。」人生一代一代的流轉，同樣獲得月光的撫慰，從空間到時間，從個人的觀察到生命覺察體悟，展現詩人的巧思，一道道的問題終是無解，於是回到本詩破題的「我今停杯一問之」，或許片刻即永恆，及時行樂最是實在，只有在飲酒高歌時，明月相伴，才能化解空間的阻隔及人生短暫的無奈。「酒」與「月」是李白最喜歡的事物，從酒寫到月，又從月寫到酒，詩人停杯一問，詩篇立就，豪情萬丈，成為古今絕唱，也展現無比的才情。

望天門山　李白

天門①中斷楚江②開，碧水東流至此回。
兩岸青山相對出，孤帆一片日邊來。

注釋　①天門：山名，在今當塗縣西南。二山夾江，東曰博望山，西名梁山。②楚江：當塗一帶古屬楚地，故稱流經這裡的長江為「楚江」。

大意 天門山被長江從中斷開，碧綠江水向東至此產生回流。兩岸青山相互對峙，順著一葉扁舟從天邊悠悠駛來。

簡析 大山大河的場景，李白寫來文字簡潔，氣勢雄渾。天門山夾江對峙，長江從中奔流，「斷」之一字，山為之「開」，盡得洶洶江水奔騰之勢，又可見天地間偉大力量，再加「至此回」一句，更見水勢渾浩盛大，原本順流而下，「出」之一字，兩岸青山迎面而來，使得青山如有生命，爭相而出。孤帆更襯托出江山的壯闊，天地悠悠，唯此一葉孤舟，既寂寞又瀟灑，詩人盡得青山綠水之風流。在李白〈姑孰十詠〉第十首「天門山」云：「迥出江山上，雙峰自相對。岸映松色寒，石分浪花碎。參差遠天際，縹緲晴霞外。落日舟去遙，迴首沉青靄。」命意相近，可以參看，而比較之下，本詩氣勢為勝。

◆送陸判官琵琶峽①　李白

水國秋風夜，殊非遠別時。

長安如夢裡，何日是歸期？

注釋 ①琵琶峽：在今西川巫山，形如琵琶，故名。

大意 在南方水鄉的秋夜，實在不是離別的時候。遙想以前在長安的情景，彷彿在夢中一樣，不曉得何年何月才能再回到長安？

簡析 李白送別詩多矣，情感豐富固不待言，本詩從時節破題，江南水國秋夜之時，實在不是離別的好時節，然而離別從來就沒有最好的時節，任何時候都是不捨，都是心情的糾結，回想過去在長安相從而歡的情誼，彷彿如夢，離別的傷懷，在秋風夜裡更顯得深重。時節不宜乃是詩人自己心情的投射，實在不願意分離。最末「何日是歸期」的詢問，是對於遠行之人平安歸來的祝福，也是對於歡樂相會的期待，於是送別與追憶，祝福與期待，交雜而生。本詩文字簡潔，旨趣悠遠，並未著力於江南秋夜的描繪，反而是形塑過往美好的記憶，以及未來相聚的期待，「長安」是遠行之人平安的歸所，又何嘗不是李白心中企盼的地方，現在、過往、未來，往復迴環，充滿想像。

◇山中問答　李白

問余何意栖①碧山②，笑而不答心自閒。
桃花流水③窅然④去，別有天地非人間。

注釋　①栖：通棲，停留。②碧山：為今湖北安陸市。③桃花流水：用陶淵明〈桃花源記〉典故。④窅然：窅音窈。幽遠貌。

大意　有人問我為什麼要隱居於深山，清閒悠遠的心境很難說清，也只能笑而不答。此地桃花盛開，落花隨著流水悠然遠去，這一方小小的天地猶如仙境。

簡析　李白有俠情，也有仙氣，隱居於山林之間，寄託自己超然物外的曠達心情。本詩從答問開始，問余何意，恐怕是自問自答，詩人心中有一個聲音，是期待入世、建功立業的理想，人生可求者多矣，何必隱居於深山，然而另一個自己也明白，人生「閒」之一字，自適自得，生命才有依歸，才能真正得到心靈的自由。只是澹泊優雅的意境不好言說，「笑而不答」一如陶淵明〈飲酒〉的「此中有真意，欲辯已忘言」，「笑」字展現詩人自得自喜的神態，從容自在，又深有意趣，於是取用陶淵明〈桃花源記〉的命意，此地有桃花流水，宛如陶淵明筆下的桃源仙境，一方天地讓人可以擺脫塵俗拘絆，純粹而自然，詩人悠遠情懷，超然物外的心境，由此可見。

◇獨坐敬亭山①　李白

眾鳥高飛盡，孤雲獨去閒。
相看兩②不厭，只有敬亭山。

注釋　①敬亭山：在今安徽宣城縣北。②兩：指李白和敬亭山。

大意　眾鳥高飛遠去消失了蹤影，天上的雲朵也飄然散去。只有兀然獨立的敬亭山與我相伴，我看青山，青山看我，相看兩不厭。

簡析　本詩從眼前之景破題，眾鳥高飛遠去，孤雲飄然離開，「眾」與「孤」對，「鳥」與「雲」對，如果「鳥」所代表的是入世的種種，「雲」所代表的則是出世的生活，不管是「盡」，或是「去」，遼闊的長空，擺落一切，都已逐漸離而遠去，天地悠悠，似乎只剩下詩人與敬亭山相對而在，是人生繁華之後的陪伴，是覺悟之後生活的依歸，凸出敬亭山的重要地位。李白更藉由「看」之一字，敬亭山彷彿有了生命，山與詩人合為一體，「相看兩不厭」似乎也有了生命的契合與欣喜，主客相融，兩不相棄。辛棄疾〈賀新郎〉：「我見青山多嫵媚，料青山見我應如是」，乃是化用此一手法的結果，山水相娛，卻能如此貞定與活潑，詩人的巧思在人生飄泊之中，似乎有了一處安定的所在。

◆自遣

李白

對酒不覺暝①，落花盈②我衣。

醉起步溪月，鳥還人亦稀。

注釋 ①暝：昏暗，日落。②盈：滿，久坐故落花拂衣。

大意 對酒暢飲，不知不覺暮色降臨，落花飄下沾滿了衣裳。醉意朦朧地沿溪而行，眾鳥皆已還巢，行人也很稀少。

簡析 李白充滿豪氣與才情，本詩卻是一首淡雅之詩，如同口語一般，造語自然，有「酒」有「月」，落花盈懷，一派自在從容。鳥既歸巢，人亦稀少，天地悠悠只有詩人能夠品嚐其中滋味，所謂「自遣」，正是一種心境自足自在的表白。

◇從軍行　李白

百戰沙場碎鐵衣，城南已合數重圍。
突營射殺呼延[1]將，獨領殘兵千騎[2]歸。

注釋　①呼延：匈奴貴族三姓之一。②騎：騎音寄。

大意　鐵甲歷經沙場百戰已經破碎，城南更被敵人重重包圍。危急之中，將領突襲敵營射殺了匈奴大將，獨自領著千騎殘兵平安而歸。

簡析　〈從軍行〉是樂府舊題，李白藉此歌詠身經百戰的英雄。全詩層層堆疊氣氛，從艱苦危急中彰顯大將沉著應戰、扭轉局面的氣魄。百戰沙場，連鐵甲都已經破碎，而城南外面還圍著重重的敵人，退無可退，死生一線，似乎已經到了絕境，然而英雄於逆境求生，突襲敵人大營，射殺敵方首領，成功帶領著殘兵殺出重圍。戰場中勝敗乃兵家常事，危難之際能夠解救弟兄，護全生命，精悍之餘，更在於臨危不亂，處變不驚，氣度與勇力兼備。

詩歌寫戰勝者多矣，但詩人藉此說明，能夠脫困求生、解救生靈，才是真正英雄，英勇乃是從艱難淬煉而出。整首詩不僅得見盛唐光景之下邊塞戰士的辛苦，更彰顯危難之中，挺立不倒，從血泊中拚搏求生的英雄。

◈春夜洛城聞笛　李白

誰家玉笛暗飛聲，散入春風滿洛城。
此夜曲中聞折柳[1]，何人不起故園情？

注釋　①折柳：就是〈折楊柳〉，漢橫吹曲名，內容多敘離情。

大意　不知是誰家在夜裡吹笛子，笛聲隨著春風傳遍了洛陽城。在樂音中聽到了〈折楊柳〉一曲，怎能不讓人興起思鄉之情？

簡析　李白客居洛陽，深夜聞笛聲而起思鄉之情。詩人善於布局鋪排，從不知何處的笛聲引起好奇，「暗飛聲」既點出時間，又暗指不知何處，產生懸疑效果，將原本看不見的聲音轉化為具象動作的飛，笛聲不僅有了生命，還觸動羈旅行人的鄉愁。隨著春風傳遍洛陽，點出時節與地點，更塑造浩大場面，洛陽城籠罩在春風裡，也沉浸在笛聲悠揚之中，詩人的愁彌漫於天地之間。其中〈折楊柳〉一曲，成為全詩關鍵，離情別緒再加上哀悽的曲調，聲聲催促，觸動深夜耿耿不寐的詩人，然而李白卻不說自己，直指這是所有人同情共感的情緒，既含蓄又悠遠，偌大的洛陽城，思鄉的旅人，更顯得孤單寂寞。

◇宣城見杜鵑花

李白

蜀國曾聞子規鳥，宣城還見杜鵑花。
一叫一回腸一斷，三春①三月憶三巴②。

注釋　①三春：春季正月為孟春，二月為仲春，三月是季春，三春三月即暮春三月。②三巴：秦置巴郡，西漢置巴東郡，東漢劉璋置巴西郡，合稱三巴。

大意　在蜀國聽過杜鵑鳥啼叫，如今在宣城又看見杜鵑花開。杜鵑叫著不如歸去，讓人肝腸寸斷，風光明媚的三月天，更讓人想念家鄉三巴。

簡析　子規鳥即杜鵑，不如歸去的叫聲呼喚遊子回家，而鳥與花同名，煙花三月，杜鵑花盛開，子規聲聲悲鳴，是李白藉此起興的緣由。相傳古蜀帝杜宇號為望帝，自以為德薄，禪讓帝位出亡，死後精魂化為杜鵑鳥，暮春時節，叫聲如同不如歸去！不如歸去！晝夜悲鳴不止，淒美的故事，正是李白困居宣城的寫照。從過往的「曾聞」，到如今的「還見」，故鄉如同一條剪不斷的絲線，纏縛著李白，雖然是先看到杜鵑花，再想起蜀國子規鳥，但記憶中的印象，觸動了詩人心中愁緒，曾經的壯志凌雲，胸懷萬里，如今故國才是真正魂縈夢繫的所在。子規即是斷腸鳥，叫聲讓人斷腸，李白不僅將子規的故事運用到極致，「一叫一回腸一斷」、「三春三月憶三巴」截斷的句勢，更彷彿是肝腸寸斷，極盡聲情節奏的效果，李白是蜀人，典故運用不僅貼切，而且靈活生動，英雄遲暮的心情表露無遺。

◇陌上贈美人　李白

駿馬驕行踏落花，垂鞭直拂①五雲車②。
美人一笑褰③珠箔，遙指紅樓是妾家。

注釋　①拂：掠過。②五雲車：仙人所乘的車子。③褰：褰音千。揭起。

大意　騎著高大健壯的駿馬行走於滿地落花之上，手中的馬鞭故意掠過華美的車駕。車中的美女笑著揭起珠簾，遙指前方紅樓說那是我家。

簡析　篇題下注「一作〈小放歌行〉。」原是年少輕狂，男女調笑，稍涉豔情的故事，但李白將陌上的邂逅寫得落落大方、豪放爽快，浪漫卻不低俗，少年郎駿馬踏花前行，美人笑語牽引，郎才女貌，兩情相悅，一切如此自然。

高適

高適（七〇二—七六五），字達夫，滄州渤海人（今河北）。早年狂放落拓，過著四處流浪的遊俠生活。他曾兩度出塞，去過遼陽、河西、潼關，對邊塞生活的體認甚深，他的詩慷慨豪放，雄渾悲壯，是盛唐邊塞詩派的領軍人物。著有《高常侍集》。《全唐詩》編其詩為四卷。

◇塞上

高適

東出盧龍塞①，浩然客思②孤。
亭堠③列萬里，漢兵猶備胡。
邊塵漲北溟④，虜騎⑤正南驅。
轉鬬⑥豈長策，和親非遠圖。
惟昔李將軍⑦，按節⑧出皇都。
總戎⑨掃大漠，一戰擒單于。
常懷感激心，願效⑩縱橫謨⑪。

倚劍欲誰語？關河空鬱紆⑫。

注釋 ①盧龍塞：古代東北邊防要塞。②思：思音似。③亭堠：堠音後。駐軍瞭望敵人的堡壘。④溟：溟音名。⑤騎：騎音寄。⑥鬩：鬩音係。相互爭鬥。⑦李將軍：李廣。⑧按節：從容按轡徐行。⑨總戎：統帥軍隊。⑩效：致、獻。⑪謨：謨音模。謀略、計畫。⑫鬱紆：紆音淤。幽深曲折。

大意 從東北的邊塞出關，國境之外更覺孤單。所見駐軍堡壘綿延萬里，戰士時時防範胡人。然而北方敵人蠢蠢欲動，戰馬隨時可能南下。轉輾廝殺，一路纏鬥絕非良策，卑躬屈膝，結親求和更非長遠之計。國家要有如同漢代飛將軍李廣的良將，從容領命，總理軍務，一舉擒獲敵酋，才能蕩平大漠。我有滿心激昂的志氣，想要貢獻良策。然而手撫著劍卻不曉得要向誰說，山河紆曲，不免讓人心情鬱結。

簡析 〈塞上〉乃是樂府舊題衍化而出，這首詩作於開元二十年（七三二）至開元二十二年（七三四）北遊燕趙時期，充滿詩人想建功立業，一展長才的期待。高適初出塞外，眼界大開，奠定了詩歌創作的重要元素，而想要謀求個人出路之外，更重要的是詩人心懷韜略，有著對邊防敵情的觀察。本詩從地點與心情說起，說明塞外戰備形勢，更將北方緊張氣氛，描寫得淋漓盡致，戰事似乎一觸即發，戰馬隨時可能南下。面對此種情況，詩人提出救國之策，消極抵抗只會耗損戰力，談和更不是長久解決問題之道，還是要揀選良將總領軍務，經略北方，徹底解決邊患，澄清寰宇，國土永固才是一勞永逸的良方。詩人想藉此貢獻一己之力，創下不朽偉業，想法雖然單純，卻是真誠懇切，只可惜山河的紆鬱就如心情的鬱結，四顧茫茫，無人可依。全詩敘事與描繪，議論與感慨，交互運用，時而激昂，時而鬱結，情緒混雜，既展現自我的期許，也有對於掃除邊患英雄的期待。

◇薊門①行

高適

邊城十一月，雨雪亂霏霏②。

元戎③號令嚴，人馬亦輕肥。

羌胡無盡日，征戰幾時歸？

注釋 ①薊門：即古薊丘，在今北京西南。②霏霏：雨雪煙雲盛密的樣子。③元戎：主將、元帥。

大意 邊城的十一月，雨雪紛飛。敵人號令嚴謹，人馬裝備精良。像這樣無窮無盡的對峙，敵人消滅不了，何時才能凱旋回家？

簡析 這是北遊燕趙時期的作品，十一月邊城雨雪紛飛，淒寂寒冷，讓人思鄉想家。然而詩人卻不寫軍士的心情，也不寫自己的感受，而是透過反向觀察，眼光所及敵人號令嚴謹，兵強馬壯，絕對不可輕忽，對比出敵人難以攻克，歸鄉也就遙遙無期，不覺更增哀愁。唐代寫邊塞苦寒之詩多矣，但敵人強悍，無窮盡對抗的結果，所有的生命捲入其中，《左傳・閔公二年》載孤突對於太子申生伐東山皐落氏言：「雖欲勉之，狄可盡乎？」成為詩人化用的典故，真切的觀察，道出了關鍵之處與盛世無解的難題。

◇營州①歌

高適

營州少年厭②原野，狐裘蒙茸③獵城下。
虜酒千鍾不醉人，胡兒十歲能騎馬。

注釋 ①營州：唐代屬河北道，在今遼寧朝陽。為漢族與奚、契丹族雜居地區，居民有豪邁尚武精神。②厭：滿足，引申以為喜好之意。③蒙茸：皮毛紛亂的樣子。

大意 營州一代的少年習慣在草原上生活，穿著毛茸茸的狐裘就在城外打獵。這裡的人即使喝酒千杯也不會醉，孩童十歲就已經騎著馬到處奔跑。

簡析 這首詩描繪邊城日常的生活，邊疆之地，漢胡雜居，年輕人天真爽朗，騎馬打獵是基本技能，原野成為遊戲的場所，城下為少年郎騎射的獵場，喝起酒來，千杯不醉，穿起毛茸茸皮裘，十足勇悍模樣。而另一方面，胡人的小孩十歲就已經會騎馬了，與中原不同的風俗民情，充滿相異文化的趣味。高適擺脫戰爭離苦的愁緒與誓滅胡虜的仇恨，直抒所見，語調輕快流暢，洋溢邊城風情的觀察，成為邊塞詩中少有的作品。

◈入昌松①東界山行

高適

鳥道②幾登頓③，馬蹄無暫閒。
崎嶇出長坂，合沓④猶前山。
石激水流處，天寒松色間。
王程⑤應未盡，且莫顧刀環⑥。

注釋 ①昌松：唐隴右道武威郡屬縣，故治在今甘肅古浪縣西。②鳥道：只有鳥才能飛越過的山路，形容道路險峻。③登頓：上下翻越。④合沓：沓音踏。連綿不斷的樣子。⑤王程：奉命出差的行程。⑥刀環：西漢任立政出使匈奴，曾以「刀環」暗示要李陵歸漢。「環」與「還」諧音。

大意　只有鳥才能飛越的險峻山徑，一路行來片刻不得閒。好不容易通過崎嶇斜坡，眼前又有重重疊疊的山頭。湍急河水沖激著巨石，松樹枝葉之間透露著寒氣。為王命奔走工作還沒完成，恐怕還不能過早想著回家。

簡析　本詩為高適入哥舒翰幕府途經昌松時所作。詩人從險峻的山勢講起，翻山越嶺，一路行來艱苦萬端。勉強前行度過長坡之後，卻又有無窮的山頭橫隔前頭。艱難險巇容易讓人萌生退意，行路不易的惡劣環境，描寫來生動到味，最後借用《漢書．李廣蘇建傳》載漢使勸說李陵典故，「環」與「還」諧音，王命尚未完成，豈可半途而廢，直指責任所在，爽快俐落，詩人期待建功立業的心情，表露無遺。

◇除夜[1]作　高適

旅館寒燈獨不眠，客心何事轉悽然。
故鄉今夜思千里，愁鬢[2]明朝又一年。

注釋　①除夜：除夕之夜。②愁，一作霜。

大意　旅舍寒冷的燭光讓人難以入眠，什麼事情會讓客居於外的人心情煩憂？想必是千里之外的故鄉有人在思念著自己，漫漫愁思染白了雙鬢，到了明天又要再老一歲了。

簡析　除夕夜原本是家人歡聚團圓之日，然而詩人客居於外，沒有歡度新年的氣氛，旅舍中只有寒燈相伴，高適將自己思念家鄉的心投射到遠方，想著故鄉的人也在想著自己，家人情感相互牽動，彼此感應，詩人濃烈的情緒跨越千里，愁思百轉千迴，難以入睡。而自己雙鬢已白，明天又要再添一歲，「千里」是空間的距離，「一年」是時間的單位，兩者相乘，在除夕的夜晚，愁思堆疊累積，言之含蓄，卻充分反映詩人時不我與的焦慮。

◇人日①寄杜二拾遺　高適

人日題詩寄草堂②，遙憐故人思故鄉。
柳條弄色不忍見，梅花滿枝空斷腸。
身在南蕃無所預，心懷百憂復千慮。
今年人日空相憶，明年人日知何處？
一臥東山三十春，豈知書劍③老風塵④。
龍鍾⑤還忝⑥二千石⑦，愧爾東西南北人⑧。

注釋　①人日：農曆正月初七。②草堂：杜甫在成都西郭浣花溪畔的寓所。③書劍：書指文章，劍指武藝。④風塵：指仕途。⑤龍鍾：身體衰老，行動不便的樣子。⑥忝：忝音舔。

愧居。⑦二千石：石音但。用俸祿借指州刺史。⑧東西南北人：指四方奔走、生活不定。

大意　正月初七這天寫了首詩給成都草堂的杜甫，想到故友也一定在思念著故鄉。垂楊綠柳的美景恐怕無心欣賞，開滿枝頭的梅花也只讓人徒增悲傷。身處偏遠的西南之地，心中只能擔著千憂百慮。今年的人日我們彼此還可以相互追憶，明年的人日不曉得會流落何方？高臥東山三十年的歲月，本以為可以平治天下，哪裡料到仕途沉淪，文章武藝已然用盡。如今老態龍鍾居於刺史的職位，對於目前還在四處流離的你實在自覺慚愧。

簡析　高適於肅宗上元二年（七六一）擔任蜀州刺史。《荊楚歲時記》載：「正月七日為人日，以七種菜為羹，翦綵為人……登高賦詩。」唐人重視此一節日，不僅祈求吉祥，也有親友相會的寓意，高適因此寫了這首寄懷友人的詩作。盛唐兩位詩人，經歷安史之亂的大變局，同時客居於四川，高適全然了解杜甫的心情，所以才會說「遙憐故人」，思鄉既是說杜甫，其實也是指自己，相較於對杜甫的同情，更多的是兩人流落邊陲的相知相惜，所有的牽掛，化為相濡以沫的心情，寫來特別動人。折柳送別，青青柳色讓人不忍卒睹，梅花滿枝反而更增添哀愁，本該欣喜的初春時節，流落於外，觸景傷情，面對家國殘破又無能為力，只能心中憂愁。世局的不確定，甚至連明年如何都不敢想像，亂離之世，深深感受到人生如萍，飄泊無定的無奈，而年輕時的夢想，如今更顯得虛無飄渺，最後更借用《禮記．檀弓上》孔子自承「丘也，東西南北人也」的話語形容杜甫的處境，不僅貼切，更可見對於杜甫志懷的了解，所以「忝二千石」不是對於困居下位的一種驕傲之詞，更多的是對於杜甫的疼惜與期勉，無怪乎日後杜甫追憶於此，有著深深的感念，撰〈追酬故高蜀州人日見寄並序〉云：「往居在成都時，高任蜀州刺史人日相憶見寄詩，淚灑行間，讀終篇末。」困頓時的朋友，堅定的情誼，更讓人銘念於心。

崔顥

崔顥（七〇四?－七五四）汴州（今河南開封）人，開元十一年（七三三）進士及第。性格放浪不羈，喜漫遊四方，生活經歷豐富，詩風亦有所變化，其〈長干行〉等小詩，淳樸生動。《全唐詩》存詩一卷。

◆長干曲 ◎四首其三　　崔顥

下渚①多風浪，蓮舟漸覺稀。

那能不相待？獨自逆潮歸。

注釋 ①下渚：渚音主。下渚湖，位於今浙江省德清縣。

大意 下渚風浪大，採蓮小舟漸漸稀少，我怎能不相陪伴，讓你獨自逆著潮水回家。

簡析 〈長干曲〉一作「江南曲」。崔顥〈長干曲〉四首組詩，保有南朝樂府民歌質樸率真風格，詩人以清新自然手法寫出江南兒女的熱情。第一首「君家何處住」、第二首「家臨九江水」，都是大家耳熟能詳的詩篇，女子相問，男子回答，有如對歌，內容含蓄蘊藉，情感點到為止。然而第三首詩的體貼與溫厚，才是這組詩中最可貴之處，風高浪急，天候不佳，採蓮船愈來愈少，男子如何放心讓女子獨自回家，其中不只是心生愛慕，更含有保護對方的心意，「相待」是愛慕，是體貼，也是責任，情感真摯，造語自然，一切如此自然而合宜，因為真誠相待，使得全詩有了精神。

儲光羲

儲光羲（七〇六？—七六三）潤州延陵（今江蘇丹陽）人，玄宗開元十四年（七二六）進士及第，仕宦不得意，隱居終南別業。後出任太祝，遷監察御史。安史之亂起，陷長安，光羲被迫受偽職，後脫身歸朝，仍貶死嶺南。其山水田園詩，著稱於世，質樸之中有古雅之味，《全唐詩》編其詩為四卷。

◆喫茗粥[1]作

儲光羲

當晝暑氣盛，鳥雀靜不飛。
念君高梧陰[2]，復解山中衣。
數片遠雲度，曾不避炎暉。

淹留③膳茗粥，共我飯蕨薇④。
敝廬⑤既不遠，日暮徐徐歸。

注釋 ①茗粥：唐喫茶的方法，或為濃茶湯，或以葉入湯而飲。②高梧陰：高大梧桐的樹陰，亦贊友人「鳳棲於梧」之意。③淹留：停留、滯留。④蕨薇：蕨菜和薇菜。⑤敝廬：破舊的房舍，「我家」的謙詞。

大意 夏季白晝燠熱，連鳥雀都躲起來不敢飛翔。忽然想起你家有一棵高大的梧桐可以遮蔭，來到山中但還是讓人熱得忍不住解去上衣。遠看有數片雲飄來，卻無法擋住炎炎陽光。索性留下來一起吃茶粥，配上幾盤山間野菜。反正我家並不遠，可以等到傍晚再慢慢回家。

簡析 這首詩質樸淡雅，山林田野之趣出於自然。暑天白晝炎熱，讓人逃無可逃，連鳥雀都躲起來，想著朋友家中有梧桐樹蔭可以乘涼，便前往山中避暑，但還是熱到必須解去衣服，雲朵看來也無法擋住熾熱陽光，這些盛夏酷暑的光景，寫來生動貼切。然而「膳茗粥」、

「飯蕨薇」寫出鄉野簡單的生活，也寫出朋友之間「飯疏食」不改其樂的真摯情感，歸隱田園目的固然是遠離官場，但重點是尋回生活的恬淡與自在。最後「敝廬既不遠，日暮徐歸」，詩人自由來去，不只避暑而已，更帶著自適從容的心情。或許在炎熱夏天，能夠獲得清涼的處所，不是梧桐樹蔭，也不是天上白雲，而是山林鄉野間的自在人情。

◆田家雜興◎八首其八　儲光義

種桑百餘樹，種黍三十畝。
衣食既有餘，時時會親友。
夏來菰米①飯，秋至菊花酒。
孺人喜逢迎，稚子解趨走。
日暮閒園裡，團團蔭榆柳。

酩酊乘夜歸，涼風吹户牖②。

清淺望河漢③，低昂看北斗。

數甕猶未開，明朝能飲否？

注釋　①菰米：菰音估。菰菜的果實。②牖：牖音友。窗戶。③河漢：銀河。

大意　種了百餘株桑樹，還種了三十畝的禾黍，衣食無需擔憂，甚至還可以邀請親朋好友來家中作客。夏天可以招待菰米飯，秋天共飲菊花酒。妻子高興有客人到訪，小孩也樂得跑來問安。傍晚閒步於園中，地上有層層榆柳樹影，晚上大醉回家，涼風吹著窗戶。清淺的銀河橫於天際，北斗七星垂掛北方。家裡還有幾罈美酒，歡迎明天來再來共飲幾杯。

簡析　本詩歌詠農家日常，極富畫面，是八首之中最為飽滿喜樂的作品。有桑樹則衣無虞，有禾黍則食無憂，衣食自足有餘，還可以周濟親友，正是這首詩溫厚而有人情的地方。於是夏天、秋天，白天、晚上，一年四季循環復始，恬淡而自足。「菰米」與「菊花」既是應節而出的植物，也是隱逸象徵，在生活日常中其實有著風雅的不平常。家裡妻小和樂自在，自己也逍遙自由，河漢清淺、北斗低垂，涼風徐徐，晚上乘醉而歸，寫出廣袤平靜天地中詩人愉悅的心境。末了含蓄的詢問，飽含溫厚的人情，餘韻無窮，既是殷勤勸酒之詞，更是物阜民豐的證明，一如〈藍上茅茨期王維補闕〉中自述：「老年疏世事，幽性樂天和。」衣食無虞，和樂自適的氛圍當中，展現詩人內心溫厚的個性與恬淡意境。

詩人隱居於終南山，安史之亂迫受偽職，之後以附賊貶死嶺南，既屬無奈更是無辜，以其詩中溫厚特質，以及追求自適的心情，恬淡出於自然，實在不是熱衷名位之人，據此可以了解其志之所向，稍稍為其平反。

◆江南曲◎四首其三　儲光羲

日暮長江裡，相邀歸渡頭。
落花如有意，來去逐船流。

大意　傍晚長江邊，男男女女相約渡船頭。水面落花好像充滿了依戀，竟然跟著船行隨波打轉。

簡析　〈江南曲〉原為樂府舊題，用以歌詠江南水鄉的明媚風光，也藉此展現民歌男女情愛主題，唐代詩人援取新作，更賦予了清新風雅格調。開頭點出時間地點，第二句說明事情緣由，傍晚時節的長江渡頭最是一天輕鬆時刻，「相邀」點出了彼此相悅歡喜的氣氛，水面上小船聚集，船上男女相互呼喚，「如有意」寫出男女相戀，爭逐追求，捉摸不定的曖昧情愫，文字清淺，含蓄蘊藉，深得詩人風雅之旨。水面落花，成為詩人用來比喻的物象，划動船槳，落花便隨波盪漾，在船邊盤旋不去，好像相互依偎，又如同追逐小舟一般，既生動又富有形象。「落花有意」成為後世取用語彙，正足以證明詩人構詞巧妙。

◇關山月①　儲光羲

一雁過連營，繁霜覆古城。

胡笳在何處？半夜起邊聲②。

注釋 ①關山月：漢代樂府橫吹曲名。多寫邊塞蕭條，士兵久征，大漠荒寂，戍卒思歸等主題。②邊聲：邊地特有的聲音。

大意 孤雁飛過連綿不絕的營寨，滿滿冰霜覆蓋古城。不知哪來的胡笳樂聲，使得半夜邊城更增悽涼氣氛。

簡析 本詩為樂府舊題，一說戴叔倫（七三二？—七八九？）所作。孤雁失群飛過連綿營寨，雁本群飛，但此僅有一雁；邊城孤寂，卻有連綿營寨，「一」與「多」的對比，使場景產生衝突，渲染著不安情緒。繁霜覆蓋古城，更增其中寒冷孤寂，空中鳥瞰的視角，形構廣闊蒼茫景象，然而不知何處的胡笳聲響，在空間中迴盪，觸發戰士思鄉情緒，使得邊城的半夜，充滿悲涼氣氛。詩人從空間的視覺布局，進而加上時節寒冷的觸覺，又及於聲音的營造，複合的意象層層堆疊，形成邊城獨有的氛圍，廣袤蒼茫當中，彌漫悲悽愁緒，不知何處的胡笳樂聲，讓人有無限的懷想。〈關山月〉是唐代詩人用以書寫邊塞哀傷的詩題，創作者多矣，而這首詩文字簡單，意象深厚，情緒飽滿，乃是深刻之作。

常建

常建（七〇八—七六五），故里不詳。常建雖然是開元進士，但一生仕宦不得意，只做過盱眙尉的小官，於是縱情山水，詩作也多以山水田園為主。《全唐詩》存詩一卷。

◇三日尋李九莊　常建

雨歇楊林東渡頭，永和[①]三日[②]盪輕舟。
故人家在桃花岸，直到門前溪水流。

注釋　①永和：是東晉穆帝年號，永和九年（三五三）王羲之和名士四十人會於會稽蘭亭，王羲之寫了〈蘭亭集序〉。②三日：指農曆三月三日。

大意 綿綿春雨終於停了，我趁著有如永和九年三月三日的宜人天氣，從楊柳樹林東面的渡口，盪著一葉輕舟去尋訪老朋友李九。老友的家就在桃花盛放的岸邊，我正好可以在小船上一路欣賞沿溪美麗的桃林。

簡析 王羲之和四十幾位名士在永和九年三月三日到郊外祓除不祥，他們在修禊之外還賦詩，並將詩作彙集成《蘭亭集》由王羲之寫〈序〉，當時天氣宜人，所以〈序〉說：「是日也，天朗氣清，惠風和暢。」常建雨歇訪友時，天氣一如王羲之所紀錄的，他就不再重複了。至於沿溪桃花盛開的美景，是「三日」所無，常建除了藉此象徵他愉悅的心情外，也暗喻老友是個隱士。因岸上桃林像極了陶淵明〈桃花源詩〉和〈桃花源記〉的境界。常建曾邀同年王昌齡一同隱居，未知成否，但此詩卻展露了李九的隱士身分。一首詩用了兩個典故豐富了內容，擴大了意境。

劉長卿

劉長卿（七〇九？—七八九？），字文房，宣城（今屬安徽）人，一作河間（今屬河北）人，開元二十一年（七三三）進士。至德中為監察御史，官終隨州（今湖北隨縣）刺史，世稱「劉隨州」。劉長卿擅長五言近體詩，風格溫雅流暢，冠絕當世，有「五言長城」的稱號。《全唐詩》存詩五卷。

◇逢雪宿芙蓉山①主人　劉長卿

日暮蒼山遠，天寒白屋②貧。
柴門聞犬吠，風雪夜歸人。

注釋　①芙蓉山：在常州義興（今江蘇宜興）陽羨山之東。大歷中，劉長卿在陽羨山，營有別墅。②白屋：以白茅覆屋，貧人所居。

大意　天色漸暗，遠山蒼茫遙遠，天寒地凍下的白茅屋更顯得簡陋寂寥。柴門外忽然傳來犬吠聲，原來風雪夜裡，主人的家人回來了。

簡析　這首詩以寒山夜宿為主題，簡單幾筆勾勒出極具畫面的山居生活。「日暮蒼山遠」點出時間與空間，日暮時分，山遠路遙，行人投宿的心情可以想像，「天寒白屋貧」則是投宿地方的描述，一座孤寂茅草屋，在天寒地凍的時節，卻是唯一安身所在。詩人用簡練的文字，山行投宿的場景已然完整呈現，然而畫面一轉，「柴門聞犬吠」一句，空寂山裡有了聲響，「風雪夜歸人」則揭曉了答案，原來家人風雪夜行，終於回家。雖是風雪之夜，卻擋不住人倫親情，荒山貧戶一家團圓，一樣充滿了溫馨，更襯托人情的溫暖。詩人以白描手法，寫出風雪夜留宿經歷，文字極為簡練，卻有清雅格調以及悠遠的情思。

◆餘干①旅舍

劉長卿

搖落暮天迥②，青楓霜葉稀。
孤城向水閉，獨鳥背人飛。
渡口月初上，鄰家漁未歸。

鄉心正欲絕，何處搗寒衣。

注釋 ①餘干：唐時為饒州屬縣，在今江西餘干。②迥：迴音炯。遙遠。

大意 秋天暮色下草木零落，天地更為悠遠遼闊，一如楓葉經霜就稀稀落落了。面水孤城的城門已經關閉，天空孤鳥背著人向遠方飛去。渡口的月亮剛剛升起，鄰家漁船卻還沒有回來。我想著遠方的家人，思鄉之情讓人心痛，卻不知從何處傳來趕製寒衣的搗衣聲，更讓人肝腸寸斷。

簡析 這首詩為劉長卿寄寓餘干旅舍的作品，詩人寫來細膩婉轉。秋天時節草木搖落，天地開闊卻也蕭瑟寂寥，日暮時分更顯得廣闊遼遠，前途茫茫；原本青楓轉紅，猶有秋天繁盛的氣氛，經霜之後葉子零落，讓人覺得生命有限，所剩無多，於今暫歇於此，進退不得，在空間與時間的安排當中，詩人點出讓人失落的心情。孤城已閉，孤鳥獨飛，前程無望，青春離逝，應該是詩人心中最大的無奈。舉目四望，渡口月升，漁船尚未靠岸，讓人更感孤立無援。思鄉情緒讓人心碎，然而不知何處搗衣聲響起，家家戶戶趕製寒衣，一聲聲重擊的聲音，更加深對家人的思念，愁緒更為深沉。詩人文字簡潔卻深有層次，引導讀者從時間、空間、心靈、聲音，領略旅人無依的愁緒，值得細細品味。

◆平蕃曲 ◎三首其三

劉長卿

絕漠①大軍還，平沙獨戍閒。
空留一片石，萬古在燕山。

注釋 ①絕漠：穿過沙漠。

大意 大軍穿過無垠的沙漠凱旋而歸，此後只要戍守就可以保有太平。這場戰役唯有留下一塊石碑，挺立在燕山上讓千秋萬世後代憑弔。

簡析　〈平蕃曲〉為唐代新樂府詩，詩人以簡單文字歌詠大戰凱旋而歸的豐功偉業，於是藉東漢竇憲出擊北匈奴，深入瀚海大漠三千里，登燕然山命班固作〈燕然山銘〉刻石記功之事，作為書寫主題。漢代開疆拓土，驅逐北方敵人，成為唐人典範，然而詩人十分委婉，既無興奮高昂的情緒，也無傷懷悼亡感覺，歷史過往僅留下一塊石碑，佇立在燕然山上，成為唯一的見證，大有古今多少事，盡付笑談中的感慨，但少了嘲諷人生的意味，回歸亙古時空，終歸平淡。全詩旨趣悠遠，含蓄有韻味，詩人對於戰爭的態度迥異盛唐之時，由此可見。

◈尋張逸人山居　劉長卿

危石①纔通鳥道②，空山更有人家。
桃源定在深處，澗水浮來落花。

注釋　①危石：高而險的岩石。②鳥道：飛鳥才能通過的路，形容山路險峻。

大意　在高險的岩石當中有一條狹窄的小路，空寂的山裡竟然還住有人家。遺世獨立的桃花源應該還在更裡面，因為溪澗水面上飄有落花。

簡析　這首詩為登臨尋訪的作品。危崖壁上一條小小的山路，讓人有通往祕境的感受，深山之中還有人家，一如陶淵明〈桃花源記〉所歌詠的所在，溪澗上的落花標示桃花源更在上游，雖是推測卻也十分合理。仙鄉樂園藏在深山之中，尋訪隱士更有探險的趣味，魏晉南北朝就有一則志怪故事，記載劉晨、阮肇入山迷路，在溪水之中發現蕪菁葉，於是逆流而上找到仙鄉，成為詩人發想的來源。全詩文字風雅脫俗，命意悠遠，遂有無限遐想。

◆重送①裴郎中②貶吉州③

劉長卿

猿啼客散暮江頭，人自傷心水自流。

同作逐臣④君更遠，青山萬里一孤舟。

注釋 ①重送：詩人已寫過一首同題的送別詩，此番再貶，故題重送。②郎中：尚書省六部諸司均設郎中。③吉州：今江西吉安。④逐臣：被貶而離京的官。

大意 猿聲哀淒的黃昏，江邊送行的人已經四散，留下的只有獨自傷心看著江水滾滾的我。同樣被貶謫，只是你的行程更為遙遠，一葉扁舟橫度青山萬里，令人無限記掛。

簡析 這是劉長卿為被貶友人所寫的一首送別詩，由於先前已經有一篇〈送裴郎中貶吉州〉，所以是「重送」，更由於同是天涯淪落人，寫來情真意切，令人感動。首句「猿啼客散暮江頭」點出時間、聲音、地點、事情，緣由完全交代，無一字虛詞，展現高度凝煉的工夫，猿聲渲染離別情緒，暮色乃是傷心時刻，江頭則是離別的地方，送別之人皆已散去，如果有人留到最後目睹所有的一切，會更覺得濃情不散。讀者可以感受到這位獨自傷心的人面對無情江水滾滾而去，人的有情與水的無情形成強烈對比。詩人寫出無可奈何的悲情，原因乃是同為逐臣，但朋友謫所更遠，既哀嘆自己的遭遇，又擔憂朋友的遠行，同病相憐之餘，更多了對對方不幸的同情，層層加重堆疊，遂成化不開的愁緒。最後留下極富畫面的說明，江水自流映照著青山萬里綿延不絕，一葉扁舟航行其中，既是孤帆遠影的目光所在，也是心中眷戀所在，詩人凝煉的文字，溫厚多情的筆調，讓人產生無限的同情。

◇晚春歸山居題窗前竹　劉長卿

溪上殘春黃鳥稀，辛夷花盡杏花飛。
始憐幽竹山窗下，不改清陰待我歸。

大意　暮春時節，溪谷聽不到什麼黃鶯叫聲，辛夷花已經開完，就連杏花也片片飄落。這時才覺得春天過得好快，而山居窗前的幽竹這麼可愛，依舊青蔥翠綠等待我的歸來。

簡析 《全唐詩》中錢起與劉長卿均收錄本詩，於此詩下云：「一作錢起詩。題云『暮春歸故山草堂。』」不易分判歸屬，姑收於此。這首詩以溪上殘春說起，黃鳥稀、辛夷花盡、杏花飛，都是時序的現象。黃鶯鳴聲宛轉動人，原是春光美好的象徵，辛夷花屬於早春的報春花，已然開完，花季較長的杏花也只剩落花片片，詩人寫出晚春時節，引出韶光易逝的感慨。然而在惜春無奈的心情中，卻突然發現山居窗前幽竹依然青翠挺立，竹子「不改清陰」傲然堅強的特性，有著對主人回來永遠的期待。詩人的「始」是覺悟，也是領悟，始終相待之情，則是繁花落盡之後才能領會的真心存在。全詩文字簡要，旨趣清雅，飽含人情的關懷與生命的歷練，值得再三回味。

錢起

錢起（七一〇？—七八二？），字仲文，吳興（今浙江湖州）人。玄宗天寶十年（七五一）登進士第，授祕書省校書郎。肅宗乾元元年（七五八）前後任藍田縣尉，與王維酬唱，得王維稱許。錢起詩才清逸，為「大曆十才子」之冠。《全唐詩》存詩四卷。

◆省試①湘靈鼓瑟②

錢起

善鼓③雲和瑟④，常聞帝子靈。
馮夷⑤空自舞，楚客⑥不堪聽。
苦調悽金石⑦，清音入杳冥⑧。
蒼梧⑨來怨慕，白芷動芳馨。
流水傳瀟浦，悲風過洞庭。
曲終人不見，江山數峰青。

注釋 ①省試：唐宋時的科舉制度。各州縣貢士到京師，由尚書省的禮部主試，通稱省試。②湘靈鼓瑟：是此次省試的試題。湘靈，就是帝子靈，指帝堯的女兒娥皇、女英。③鼓：

彈奏。④雲和瑟：雲和地方出產的瑟。⑤馮夷：水神名。⑥楚客：客遊楚地的人。⑦悽金石：比鐘磬之類的聲音更為淒苦。⑧杳冥：杳音窈。深遠幽暗。⑨蒼梧：相傳舜征有苗，崩於蒼梧之野，葬於九疑山（在今湖南寧遠縣南）。

大意　聽說湘水的神靈娥皇、女英，善於彈奏雲和之瑟。美妙的樂曲讓河神聽得翩翩起舞，然而遠遊的旅人卻不忍卒聽。有如鐘磬金石的哀怨淒涼曲調，清悠高亢的樂音直透雲霄。葬在九疑山的舜帝神靈為之感動，生出幽怨情思，生長岸邊的白芷也在樂聲催動下中吐露芬芳。樂聲順著流水傳遍湘江，化為悲風飛過洞庭湖。樂曲終了卻沒看到湘水女神，只有江面上的幾座山峰，兀自蒼翠迷人。

簡析　這首詩是錢起在天寶十年（七五一）進士考試的作品，在有限時間與極大壓力下，少有佳作，但這首詩卻能切中題旨，展現詩人才情，因而傳誦千古。全詩以樂音為主軸，藉由《楚辭．九歌》情調，首句以「鼓瑟」直接破題，以帝子靈來解釋湘靈，用舜帝、娥皇、女英的神話為背景，寫來具有層次，又極富浪漫悠遠的情思。「常聞」一句拉近了神話與現今的距離，下句同樣地，「馮夷」是神話，「楚客」則是現今，寫出樂音感動神與人的效果。接著描寫音樂本身的質感，用苦調與清音呈現出瑟的音色，舜帝為之思慕，白芷為之芬芳。而娥皇、女英對應舜帝，白芷則以配美人，讓音樂更具有神話形象，音樂隨著流水悲風，輕撫瀟湘、洞庭，則屬空間的鋪排。最後神來一筆，樂曲終了，瀟湘神靈娥皇、女英終究沒有出現，只有映照於江面青峰綿延不絕。神話與現實，過往與現在，如夢似幻，撲朔迷離，韻味無窮，讓人留下無限的懷想。《舊唐書．錢徽傳》記載了一則軼事，錢起受州縣推舉前往應試時，於晚上漫步忽聞有人吟詠：「曲終人不見，江上數峰青。」錢起應試時便寫入這首詩，登第中舉。本詩收尾的精彩，或出於詩人神祕的經驗，在傳說附會之下，更是充滿神祕奇幻的感覺。

◆江行無題 ◎百首其六十一　錢起

堤壞漏江水，地坳①成野塘。
晚荷人不折，留取作秋香。

注釋　①坳：坳音凹。低窪。

大意　長江水堤失修，江水滲漏積水，窪地變成了池塘。甚至長出了荷花，然而生長在野地，沒有人折取，就讓荷花延續飄香到秋天。

簡析　〈江行無題〉百首一說是錢起曾孫錢珝所作，所寫乃是長江一路所見，既像行途日記，又像是江岸素描，風格清新，具有遊賞的逸趣，又隱約透露出戰火之後寂寥的感慨。江堤歷來都是國之大事，然而在失修的情況下，窪地形成一個大水塘，甚至還長出了荷花，理論上應該要有警醒，但話鋒一轉，卻是可惜沒人採摘，詩人暗示百姓離散，還是故作悠閒，晚荷成為秋天時節最好的妝點。最後一句「留取作秋香」，是無奈、是惋惜，還是保有一線生機的期待？詩人言語含蓄，餘韻無窮，讓人有無限的懷想。

◆故王維右丞堂前芍藥花開悽然感懷

錢起

芍藥花開出舊欄，春衫掩淚再來看。

主人不在花長在，更勝青松守歲寒①。

注釋　①守歲寒：《論語．子罕》：「歲寒然後知松柏之後凋也。」

大意　芍藥花在欄杆中盛開，穿著春衫一再來看，讓人不禁感動流淚。此處是王維舊宅第，主人早已不在，花卻依舊盛開，守住這地方，跟耐得住霜雪的松柏相比，也毫不遜色。

簡析　錢起與王維友好，然而在好友過世之後，舊宅第中的芍藥花盛開，景物依舊，人事已非，睹物思人，讓人不勝唏噓。「出舊欄」一句，暗喻生命由舊翻新，自有出路，然而詩人卻仍無比掛懷，一看再看是對芍藥花的欣賞，還是對好友的眷戀，恐怕後者的成分居多。主人不在的事實對比花長在，更讓人覺得花的長久，遠勝於人。詩人甚至取用「歲寒然後知松柏之後凋也」的說法，說芍藥勝過經得起霜雪的松柏。用誇張的形容，襯托芍藥的堅強與主人不在的孤單，芍藥花開似乎是給予有情人的最佳心靈慰藉。

◇歸雁 錢起

瀟湘①何事等閒回，水碧沙明兩岸苔。

二十五絃②彈夜月，不勝清怨卻飛來。

注釋 ①瀟湘：湘江西岸有衡山回雁峰。②二十五絃：指瑟。

大意 瀟湘一帶，水清沙白兩岸苔綠，大雁你為什麼要輕易離開這麼美好的地方呢？實在是因為湘靈月夜鼓瑟，從絃上彈出的淒涼哀怨音調，讓人承受不住，只好飛回北方。

簡析 這首詩詠歸雁，藉由對話的形態，以神話來回答一個難解的問題，南方水草豐美，景色宜人，雁為何要北歸？候鳥由南返北，詩人卻將這個問題直接詢問歸雁。詩人用了《史記．封禪書》的典故：「太帝使素女鼓五十絃瑟，悲，帝禁不止，故破其瑟為二十五絃。」瑟所代表的是淒涼的樂音，月夜鼓瑟，不勝哀怨，使得雁難以承受，不得不北歸。而於詩人〈省試湘靈鼓瑟〉中，「楚客不堪聽」成為解釋雁歸的原因，一問一答，巧用神話，使得雁寄託人的無限情感，成為天地中敏銳又富感性的生靈。最後一句「不勝清怨卻飛來」，更是形象優雅，逸趣橫生。全詩構思巧妙，充滿想像，成為詠雁名篇。

杜甫

杜甫（七一二—七七〇），字子美，號少陵野老，一號杜陵野老、杜陵布衣，祖籍襄陽（今湖北），出生於鞏縣（今河南）。杜甫和杜牧是宗親，同是晉朝滅東吳大將杜預的後裔。曾任左拾遺、檢校工部員外郎，世稱杜拾遺、杜工部。天寶初年，杜甫入京考試未第，期間結識李白、高適等詩人。杜甫客居長安十年，奔走獻賦，但始終未獲賞識。安史亂起，他原想投奔肅宗，卻惹帝怒遭貶，往後十二年間輾轉流離，攜家寓居成都時曾修築茅屋棲身。貧病交迫的杜甫最後死在湘江舟中。杜甫一生仕途不濟，命運多舛，作品多反映當時社會現象，有悲天憫人的胸懷；他的詩歌格律工整，風格沉鬱頓挫，有詩史、詩聖之稱。著有《杜工部集》。《全唐詩》編其詩為十九卷。

◆奉贈韋左丞[1]丈二十二韻

杜甫

紈袴[2]不餓死，儒冠[3]多誤身。
丈人[4]試靜聽，賤子請具陳。
甫昔少年日，早充觀國賓[5]。
讀書破萬卷，下筆如有神。
賦料揚雄敵[6]，詩看子建親[7]。
李邕[8]求識面，王翰[9]願卜鄰。
自謂頗挺出，立登要路津。
致君堯舜上，再使風俗淳。
此意竟蕭條，行歌非隱淪。
騎驢十三載，旅食京華春。
朝扣富兒門，暮隨肥馬塵。

殘杯與冷炙，到處潛悲辛。
主上頃見徵，欻然[10]欲求伸。
青冥[11]卻垂翅，蹭蹬無縱鱗[12]。
甚愧丈人厚，甚知丈人眞。
每於百僚上，猥[13]頌佳句新。
竊效貢公[14]喜，難甘原憲[15]貧。
焉能心怏怏，只是走踆踆[16]。
今欲東入海，即將西去秦。
尚憐[17]終南山，回首清渭濱。
常擬報一飯[18]，況懷辭大臣。
白鷗沒浩蕩，萬里誰能馴？

注釋　①韋左丞：韋濟。左丞，主持尚書省日常工作，覽察百官，位高權重。②紈袴：紈袴音玩褲。細絹做的褲子，通常作為豪門子弟的代稱，含有貶意。③儒冠：指讀書人，杜甫自稱。④丈人：長輩尊稱，此指韋濟。⑤充：充當。觀國賓：觀國之光的王賓，這裡指應舉之士。⑥料：估計。揚雄：西漢辭賦家、思想家。⑦看：看音堪，比擬。子建：曹植，曹魏時期文學家。⑧李邕：邕音庸。唐代著名書法家，曾任北海太守。⑨王翰：唐朝詩人。⑩欻然：欻音呼。忽然。⑪青冥：天空青蒼悠遠。⑫蹭蹬：險阻難行，困頓不順。無縱鱗：魚不得縱身遠游，喻理想不能實現。⑬猥：卻。⑭貢公：西漢貢禹，元帝時與王吉同被徵為諫議大夫。劉峻〈廣絕交論〉：「王陽登則貢公喜。」指對於朋友顯達的歡喜。⑮原憲：孔子弟子，雖褐衣疏食，不減其樂。⑯踆踆：踆音村。跳躍行走的樣子。⑰憐：留戀。⑱一飯：使用韓信一飯千金的典故。

大意　富家子弟不會餓死，清寒讀書人卻常坐困愁城。韋大人可否靜靜聆聽，容我陳述心情。年少時參加考試，熟讀萬卷書籍，落筆如有神助，辭賦可與揚雄匹敵，詩篇能比擬曹植；李邕、王翰都願與我為友。自以為才能傑出，應該很快身居要職，得以輔佐君王學習堯舜之道，使社會風俗歸於淳厚。然而事與願違，願望全然落空，只能憂愁行歌。客居京城許久，早晚拜會追隨富豪顯貴，吃著別人的殘羹剩菜，心中充滿挫折。最終得到皇上的召見，感覺有機會可伸展志向，結果卻像飛鳥折翼從天空隕落，又像魚無法縱身遠游。我了解丈人對我的溫厚關懷，也深知其中的真心實意，每每把我的詩篇推薦給百官同僚，朗誦佳句，稱揚其中命意新穎。就像西漢貢禹對於好友的支持，只可惜我已無法忍受原憲的清貧。豈能讓內心如此憂憤，進退不定讓人徘徊不安，只能選擇遠走他鄉，卻又難以忘懷終南山、渭水之濱的種種過往。韓信受漂母一飯之恩，尚且銘記不忘，更何況是關心支持我的大臣。多希望我可以像白鷗一樣，飛翔於浩蕩海上，翱翔萬里，再無拘束。

簡析　這首詩寫於天寶七年（七四八），是杜甫困居長安所作，一方面向韋濟表達內心志向，也傾訴十來年蹉跎漂泊的難堪，既是最早，也是最能表現個人志懷的一篇自敘之作，充滿懷才不遇的困頓與愁思，以及進退失據的心情。唐玄宗天寶六年詔天下選才不第，杜甫心情落寞，萌生離去的念頭，於是寫詩向韋濟告別，失意的悲苦，滿腔牢騷，宣洩而出。從「紈袴」與「儒冠」的比較，說出人間不平事，「誤」之一字，表達內心的不滿，強烈的對比，充滿情緒的張力。杜甫進而以過去與現在對比，少年時的得意，豐富的學養，敏捷的才情，名聲早著，懷有自我期許及遠大的懷抱，「致君堯舜上，再使風俗淳」，不僅說出個人的志向，意氣昂揚，氣魄遠大，也讓「儒」的形象更加鮮明。然而一句「此意竟蕭條」，一切全然落空，如今逢迎於貴人，在繁華的長安街上奔波，為討生活而受盡委屈羞辱，體會世態炎涼，「潛」之一字，悲沁骨髓。而終於有一展長才的機會，卻又是一場騙局，打擊接連而來，如同鳥不得飛，魚不得游，人生至此了無希望，強烈的對比更增心裡的糾葛。

全詩因為對比產生頓挫；因為糾結所以沉鬱，詩人一抒心中難堪，營造厚重的詩風。然而對於韋濟的知遇之恩，無從回報，成為離去時心中唯一的記掛。「甚愧丈人厚，甚知丈人真」，重複呼喊既表達心中的感激，也表達未能實現自己志向，無法回報韋濟期待的慚愧，相去不忍，矛盾複雜的情緒，糾葛纏繞，徘徊不定，相對於前文鋪排對比，衝突迭宕，於此千迴百轉，悲憤交雜的心理，刻畫入神。最後「白鷗沒浩蕩，萬里誰能馴？」更是激昂，「白鷗」象徵詩人的志節，萬里翱翔，充分展現寬大襟懷與剛強的個性，失意卻沒有失志，詩人一秉「儒者」志懷，充滿雄渾的氣格。全詩直抒胸臆，傾洩而出，是對於知遇恩人的交心，也是一代詩人困辱的悲鳴，雖然遭逢打擊，但杜甫卻沒有絕望，困躓之中，保有自己的志懷，以及對於人情的看重感念，詩人的悲痛與自許躍然紙上。

◇飲中八仙[1]歌

杜甫

知章騎馬似乘船，眼花落井水底眠。
汝陽三斗始朝天[2]，道逢麴車口流涎，
恨不移封向酒泉[3]。左相日興費萬錢，
飲如長鯨吸百川，銜杯樂聖[4]稱避賢。
宗之瀟灑美少年，舉觴[5]白眼望青天，
皎如玉樹臨風前。蘇晉長齋繡佛前，
醉中往往愛逃禪[6]。李白一斗詩百篇，
長安市上酒家眠，天子呼來不上船，
自稱臣是酒中仙。張旭三杯草聖傳，
脫帽露頂王公前，揮毫落紙如雲煙。
焦遂五斗方卓然，高談雄辯驚四筵。

注釋　①飲中八仙：是賀知章、汝陽王李璡、李適之、崔宗之、蘇晉、李白、張旭、焦遂等八人。②朝天：上朝。③酒泉：釀酒聖地。④樂聖：樂音要。嗜酒。⑤觴：觴音商。酒器。⑥逃禪：此指貪杯而不遵守佛家戒律。

大意　賀知章酒後騎馬，姿態搖搖晃晃好像在乘船，醉眼昏花跌入井中，竟然在井底睡著了。汝陽王李璡喝完三斗酒才覲見天子，路上遇到載酒麴的車子，還是忍不住口水直流，遺憾封地沒能改到酒泉。左相李適為了助興不惜花費萬錢，飲酒如同長鯨吸納百川之水，自稱可以拋去政務以便讓賢。崔宗之是一位瀟灑美少年，舉杯傲視青天，俊朗之姿有如玉樹臨風。蘇晉雖在佛前齋戒茹素，但喝起酒來卻將戒律忘得乾乾淨淨。李白飲酒一斗，可以賦詩百篇，經常在長安街酒肆飲酒，醉了直接睡在酒家，甚至連天子召見，都因酒醉不肯上船，自稱是酒中仙。張旭飲酒三杯，就能立即揮毫，草聖之名早已流傳，就算在王公大臣面前也是脫帽露頂，毫無顧忌，落筆紙上變化無窮。焦遂五杯酒下肚，馬上精神振奮，在席間高談闊論，語驚四座。

簡析　本詩體例前無所承，乃是充滿創意的作品，通篇押韻，一韻到底。每位人物自成一章，或兩句、或三句，或四句，前無鋪排後無收尾，杜甫以誇張手法，輕鬆語調，用長安八位善飲名人作為主題，將酒與身分鏈接，從王公大臣到布衣卿相，各有嗜酒逸趣，以人物速寫方式捕捉好酒特徵，幽默諧謔，節奏輕快，突顯每位人物的性格，不僅塑造各具風采的酒仙形象，也呈現太平盛世佻達放曠光景。相對於名、位、利、形象、信仰，這些名人選擇了酒，酒也可以作為觸媒激昂創作，無論寫詩、揮毫、或興發議論。八位人物無一不是就其個性與成就，大加鋪排，於是嗜酒成為雅趣，誇張行徑不覺荒唐，反而成就鮮明的印象。本詩巧妙描寫，構畫極為成功，相對魏晉蔑棄禮法的嗜酒風氣，唐人以酒佐詩、以酒創作，在詩人筆下，酒成為生活、藝術、生命的觸媒，更增率真的雅趣。

◈羌村① ◎三首其一　杜甫

崢嶸②赤雲③西，日腳④下平地。
柴門鳥雀噪，歸客千里至。
妻孥怪我在，驚定還拭淚。

世亂遭飄蕩，生還偶然遂。
鄰人滿牆頭，感嘆亦歔欷⑤。
夜闌更秉燭，相對如夢寐。

注釋　①羌村：在陝西鄜州城西北。②崢嶸：山高峻的樣子，此形容雲峰。③赤雲：晚霞。④日腳：即太陽。古人不知地球在轉，以為太陽在走，所以有「日腳」之稱。⑤歔欷：讀音虛希。悲泣抽噎。

大意　西邊天際紅雲堆疊如山峰，太陽逐漸落下，經過千里路途終於回到家裡，看到柴門虛掩以及聒噪的鳥雀。妻子和小孩沒想到我還活著，驚訝許久才喜極而泣。在兵荒馬亂的時節，能夠僥倖生還乃是出於偶然。鄰居聞訊趕來，在矮牆後擠得滿滿的無不欷歔感慨。等到夜深人靜，夫妻相對而坐，仍感覺好像在夢中，不敢相信這是真的。

簡析　肅宗至德二年（七五七）杜甫初任拾遺，因上書觸怒肅宗，八月放還鄜州羌村省親作〈羌村〉三首，此為第一首。離亂之世命懸一線，能夠與家人團聚猶如夢寐，詩人紀實書寫觸動人心，尤其第一首初入家門，寫出僥倖得生而驚魂未定的心情，更讓人感同身受。千里奔波終於到家，「妻孥怪我在，驚定還拭淚」寫出消息隔絕之下突然回家，家人無法置信，待驚訝的心情平靜之後，終於歡慶家人能夠團聚。「怪」、「驚」貼合情緒，精準到位，離亂之世飄泊是正常，生還是偶然，微乎其微的機率，甚至驚動鄉里鄰人來見證這個奇蹟，大家的感嘆欷歔，是羨慕、是同情，更是充滿人情味的慰問。久未回家，夫妻對坐秉燭而談，恍如夢中，此刻家人相守，無疑是人間最大福分。詩人的遭遇並非個人的感受，更是整個社會動盪之後，追求平安的渴望。

◆ 新安①吏②

杜甫

客行新安道，喧呼聞點兵。

借問新安吏，縣小更③無丁？

府帖④昨夜下，次選中男⑤行。
中男絕短小，何以守王城？
肥男有母送，瘦男獨伶俜⑥。
白水暮東流，青山猶哭聲。
莫自使眼枯，收汝淚縱橫。
眼枯即見骨，天地終無情。
我軍取相州⑦，日夕望其平。
豈意賊難料，歸軍星散營。
就糧近故壘，練卒依舊京。
掘壕不到水，牧馬役亦輕。
況乃王師順，撫養甚分明。
送行勿泣血，僕射⑧如父兄。

注釋　①新安：今河南新安縣。②吏：徵兵的差吏。③更：難道。④府帖：徵兵令。⑤中男：玄宗天寶三年（七四四）定十八歲為中男，二十二歲為丁。⑥伶俜：俜音乒。孤獨的樣子。⑦相州：即鄴城，今河南安陽市。⑧僕射：射音葉。指郭子儀。

大意　在前往新安的路上聽到喧鬧呼叫，於是詢問新安派來徵兵的差吏，新安縣難道已經沒有成年的壯丁了嗎？差役回答：政府徵兵文書昨夜下達，依次要徵集滿十八歲的中男入伍服役。我不禁懷疑，這些年紀還小、身體瘦弱的男丁，要怎麼戍守洛陽王城。肥壯的少年有母親送行，至於瘦弱者都是孤零零的。黃昏時刻，河水東流而去，青山下還有送行者的哭聲。我安慰大家不要再哭了，收起眼淚，不要哭壞了身體，天地無情，身體要緊。官軍攻取相州，本以為短短幾天就能平定亂事，沒想到錯估形勢，致使打了敗仗，各營士兵四方潰散，因此就地駐守，糧食在舊營地旁邊，訓練也在東都近郊進行，要做的只是淺掘壕溝，或是牧馬一類較輕鬆的工作。何況這是一場王師對叛賊的正義之戰，主帥對於士兵照顧非常周到。送行的家屬不要再哭了，僕射會像父兄一樣照顧這群士兵的。

簡析　杜甫於乾元二年（七五九）春從東都洛陽返回華州任所，途中目睹戰亂中的百姓所受苦難，有感而作〈新安吏〉、〈石壕吏〉、〈潼關吏〉，以及〈新婚別〉、〈垂老別〉、

〈無家別〉，「三吏」、「三別」成為見證歷史的紀錄，也是杜甫為社會詩人的代表作。本詩為「三吏」第一首，唐肅宗乾元二年（七五九）郭子儀等九節度使率大軍圍鄴城，安慶緒據城死守，原本可以輕鬆平亂，卻因歸順的史思明反叛，內外夾擊，官軍缺乏統帥，六十萬大軍竟然潰散。郭子儀率軍退守東都洛陽，形勢急轉直下，洛陽、潼關面臨威脅，於是緊急徵召兵丁，加強戰備修築工事，洛陽一帶戰雲密布，杜甫途經其中親眼目睹，感受到戰火下的痛苦與壓力，於是完成「三吏」、「三別」。

本詩以敘事對話的方式進行，作者是觀察者、採訪者，也是宣慰者。聽聞喧呼之聲而詢問徵兵差役，連年戰禍之下，戰事愈來愈吃緊，徵召年齡也愈來愈小，如今竟要身不強、體不壯的少年來守衛王城，既荒謬又令人無奈。有些人還有家人相送，有些卻是孤零零地入伍，傍晚時分難分難捨，哭聲不斷。於是詩人勸慰大家，我軍乃是正義之師，巡防、訓練就在附近，工事、雜役不會太重，再加上主帥愛護士兵，一定會有很好的照顧，事出突然但不用過度擔心。以這樣細心說明安慰拆散的家庭，詩人寫實觀察，如同戰地採訪一般，記錄一場骨肉泣血的離別，同情的眼光，愛護百姓的心思，在對話之中自然流露。

◇新婚別

杜甫

兔絲①附蓬麻，引蔓②故不長。
嫁女與征夫，不如棄路旁。
結髮爲妻子，席不暖君牀。
暮婚晨告別，無乃太匆忙。
君行雖不遠，守邊赴河陽③。
妾身未分明，何以拜姑嫜④。
父母養我時，日夜令我藏。
生女有所歸，雞狗亦得將。
君今往死地，沉痛迫中腸。
誓欲隨君去，形勢反蒼黃⑤。
勿爲新婚念，努力事戎行⑥。

婦人在軍中，兵氣恐不揚。
自嗟貧家女，久致羅襦⑦裳。
羅襦不復施，對君洗紅妝。
仰視百鳥飛，大小必雙翔。
人事多錯迕⑧，與君永相望。

注釋 ①兔絲：草名。②蔓：細長纏繞的莖。③河陽：今河南孟縣。④姑嫜：公婆。⑤蒼黃：喻極大的變化。⑥戎行：軍隊。⑦羅襦：絲質短衣。⑧錯迕：迕音武。錯雜違逆。

大意 菟絲纏繞在低矮的蓬與麻上，莖蔓注定無法爬得高遠。把女兒嫁給從軍出征的人，還不如早早丟棄路邊。結髮為夫妻，晚上成親，牀席都還沒睡暖，早晨就要告別。雖然並未到遠方，但河陽已經是前線。還沒舉行祭拜祖先的大禮，叫我如何一個人去拜見公婆。出嫁前父母不讓我拋頭露面；如今也只能嫁雞隨雞，嫁狗隨狗。現今丈夫遠赴戰場，內心糾結，痛苦萬端，多希望可以一同前去，但形勢變化反覆。千萬不要為新婚離別難過，在軍隊裡要好好表現，我不能追隨你，因為婦女跟著軍隊恐怕會影響士氣。我本來是窮人家女兒，好不容易置辦了嫁衣，如今我會脫掉絲綢衣裳，洗去脂粉，等待你回來。仰看天上的飛鳥都是成雙成對，人間情事就複雜得多，但與你兩地同心，期盼早日團圓。

簡析　唐乾元二年（七五九）徵召男子上戰場，杜甫〈新婚別〉描寫新婚夫妻的離別、〈垂老別〉寫老倆口的離別、〈無家別〉描寫無家之人的離別，以戰爭影響三種樣態家庭，揭露社會的苦難，為底層無告者發聲。本詩為杜甫「三別」第一首，以女性的口吻描述一位新嫁娘家庭拆散的苦楚。首先四句用以比、興，菟絲用以比喻女子，攀附在低矮蓬、麻之中，注定沒有成長的空間，接續「嫁女與征夫，不如棄路旁」，說法就相當直白，嫁給征夫是沒有未來的，但不幸的事情卻還是發生了。中間二十四句訴說分離的痛苦心情，有暮婚晨別相聚時短的感慨，有丈夫往赴前線身陷死地的擔心，有婚禮未成無法見公婆的焦慮，有未嫁時父母疼愛的回憶，又有未能跟隨丈夫的無奈。最後只能洗去脂粉，誓言相待，以貞定的心勸說丈夫努力從軍殺敵，面對未來的不確定，內心糾葛萬端，卻還是期盼有好的結局。最後以四句總結，仰看鳥飛成雙，人事雖然乖違，但兩人相愛的心不會改變。詩人藉由女子之口，面對離亂之世仍然保有內心的希望，言之委婉，然而旨趣悠遠，饒有情思。

◆前出塞 ◎九首其六　杜甫

挽弓當挽強，用箭當用長。
射人先射馬，擒賊當擒王。
殺人亦有限，立國自有疆①。
苟能制侵陵②，豈在多殺傷？

注釋　①疆：邊境。②侵陵：進犯。

大意　拉弓就應該選用強勁的弓，用箭就應該用長的箭。要射對方不妨先射馬，要擒敵人最好先捉住首領。但是殺人還是要有限度，國家原就有各自的疆界。如果可以阻止敵人侵犯，也就不要多殺戮了。

簡析　杜甫〈前出塞〉九首從奉命出征、行旅生活，到最後期許繼續為國效勞，是一系列描寫出塞征戰的詩歌。本詩陳述戰鬥進行時的狀況，作戰要用長箭強弓，乃是理之當然，射人射馬、擒賊擒王，則是策略的選擇。然而詩人在此申明個人看待戰爭的態度，戰爭目的在於保護人民、捍衛國家，而不是殺人，同樣道理，每一個國家都有其固有疆界，不要去侵陵其他國家。相較於以往唐代邊塞詩歌詠征戍辛苦、追尋勝利的主題，杜甫一改兩軍爭戰廝殺場景的描繪，而是強調武力應該有所節制，不應無限擴大欲望，無限擴大國家的疆域，深有止戈為武的思想，以及對於人命的關懷，「詩聖」寬厚個性，所具「仁愛」之心展露無遺。詩人為世局鉅變，留下觀察，也留下時代寶貴的針砭之言。

◆後出塞 ◎五首其二　杜甫

朝進東門營，暮上河陽橋。
落日照大旗，馬鳴風蕭蕭。
平沙列萬幕，部伍各見招。

中天懸明月，令嚴夜寂寥。
悲笳數聲動，壯士慘不驕。
借問大將誰？恐是霍嫖姚①。

注釋 ①霍嫖姚：嫖姚音飄搖。西漢名將霍去病曾為嫖姚校尉。

大意 早上進入東門營，傍晚進駐河陽橋。夕陽餘暉照在軍旗上，戰馬在蕭瑟的風中嘶鳴。寬闊沙原中布列無數的帳幕，隊伍各自召集自己的士兵。明月高掛天上，軍令嚴謹使得駐地寂靜無聲。忽然幾聲胡笳悲咽響起，使得各營士收起原本傲氣，多了肅穆氣氛。借問統軍將領是誰？或許是漢代霍去病才有這樣的軍容。

簡析 杜甫〈後出塞〉是以軍士的口吻，書寫赴召從軍到逃離的過程，藉由個人參與的轉折，得見盛世當中何以蘊釀安史之亂的觀察。首兩句寫赴召徵集迅速，國力之盛由此可見。接續四句，則是展現整飭嚴謹壯盛的軍容。後續半夜之中突然胡笳聲起，鋪排軍營肅殺氣氛，氣氛驟變。「驕」與「慘」，從盛世光景進入衰亂之世，詩人深深暗示著時勢的發展。最後兩句，詢問大將軍是誰？推測是漢代嫖姚校尉霍去病，更是巧妙的設問，霍去病乃是漢代攻擊匈奴大將，然而如今胡人為帥，充滿諷刺。詩人以「悲笳」暗示將亂之局，深有國風之旨，以「霍去病」對比「安祿山」，更是深有警示作用。

◆贈李白　杜甫

秋來相顧尚飄蓬，未就丹砂愧葛洪①。
痛飲狂歌空度日，飛揚跋扈爲誰雄。

注釋　①葛洪：晉人，自號抱朴子，擅長煉丹。

大意　如同四處飄泊的蓬草在秋天短暫相遇，相信你對於未能煉丹成仙應該覺得愧對晉朝葛洪。只是每天狂歌痛飲消磨日子，意氣風發又是為了誰呢？

簡析　天寶四年（七四五）杜甫與李白在魯郡相別，李白有〈魯郡東石門送杜二甫〉一詩相贈，云：「飛蓬各自遠，且盡手中杯。」盛唐兩大詩人，在短暫相遇後又各奔東西，惺惺相惜，也離情依依。飛蓬飄泊乃深秋時節，也符合兩人的際遇，成為兩人詩歌中共同的意象。杜甫更加留意李白的個性，並勸勉朋友，求仙卻未煉丹，顯然是不對的，而喝酒狂歌，桀驁不馴，也總是會有問題的，然而詩人委婉相勸，點到為止。杜甫寫給李白的詩很多，但這首詩最簡短也最傳神，李白具有「仙氣」也有「狂氣」，飄逸豪放且傲岸狂放的形象，宛在眼前。

◆曲江①　◎二首其一　杜甫

一片花飛減卻春，風飄萬點正愁人。

且②看欲盡花經眼，莫厭傷③多酒入脣。
江上小堂巢翡翠④，苑邊高冢臥麒麟。
細推物理⑤須行樂，何用浮名絆此身？

注釋 ①曲江：在長安東南郊，漢武帝所造，因水流曲折得名。是唐開元後的遊覽勝地。②且：暫且。③傷：傷感。④翡翠：翠綠的鳥。⑤細推物理：仔細推尋事物變化的道理。

大意 一片花瓣落下就讓人感到春天似乎消逝了一點，如今風吹落了千萬花朵怎不令人發愁？所以一定要把即將凋謝的花看個夠，一如喝酒就要把酒喝個盡興。翡翠鳥在江上的樓堂築巢，墳冢旁邊石麒麟倒臥在地上。仔細推敲天地間盛衰變化的道理，行樂及時又何必用浮名綁住自己？

簡析 這首詩寫於乾元元年（七五八），安史亂後，雖然收復長安，但兵禍尚未平息，當一攬曲江名勝，不免興發感懷。從一片花的凋零覺察春色的消失，而萬朵花瓣紛飛，更是宣告春天已經不在。面對美麗又短暫的絢麗春景，人能做的就是把眼前美景努力看完，一如喝酒就痛快暢飲。但從翠鳥築巢於高堂，墓旁石麒麟倒臥地上，可見經過戰亂之後，繁華盛景成為過往，堂無人而鳥居，墓無主而失修，讓人有很深的感慨。盛極而衰，乃是天地常情，詩人面對難以改變的時勢，更能體會虛華浮名如過眼雲煙，還不如及時行樂，縱情飲酒賞春。這首詩迥異於杜甫平常的個性，卻也讓人得見詩人於變故後心情的轉折。

◇春夜喜雨

杜甫

好雨知時節，當春乃發生。
隨風潛入夜，潤物細無聲。
野徑雲俱黑，江船火獨明。
曉看紅溼處，花重錦官城①。

注釋 ①錦官城：成都的通稱。

大意 春雨好像知道時節一般，在萬物甦醒之時跟著到來。夜晚隨著微風悄悄落下，細微無聲地滋潤萬物。郊外小徑與天空雲朵都隱沒在深夜闃暗之中，只有江上的漁船燈火顯得格外明亮。天明破曉時一定可以看到潮溼泥土布滿了落花，但是經過一夜春雨滋潤，錦官城也必然是萬紫千紅、花團錦簇的模樣。

簡析 這首詩是杜甫客居成都浣花草堂的作品，詩人流離顛沛，終於有棲身之所，生活稍稍安定。綿綿春雨不容易察覺，尤其是深夜時分，夜闌人靜，一切在無知無覺中發生，然而杜甫以詩人細膩有情的心思，觀察所有的變化。雨是自然而來，然而「知」之一字，宛若天地有情，雨知道時節，也知道萬物的渴望，於是及時而來，確實可以稱之為「好」。然而「好」更來自於體貼，不是狂風大作，暴雨直下，而是選擇隨風而來；不是雨勢滂沱，阻隔行路，而選擇不妨礙人行動的夜晚，無私、不求回報、不大肆張揚，細細地、靜靜地、慢慢地，無聲滋潤大地，整夜沉浸在好雨的善意當中，所以當遠望時，遠方小徑與天空的雲，在春雨夜中隱沒不見，只有江船閃爍的漁火，成為這一場盛筵的見證。當天明破曉放晴之時，固然有打落滿地的花瓣，但一夜的滋潤，錦官城也一定是花團錦簇，色彩繽紛。

詩人用擬人手法，比喻春雨是上天賞賜的禮物，像是對萬物有情的回報，也似乎是對於飽經憂患詩人心靈的滋潤與安慰。

◇江亭　杜甫

坦腹江亭臥，長吟野望時。
水流心不競①，雲在意俱遲②。
寂寂春將晚，欣欣物自私③。
故林歸未得，排悶強裁詩。

注釋　①競：追逐。②遲：舒緩。③自私：自遂其性，各得其所。

大意　在江邊亭子仰臥，眺望原野吟誦詩歌。江水緩緩流動，和我的心一樣與世無爭；雲在天空飄動，也如同我的心思一樣悠閒自在。隨著春光漸晚，萬物欣欣向榮。可惜我卻無法回歸故里，只能裁句成詩來排遣心中憂悶。

簡析　本詩也是草堂時期作品，杜甫於亂世短暫的安居，獲得心靈些許的平靜，在江亭坦腹而臥，盡得魏晉名士風流，用的是《世說新語．雅量》王羲之坦腹東床的典故。詩人眺望原野、吟誦詩歌，看著江水緩緩而流，天上白雲悠悠，與世無爭，心意舒緩，晚春時節一切如此靜謐，心與物遊，從容恬淡，體會大化流行，純然是隱士自在之言。但杜甫不是隱士，也不是甘心倘佯於山水之人，由春入夏，萬物欣欣向榮，杜甫用「自私」來形容各遂其性，各自成長的樣態，盛而飽滿，人反而顯得格格不入，故鄉回不去，像是做客一般暫居於此，難有歸屬的感覺，只能以詩文來排遣內心的憂悶。杜甫有多首〈野望〉的詩作，但內容與本詩不近，顯然詩人有觀覽的習慣，這首詩由坦臥而觀覽，諸多轉折也代表詩人複雜的心情，杜甫作為社會的良心，終究不是山水詩人，細微之間的差異，由此可以得見。

◇江上值水如海勢聊短述①

杜甫

爲人性僻耽②佳句，語不驚人死不休。
老去詩篇渾③漫興④，春來花鳥莫深愁。
新添水檻供垂釣，故著浮槎⑤替入舟。⑥
焉得思如陶謝⑦手，令渠述作與同遊？

注釋　①聊短述：聊作短詩。②耽：喜愛沉迷。③渾：簡直。④漫興：隨處都是奇思逸興。⑤槎：槎音茶。木筏。⑥故著浮槎替入舟：意謂舊置的木筏可以替代船隻。⑦陶謝：陶淵明與謝靈運。

大意　我的個性喜歡細細琢磨詩句，沒達到驚人的地步決不罷休。只是當年紀大了，寫詩逐漸隨興而作，不像過去那般努力，也就不會因為找不到合適句子形容春天花鳥而發愁。江邊新架上欄杆，可以供我悠閒垂釣，也準備了一艘小木筏，可以代替出入江河的小船。

希望此時此地有陶淵明、謝靈運這樣的詩壇高手，可以陪我暢談寫作，一同倘佯遨遊。

簡析　本詩也是草堂時期的作品，杜甫吐露個人寫作的心態，大有助於了解一代大詩人的用心與用功。杜甫客居成都，獲得短暫的安定，但詩壇如海，他的個性有著追求藝術的堅持，一字一句的用心，杜甫用「語不驚人死不休」來形容；年紀漸大，氣力漸衰，固然有力不從心的感慨，但小天地的悠閒，更是讓詩人深覺不安，所以當江上水如海勢，也就讓詩人有所警惕，期待有如陶淵明、謝靈運一樣的大詩人可以相互切磋琢磨，才能技精於道，更臻化境。杜甫的用功與認真，就算在草堂避難，也並未改變作詩的態度與對於自我的追求，也提醒後世之人，應該向羨前賢，時時思索精進。

◇贈花卿①　杜甫

錦城②絲管日紛紛，半入江風半入雲。
此曲只應天上有，人間能得幾回聞？

注釋　①花卿：花敬定，是成都尹崔光遠部下猛將。上元二年（七六一）剿平梓州刺史段子璋的叛亂。②錦城：成都。

大意　錦官城中每天都有悠揚的音樂，一半隨著江風飄去，一半飄上雲端。這樣的音樂應該只有天上才有，人間哪能聽到幾回？

簡析　這首詩是贈給花敬定的詩，花敬定確實是一員猛將，平定叛亂而得勢，頗為驕縱，杜甫以詩相贈，既誇其成就，但也深有暗示：天下紛亂未定，錦官城卻是絲竹不輟，音樂入於江風、入於雲，聲傳甚遠，但終究是虛無飄渺，「此曲只應天上有」，「天上」非「人間」，更點出其中的僭越，已經超過人臣的分寸，杜甫歌詠其音樂之盛，其實深有諷刺，表面上強調絲竹管絃，美妙無比，但其實另有深意。杜甫另一首〈戲作花卿歌〉最後云：「人道我卿絕世無！既稱絕世無，天子何不喚取守東都？」絕世勇將應該要扭轉乾坤，還天下太平，而不是縱情聲色，耽於享樂，詩人憂國之心，意在言外。

◆絕句 ◎四首其三　杜甫

兩箇黃鸝鳴翠柳，一行白鷺上青天。
窗含西嶺①千秋雪，門泊東吳萬里船。

注釋　①西嶺：在今西川松潘。

大意　兩隻黃鸝鳥在翠綠的柳樹間鳴唱，一列整齊的白鷺直飛上青天。窗前可以看到西嶺上千年不化的積雪，家門口停泊著從萬里遠行而來的東吳船隻。

簡析　此詩乃是安史之亂平定後，再度回到草堂所完成的作品，因此充滿愉悅快樂的心情。黃鸝、翠柳、白鷺、青天都有絢麗鮮明的顏色，之後有山、有雪、有江、有船，整首詩全然是景物的描寫，千秋、萬里更是時間與空間的全幅呈現，躍動的生機有聲有色，從宛轉的鳥鳴，到白鷺直上青天，快樂的語調，充滿歡慶的氣氛。「含」之一字，將西嶺不化的積雪，收攝於眼前，尺幅千里，胸懷開闊，而最後一句「門泊東吳萬里船」，點出其中緣由，連年戰亂，水陸阻隔，如今終於平定，東吳船隻可沿著長江深入四川，江南是富庶之地，四川是安居之所，如今交通往來，暢行無阻，大有助於後續國力的恢復，杜甫用清新語句，流暢的節奏，寫出心情，更寫出對於國家太平的期待。

◆秋興◎八首其一　杜甫

玉露凋傷楓樹林，巫山巫峽氣蕭森。
江間波浪兼天涌，塞上風雲接地陰。

叢菊兩開①他日淚，孤舟一繫故園心。
寒衣處處催刀尺，白帝城高急暮砧②。

注釋 ①兩開：已歷兩秋。②砧：搗衣之石。

大意 深秋的露水冰冷，凍傷了楓樹林，巫山巫峽籠罩在蕭瑟霧氣中。巫峽江水波浪滔天，天上烏雲好像要壓到地面來。在這裡看過兩回菊花盛開，然而小舟卻還繫在岸上，沒辦法回歸故里。如今又到了趕製冬天禦寒衣物的時節，白帝城響起急促的搗衣聲音，更讓人心中有無限的掛念。

簡析 這是杜甫寓居夔州所作〈秋興〉八首的第一首，是全組詩開篇序曲，從巫山巫峽秋天的景色開始書寫寓居於外，心懷故里的心情。秋天霜露，楓樹由紅而凋零，時節已近晚秋，巫山巫峽更顯得蕭瑟，江水如濤天巨浪，而烏雲蓋頂，龐大的壓力撲天蓋地而來，形容極為生動。天下雖大竟無棲身之所，在這樣的時節與氣氛中停駐兩年，卻還是無處可去，詩人孤獨抑鬱，晚年充滿愁苦與難堪，孤舟所繫，是一顆思念故里的心，綁住了船，也綁住了心，一語雙關。然而冬天將至，大家都在趕製冬衣，聲聲催促，現實的壓力更讓人心急。杜甫〈秋興〉是晚年悲苦之作，在長安與夔州間往復思量，交雜過往與現在，讓人陷入情緒糾葛，壯闊山水中有剪不斷，理還亂的愁緒。

◇孤雁

杜甫

孤雁不飲啄，飛鳴聲念群。
誰憐一片影，相失萬重雲。
望盡似猶見，哀多如更聞。
野鴉無意緒，鳴噪自紛紛。

大意　失群的孤雁不飲不食，邊飛邊哀鳴，聲聲喚著同伴。在萬重雲端中與雁群失散，有誰會同情落單的孤雁。遠遠地好像看到雁群出現，聲聲哀鳴宛如聽到同伴的回應。然而野鴉卻全然不能理解孤雁的心情，自顧自地喧鬧不停。

簡析　這首詩寫於夔州時期，是一首詠物詩，以失群的雁為對象，寄託自己漂泊的心情。失群的孤雁，不飲不食，聲聲哀鳴，詩人將孤雁的形態，描寫得貼切生動，也寫出自己流寓在外，孤立無援的困境。對人群充滿感情，對人間有愛的詩人，如今離群索居，飄泊無依，就有如失群孤雁。然而詩人設想兩種情境，一是從雲端離散，天涯渺茫，卻沒有人留意到單飛的身影；另一是上下求索終於找到同伴，卻誤投了鴉群，打擊接連而至，人間失路，惶惶無依，一如詩人走投無路。

◇江漢　杜甫

江漢思歸客，乾坤①一腐儒。
片雲天共遠，永夜月同孤。
落日心猶壯，秋風病欲蘇②。
古來存老馬，不必取長途。

注釋　①乾坤：泛指天地間。②蘇：康復。

大意　我是漂泊在江漢，有家歸不得，寄寓在天地間的一個迂腐老儒。如同天邊的那片雲，如此遙遠，又像深夜一輪明月，如此孤單。面對落日，我的雄心壯志並未消失，迎著秋風，感覺病情漸有好轉。自古以來會養老馬，不是因為可以跑得遠，而是因為有經驗可以引導正途，如今雖然年老多病，但相信還是可以貢獻自己。

簡析　詩人於大曆三年（七六八）離開夔州，輾轉流寓湖北江陵、公安等地，生活更為窘迫，心情更為抑鬱，然而救世之念並未消失，於是從漂泊於江漢、寄身於天地之間寫起，標舉自己是思歸不得的腐儒，既是解嘲，也是實情。走投無路，人間棄養，杜甫以宏大的空間對比自己的渺小，如同片雲，也如同孤月，在穹蒼之中，更顯得孤單寂寞。落日象徵晚年，而作者年紀老邁卻依然充滿壯志；秋風颯爽是實寫，秋涼時節，讓久病身軀有好轉的跡象。最後更用老馬識途的典故，暗喻自己還是可以有所作為，詩人老驥伏櫪，志在千里，烈士暮年，壯心不已，讓人有無限的感動。杜甫以「儒」為志，從〈奉贈韋左丞丈二十二韻〉：「儒冠多誤身」，到如今「乾坤一腐儒」，見證了唐王朝由盛而衰的轉變，他遭遇社會離亂，並忍受個人生命的苦痛與挫折，直到如今老病困頓，進退失據，但淑世之念並無稍改，「儒」確實是詩人一生以之堅持的信念。

李華

李華（七一五－七六六）字遐叔，贊皇（今河北元氏）人。開元進士，官監察御史、右補闕。安祿山陷長安，以受偽職，貶杭州司戶。後復起，官至檢校吏部員外郎。其詩辭采流麗。《全唐詩》存詩一卷。

◇春行寄興　李華

宜陽①城下草萋萋②，澗水東流復向西。
芳樹無人花自落，春山一路鳥空啼。

注釋　①宜陽：縣名，在今河南西部，洛河中游，即唐代福昌縣城。唐代著名行宮連昌宮就座落在這裡。②萋萋：草茂盛的樣子。

大意　宜陽城外長滿了野草，山邊溪澗東流又轉折向西。山中樹木繁花盛開，花朵自開自落，卻沒有人駐足欣賞，一路上只有鳥兒自在鳴啼。

簡析　讀這首詩前必須先了解宜陽，宜陽有著名的行宮連昌宮，美景如畫，吸引無數王公貴族、騷人墨客前來遊賞，是唐代最著名的名勝。然而安史之亂後，一切全然不同。詩人從宜陽城往下看，荒廢一片，處處雜草，目睹變化不免興發感慨，遠方溪澗曾是大家遊賞的地方，如今逕自而流，至於山林美景，曾經讓無數人駐足欣賞，如今也只剩鳥自鳴叫，今昔對比，不免令人欷歔。詩人以「空」、「自」兩字，點出其中孤寂，大亂之後世局殘破，美景仍在卻人事已非，讓人興發無奈心情。

岑參

岑參（七一五－七七〇），原籍南陽，遷居江陵。少年失怙，從兄讀書，三十歲考上進士，當過參軍、安西節度使幕府書記等職，駐守邊塞兩次共六年。晚年罷官入蜀，客死成都。邊塞霜雪、沙場征戰、壯士豪情，在他的筆下活靈活現，是盛唐最著名的邊塞詩人。《全唐詩》存詩四卷。

◇先主①武侯②廟

岑參

先主與武侯，相逢雲雷際③。

感通君臣分④，義激魚水契。

遺廟空蕭然，英靈貫千歲。

注釋 ①先主：劉備。②武侯：諸葛亮。③雲雷際：喻社會動盪不安之時。④君臣分：君臣的職分。

大意 劉備與諸葛亮相逢在風雲際會的三國時代，君臣兩人情感投契如魚得水，是天地中最特別的緣分。如今寂寥冷清的武侯祠堂中，只留下千年不散的豐功偉業，讓後人憑弔。

簡析 本詩是流寓四川時的作品。蜀漢昭烈帝廟、武侯祠是成都名勝，對於這座君臣合祀祠廟，歷來寫作者多矣，岑參並不從祠堂景色描繪入手，而是遙想三國時代，以劉備與諸葛亮君臣投契作為歌詠的重點。岑參為邊塞詩人，擅長寫戰爭場面也期待建功立業，然而所有的一切，皆來自於君臣的遇合，以及全然可以發揮的時代，時機與知遇才是成功的必要條件。「感通」、「義激」是十分巧妙的詞彙，道盡劉備、諸葛亮兩人性命相託，志業相繼，情感與義氣相融的情分，君臣可以如此交融投契，千古以來寥寥可數，歷經人世波瀾，在空寂的祠堂，詩人懷想古人，也更體會豐功偉業得來不易。

◇司馬相如琴臺　岑參

相如琴臺古，人去臺亦空。
臺上寒蕭條，至今多悲風。
荒臺漢時月，色與舊時同。

大意　此處為漢代司馬相如的琴臺，如今人去臺空，琴音不在，只留下蕭條的空臺與枯寂的悲風。如果有什麼是不變的，就只有臺上的月色，從漢代到如今都相同。

簡析　這首是流寓四川時以名勝為主題的作品，岑參擅長書寫戰爭壯闊場面，然而成都時期卻常書寫今古寥落之感，從空間到時間的變化，風格轉為悲涼。《史記．司馬相如列傳》載司馬相如善彈琴，卓文君新寡，相如以琴挑之，文君夜奔相如。司馬相如打破世俗眼光，以琴結緣，這一段傳誦千古的浪漫情事，如今空餘琴臺，詩人用「臺古」、「臺空」、「臺寒」層層堆疊，來建構「荒臺」的形象，而更以月色不改，反襯琴臺的寂寥。岑參用非常純粹的描寫，將場景完全集中於琴臺，一改過往歌詠才子佳人的模式，歲月流轉，人去樓空，更顯得空虛無比。

◆ 胡笳①歌送顏眞卿②使赴河隴③

岑參

君不聞胡笳聲最悲，紫髯綠眼胡人吹。

吹之一曲猶未了，愁殺樓蘭征戍兒。
涼秋八月蕭關④道，北風吹斷天山草。
崑崙山南月欲斜，胡人向月吹胡笳。
胡笳怨兮將送君，秦山⑤遙望隴山⑥雲。
邊城夜夜多愁夢，向月胡笳誰喜聞。

注釋 ①胡笳：我國古代北方少數民族的管樂器，其音悲涼。②顏真卿（七〇九－七八四）字清臣，封魯郡公，世稱顏魯公。③河隴：河西、隴右。④蕭關：古關名，在今寧夏固原縣東南。⑤秦山：指終南山。⑥隴山：在甘肅隴縣。

大意 你難道不知道最悲悽感人的樂音是胡笳樂曲？尤其是紫髯鬚、綠眼睛的胡人吹奏更是悽涼，胡笳一曲尚未吹完，已經讓戍守樓蘭的戰士愁斷了腸。涼爽的八月秋天，蕭關一路上蕭索冷清，漸起的北風吹斷了天山的草。當夜已深沉，月行西北崑崙山南，胡人向著月亮吹起胡笳，哀愁又深了一層。在胡笳哀怨的樂曲中我即將要送你遠行，從終南山上望著隴山上迷離的雲彩，想到邊城夜夜哀愁的思鄉夢，又有誰會喜歡聽對月而吹的胡笳曲。

簡析 這首送別之詩，岑參對於一代書法名家顏真卿出使河西、隴右，藉由送別時演奏胡笳樂曲，展現依依不捨之情。胡笳吹奏如人之悲鳴，是征人熟悉的異域音樂，成為邊塞詩中最常描寫的樂聲，也是最具代表性的意象。詩人運用反問語氣「君不聞」，強化胡笳的效果，氣勢不凡，而「紫髯綠眼」刻畫出胡人的鮮明形象，聲音與人都到位，所以一曲未了，就算遠在樓蘭的戰士也會悲愁斷腸。如今八月天涼，邊關一路的蕭瑟淒涼，而在遙遠的崑崙山，月影橫斜，胡人對月吹奏胡笳，將氣氛渲染到了極點。最後回到現實，在胡笳的樂曲中與你相別，遙望隴山，雲山遠隔，邊城日日思鄉夜夢，誰會喜歡胡笳的聲音呢！

詩人充分運用意象的渲染，鋪排「樓蘭」、「蕭關」、「天山」、「崑崙」邊疆地景，浸染在月光與胡笳聲中，光影與聲音交融，強化悲悽的效果。整首詩出現四次「胡笳」，層層渲染，尤其巧妙運用頂真手法，「紫髯綠眼胡人吹」下接「吹之一曲猶未了」，「胡人向月吹胡笳」下接「胡笳怨兮將送君」，「吹」、「胡笳」句勢相連，旋律流暢，也呈現本詩的重點，以問句而出，以問句收尾，「君不聞」彷彿代替大家問顏真卿，「誰喜聞」又似乎是代替顏真卿回答大家，前後呼應，結構嚴謹。從餞別的時刻，到想像的邊城時日，時間、空間跳躍，但無一不是籠罩在胡笳的音樂當中，反覆歌詠離別思念的悲苦，然而末了戛然而止，餘音裊裊。本詩為岑參邊塞詩的前奏，已有壯闊悲涼的情調，顏真卿又是岑參仰慕之人，兩人相別，寫來情真辭切，令人低回不已。

◆宿關西①客舍寄東山②嚴許二山人時天寶初七月初三日在內學見有高道舉徵

岑參

雲送關西雨，風傳渭北秋。
孤燈然③客夢，寒杵搗鄉愁。
灘上思嚴子④，山中憶許由⑤。
蒼生今有望，飛詔下林丘⑥。

注釋　①關西：潼關之西。②東山：在今浙江上虞縣西南，晉謝安曾隱居於此。③然：燃。④嚴子：嚴光，字子陵，東漢初隱居於富春江。⑤許由：相傳堯欲讓天子位於許由，許由逃到箕山之下，潁水之陽隱居。⑥林丘：泛指山林，亦指隱居的地方。

大意　飄著細雨的秋涼時節，在潼關以西、渭水之北的旅人，看著孤燈、聽著搗衣聲，不得不燃起鄉愁。漢代有嚴光隱居在富春江畔，堯的時候有許由隱居在箕山腳下，有道之人未能發揮實在令人惋惜。蒼生引頸期盼，如今詔書下來，隱居之人終於有了發揮的機會。

簡析　這是天寶元年（七四二）七月岑參自長安東行途中所作，「內學」是指仙道之學，玄宗崇奉道教，下令徵舉有道之人，詩人得到消息，對於朋友有機會可以出仕充滿期待。前兩句寫出地點與時節，孤燈與寒杵則是寫出詩人的處境，行旅在外難免思鄉，也想念嚴、許兩位山林高士朋友，於是借用許由、嚴光的典故，表彰他們隱居求道的行為。「然」與「搗」為詩眼，意象新穎，造語新奇，燃燈也燃客夢，搗杵也搗鄉愁，在孤寒的光影聲音當中，旅居之人糾結的心情全然呈現。「蒼生今有望」則是寫出詩人心裡的欣喜雀躍，岑參本身也還在尋求出仕機會，但對於朋友的發展，毫無嫉妒之心，熱情豪爽由此可見。全詩對仗工整，巧用典故，讀來清新可喜。

◆送人赴安西①　岑參

上馬帶吳鉤，翩翩度隴頭②。
小來思報國，不是愛封侯。
萬里鄉爲夢，三邊③月作愁。
早須清黠虜④，無事莫經秋⑤。

注釋　①安西：安西督護府，位於今新疆吐魯番東南。②隴頭：隴山，亦借指邊塞。③三邊：漢代的幽州、并州、涼州都在邊疆，故稱三邊，引申泛指邊疆。④黠虜：黠音俠。狡猾的敵人。⑤經秋：經年。

大意　跨上駿馬佩上寶刀，輕快越過隴山山頭。自小就立志報效國家，殺敵並不是為了貪求高官厚祿。遠赴萬里之外，家鄉只能在夢中想見，在邊疆之地看到月亮，不免令人憂愁。期待早日掃除敵人，戰事不要拖得太久，秋天以前就可以歸來。

簡析 這首是詩人送朋友赴安西督護府的詩篇，充滿豪情壯志，寫來卻是輕快俊逸。友人騎馬佩刀，模樣瀟灑，從小立志報國，並非求取富貴的俗人，更顯得志氣昂揚。詩人點染之下，熱血青年奔赴邊疆，並無悲情可憐之語，然而可以想像在萬里之外，面對月亮，耿耿不寐，也一定充滿了思鄉之情。「萬里鄉為夢，三邊月作愁」，對仗工整，造語清新，故鄉在萬里之遙只能從夢中得見，月在邊垂之地更添心中憂愁，但細味其中，飽含思念卻無悲苦之情，最後更希望早日驅逐敵人，在秋天以前順利返家，不用度過苦寒的邊地生活，既是期待也是祝福。全詩文字流暢，送別之情，寫得豪氣開朗，充滿光明。

◇行軍九日思長安故園　岑參

強欲登高去，無人送酒來。

遙憐故園菊，應傍戰場開。

大意　在九月九日重陽時節，想要應景登高遠眺，可惜在行軍途中，沒有人會送酒過來。遙望長安故里，在戰火之下，菊花大概也只能在戰場旁邊開放。

簡析　這首詩下注「時未收長安」，也就是行軍途中遇到九月九日重陽節，原本登高團圓飲菊花酒避禍的習俗，在戰火未息的時刻，就顯得十分衝突。詩人用了《宋書．陶潛傳》的典故，陶潛九月九日無酒，坐在宅邊菊叢良久，正好江州刺史王弘送酒來，隨即飲酌，醉而後歸。詩人自在風雅，坦易率真，如今自然不會有人送酒過來，至於長安菊花，想必也無人觀賞，只能開在戰場旁邊。詩人以節令起興，鋪排「酒」、「菊花」意象，一方面看到長安在望，一方面又感受到國家殘破，讓人不禁有今昔之嘆。

◇日沒賀延磧①作　岑參

沙上見日出，沙上見日沒。

悔向萬里來，功名是何物？

注釋　①賀延磧：磧音企。即莫賀延沙磧，在伊州，今新疆哈密東南。

大意　早上看到太陽從沙漠升起，傍晚太陽落入沙漠之下。行經戈壁沙漠，走過綿延萬里無盡的路程，命懸一線，不禁讓人覺得功名有什麼意義？

簡析　莫賀延沙磧即是噶順戈壁，位於安西與哈密之間，又稱八百里瀚海，是出關進入西域最驚險、最艱困的路段，唐玄奘法師《大慈恩寺三藏法師傳》記載「莫賀延磧長八百餘里，古曰沙河，上無飛鳥下無走獸，復無水草。」無邊無際的戈壁，毫無生機。詩人用最精簡之筆，寫出最驚險的遭遇，「沙上見日出，沙上見日沒」兩句僅有「出」、「沒」兩字不同，詩詞忌諱重複，但詩人安排重複句勢，讓人產生日復一日，無窮無盡的感覺，走在綿延不絕的沙漠，太陽從沙丘中升起，又從沙丘中落下，讓人時間錯亂，甚至對生命產生懷疑，功名利祿更顯得虛妄無比，「悔」之一字，道盡其中心情。

◆磧中作　岑參

走馬西來欲到天，辭家見月兩回圓。
今夜不知何處宿？平沙萬里絕人煙。

大意　一路騎馬幾乎走到了天邊，從離家時算起已經看過兩次的月圓。今天晚上還不曉得落腳何處？進入戈壁就是綿延萬里，了無人煙的沙漠。

簡析　本詩是大漠中所寫下的詩篇，從長安一路西行，漫漫長路，幾乎都到了天邊，詩人鋪排空間上的移動，見到兩次的月圓則標示時間的改變。一趟路走了一個多月，圓了又缺，缺了又圓，感覺行走無窮無盡。月圓人團圓，但此行愈走愈遠，家也就離得更遠，然而從遐想中回到眼前現實，在了無人煙的大漠之中，今夜還不曉得要留宿何方？詩人寫出艱苦行程，也寫出人在廣袤時空中的孤單，場面壯闊，造語清新，真切且耐人尋味。

◆輪臺①即事　岑參

輪臺風物異，地是古單于。
三月無青草，千家盡白榆。
蕃書文字別，胡俗語音殊。
愁石流沙北，天西海一隅。

注釋　①輪臺：在今新疆庫車東南。

大意　輪臺這個地方的風土物產都與中原不同，在漢代是屬於匈奴統治的地方。春天三月時節看不到青草，千家萬戶所種都是白榆樹。書寫的文字不同於我們，語言腔調也全然相異。讓人發愁的是地處沙漠之北，遠在西方天邊遙遠的角落。

簡析　「即事」如同繪畫的素描，只是相對於畫面，詩人用文字來捕捉輪臺當下的觀察。新疆為疆域之西，風土民情和中原不同，迥然有異的地景與節候產生完全不一樣的生活經驗。相對煙花三月，此地竟了無青草，處處種了白榆樹，也不像中原各種樹木繁盛模樣。環境之外，加上文字不同，語言不通，身處異域的感受更加強烈。最後，位在極北極西之地，更讓人有置身天涯海角的感受，種種差異，建構邊疆特殊的風土人文。同樣是邊塞詩，本詩並無太多的情緒，更多的是客觀的描述，提供遠方異域的觀察紀錄。

◈獻封大夫①破播仙②凱歌 ◎六首其一

岑參

漢將承恩西破戎，捷書先奏未央宮。

天子預開麟閣待，祇今誰數貳師③功。

注釋 ①封大夫：即封常清。②播仙：唐時西域國名，位於今新疆且末。③貳師：漢武帝時，李廣利敗大宛兵，在貳師城取得良馬三千餘匹，歸來後進號為貳師將軍。

大意 漢代大將承命大破西域敵人，戰勝奏表直接傳到宮中。如今在西域大捷，天子準備在麒麟閣盛大迎接，今後大家只會記得這次的勝仗，不會有人再提起貳師將軍的戰功。

簡析 岑參在封常清幕府所作頌歌六首，描寫克敵致勝，開疆拓土，本詩為第一首。詩人記敘封常清破播仙的戰役，從歷史地位、出征、列陣、對戰、厮殺、獲勝，一路寫來，結構嚴謹，意氣昂揚，其中「萬箭千刀一夜殺，平明流血浸空城」，更是將厮殺的場景，寫得酣暢淋漓。唐人喜歡以漢來代替唐，漢代將軍擴展漢朝的勢力，取得經營西域的優勢，破敵捷報直通宮中，如今封常清大敗播仙，穩住唐朝在西域的地位，成就足以震古鑠今，名留千古。詩人用《漢書．蘇武傳》的典故，漢宣帝曾繪霍光、蘇武等十一位功臣像於麒麟閣，以茲表彰，如今封常清立下大功，也可以名列麒麟閣，相較之下，漢代李廣利的事蹟就顯得微不足道了，勝利欣慶之餘，唐人重視建功立業，積極追求歷史地位，由此可見。

◆奉陪封大夫宴得征字時封公兼鴻臚卿①

岑參

西邊虜盡平，何處更專征②。
幕下人無事，軍中政已成。
座參殊俗語，樂雜異方聲。
醉裡東樓月，偏能照列卿③。

注釋 ①鴻臚卿：鴻臚卿的首長。②專征：將帥經特許得自行出兵征伐。③列卿：指封常清。

大意 終於平定西邊所有的敵人，也就無需受命專征的將軍。如今在幕府已無要事處理，所有軍中政務也都上了軌道。歡宴的時候聽著不同民族的語言，演奏異國風情的音樂，大家酒熱耳酣之際，東樓上的月光正照著位居列卿的主人。

簡析 本詩寫於天寶十四年（七五五）岑參第二次出塞之時，詩人入封常清幕下，有多首詩歌是奉陪之作，這首詩輕快愉悅，昂揚開朗，可見兩人相處融洽。此時大戰初勝，宴請各方之人，主帥封常清更兼任鴻臚卿，詩人受命寫詩慶賀，雖是邊塞詩，卻有應酬祝賀用意。「虜盡平」是多大的喜事，戰爭結束，此後將軍不用有專征的龐大壓力，幕下僚屬也不用擔驚受怕，所有軍政照章行事即可，原本的焦慮終於可以喘一口氣，「無事」不僅是實情，也是心情。而「座參殊俗語，樂雜異方聲」，宴會中四方來集，交雜不同的語言和音樂，共同歡宴宣示各族共和，也展現唐代民族融合、文化交流的開闊氣象。結尾在酣暢的氣氛中，並未忽略主角，以東樓月光投射到封常清，如同舞臺燈光將焦點回到主人身上。出將入相，建功立業，向來是人之大願，此處不僅寫出追求和平的共同心聲，也刻畫了邊疆歡宴氣氛，更標舉主人的成就，細膩周到，極具分寸，展現邊塞詩難得的和樂氣氛。

元載

元載（?—七七七）字公輔，岐州岐山（今陝西岐山）人。玄宗開元二十九年（七四一）中四子科，天寶末累官大理司直。肅宗年間，累官戶部侍郎，充度支轉運等使。代宗寶應元年（七六二）拜相，掌國柄十餘年，恣為不法。大歷十二年（七七七）以罪誅。《全唐詩》存詩一首。

◆別妻王韞秀①

元載

年來誰不厭龍鍾②？雖在侯門似不容。
看取海山寒翠樹，苦遭霜霰到秦封。

注釋　①王韞秀：王忠嗣鎮太原，以女韞秀歸載。元載久而見輕於王之親屬，韞秀勸之遊學，因作此詩。②龍鍾：潦倒失志。

大意　誰會喜歡潦倒失志的人呢？一年來飽受大家的白眼，在岳家豪門家族中，更顯得自己是多餘的存在。看著滿山綠樹終將會被冰雪霜霰所覆蓋，只有關中才有一點生機。

簡析　元載娶妻王韞秀，寒門子弟攀上侯門千金，雙方門戶懸殊，難免受人欺侮輕賤，輕視的眼光刻骨銘心，讓人無容身之處；一如秋冬時節寒風既起，滿山翠綠即將覆蓋霜雪，唯有關中還保有一線生機。霜霰用來形容冷言冷語，貼切傳神，詩人將生活所迫聯結時節的變化，寫來含蓄動人，然而無奈的心情，表露無遺。入秦求取功名，成為元載唯一的出路，離家前夕，藉此說明心中的盤算，相比之下，妻子王韞秀更為果敢，不僅鼓勵丈夫要有志氣，也願意一同攜手奮鬥。元載果然十分爭氣，入京之後，扶搖直上位極人臣，但最終卻以貪賄不法得罪，《新唐書．元載傳》載「是非黨與不復接，生平道義交皆謝絕」，事發伏誅，人人認為罪有應得，原本的才子佳人故事，並未有好的結局，令人感嘆。

王韞秀

王韞秀（？—七七七），河西節度使王忠嗣之四女，元載之妻。《全唐詩》存詩三首。

◇同夫遊秦

王韞秀

路掃饑寒跡，天哀志氣人。
休零離別淚，攜手入西秦。

大意　既然踏上路途，就不要露出饑寒窘迫的模樣，對於有志氣的人，上天也會同情照顧。所以不用流下離別的眼淚，我們一起攜手到長安去。

簡析　這首詩應與上一首一起讀。王韞秀是節度使王忠嗣的女兒，元載只是一介窮書生，雙方門戶懸殊，婚後住在娘家難免受人輕視，王韞秀鼓勵丈夫堅強勇敢，擺脫一切，甚至願意一同攜手闖蕩，前去長安追求功名，完全展現大唐女子的果敢與豪氣。王韞秀出身名門，拋棄原本的舒適圈，必須割捨的更多，但她絲毫沒有猶疑，「路掃饑寒跡」一句描寫前途茫茫，饑寒原本指人的窮酸模態，寫成路上的行跡可以一掃而去，十分具有形象。而「天哀志氣人」說出內心的吶喊，有志氣天猶見憐，人自己豈可沒有志氣。一同攜手入秦，既是夫妻同心，又有無比豪情，文字流暢又有氣魄，迥異女子婉媚形態，十分特殊。

日後元載果然飛黃騰達，居於相位，權傾四海，但是後來卻因為排除異己，以貪賄被殺，王韞秀也一同賜死。新舊《唐書》說她個性凶悍，評價不高，或許應該說明在人生艱難之時，要有昂然挺立的志氣，但在人生高峰，卻必須謙以容下，虛懷若谷，否則過往的委曲，造成日後行為的扭曲，並非佳事，是以錄以為戒。

柳渾

柳渾（七一六—七八九）字惟深，汝州（今河南臨汝）人。玄宗天寶元年（七四二）進士及第，仕宦數十年，多所調動，至德宗貞元元年（七八五），拜兵部侍郎，三年，以本官同中書門下平章事。《全唐詩》存詩一首。

◆牡丹

柳渾

近來無奈牡丹何，數十千錢買一顆。
今朝始得分明見，也共戎葵[①]不校[②]多。

注釋 ①戎葵：高大的葵花。②校：計算較量。

大意 近來牡丹花貴得不像話，數萬錢才能買到一株，讓人無可奈何。今天早晨才看得明白，牡丹與高大的葵花也沒差多少。

簡析 柳渾是德宗賢相，聰明、幽默、節儉、豁達的個性，名著史籍，由其眼中所見，所謂「今朝始得分明見」，充滿洞悉世情的智慧。唐人喜愛牡丹的風氣，從天子王公到平民百姓，無不如此，反映出大唐追求富盛豐盈的審美眼光，追捧牡丹已經是社會風尚，價錢昂貴也就十分自然。然而詩人以口語的方式，諧謔玩笑的語氣，深有譏刺趣味及警世作用，指出牡丹其實與高大的葵花差不多，何必單戀牡丹花。詩人冷靜的頭腦，讓我們看清世俗的虛華不實，存詩雖然只有一首，卻展現賢人的智慧與風範，值得品味。

皇甫冉

皇甫冉（七一七？—七七〇？），字茂政，潤州丹陽人（今江蘇丹陽）。十歲能文，天寶十五載（七五六）舉進士第一，安史之亂時，入陽羨山隱居。大曆初年，累遷右補闕，是「大曆十才子」之一。他的詩句精玄微妙。《全唐詩》存詩二卷。

◇山館　皇甫冉

山館長寂寂，閒雲朝夕來。
空庭復何有，落日照青苔。

大意　山裡的宅邸人跡罕至，造訪的只有早晚的雲彩。庭院之中還有什麼呢？大概就只有映著夕陽晚照的青苔。

簡析　本詩為〈山中五詠〉之五，《全唐詩》稱讚皇甫冉詩作是「天機獨得，遠出情外。」詩中確實有許多訪高士上人之作。整首詩書寫山館，其實也是寫心境，深山裡早晚籠罩霞彩雲霧，如同仙境一般，人跡罕至，清幽靜謐，庭院了無人跡，因此留下盈盈青苔，相對於王維〈書事〉中「坐看蒼苔色，欲上人衣來。」青苔綠得靈活鮮動，詩人所見夕陽晚照的青苔，就顯得平靜祥和。這一方脫俗絕塵的淨土，作者成為唯一的見證者，也唯有心境通透的詩人，也才能識此境界，山居的寂寥，成為詩人超然物外寄託的所在。

◇同李三月夜作

皇甫冉

霜風驚度雁，月露皓①疏林。
處處砧聲發，星河②秋夜深。

注釋 ①皓：照亮。②星河：銀河。

大意 突然吹起的寒風驚嚇到飛雁，皎潔明月照亮稀稀疏疏的樹林。處處都可以聽到擣衣的聲響，仰頭看著天空銀河，原來已是深秋時節。

簡析 這是一首月夜詠嘆之作，極富動態美感。在深秋夜裡，一陣寒風驚動了雁群，一輪明月照亮疏林，在這個家家戶戶準備寒衣的時節，處處都有擣衣聲響，牽動了詩人對遠方家人的思念。天空銀河如帶，綿延天際，萬般愁思也隨著夜晚更加深沉。霜風、度雁、月露、疏林、砧聲、星河，無一不是秋節時景，詩人精準捕捉，組識意象，鋪排耿耿不寐的深夜即景，詩人與友人在月夜所見所聞，牽動愁緒，然而又極為婉轉，處處的砧聲對應無垠星空，無盡相思寄予天上銀河，有著深深的眷戀。

劉方平

劉方平，生卒年不詳，河南洛陽人，天寶曾應進士試，又欲從軍，均未如意，從此終生隱居未仕。他與皇甫冉、李頎是詩友，詩作多詠物寫景、閨情鄉思，尤擅長絕句。《全唐詩》存詩二十六首。

◇京兆眉① 劉方平

新作蛾眉樣，誰將②月裡同③。
自來凡幾日，相效滿城中。

注釋 ①京兆眉：漢京兆尹張敞為妻畫眉。②將：和。③月裡同：謂新畫眉式作新月狀。

大意 京城中新出一種畫眉妝，將眉毛畫得如同新月一模一樣。也不過幾天，已是長安城中的婦女爭相模仿的模樣。

簡析 本詩寫出唐人的時尚風潮，長安人文薈萃，可以說是當時世界文化經濟中心，而在富盛的社會當中，婦女追求美麗時髦，詩人以張敞畫眉的典故做為題目，當有人新出一種妝樣，就有人跟風學習，潮流之快速如風行草偃，沒有幾日，滿城已是如此。揣摩全詩，詩人並沒有太多的批判，而是以輕巧口語的文字，真實反映唐人生活趣味與社會真實樣態，成為唐代長安流行時尚極為生動的證明。

賈至

賈至（七一八—七七二），字幼鄰，洛陽人，賈曾之子。擢明經第，為單父尉，從玄宗至蜀，拜起居舍人、知制誥。父子兩人都曾為朝廷掌文書工作，玄宗受命冊文為賈曾所撰，傳位冊文則是賈至所書，《新唐書．賈至傳》載玄宗云：「昔先天誥命，乃父為之辭，今茲命冊，又爾為之，兩朝盛典，出卿家父子手，可謂繼美矣。」既是世家風範，又具典雅富贍文風。賈至因故遭貶，流寓於外，與當時著名詩人都有往來。大曆初，徙兵部，累封信都縣伯，進京兆尹，官終右散騎常侍，卒謚文。《全唐詩》存詩一卷。

◈春思◎二首其一　賈至

草色青青柳色黃，桃花歷亂①李花香。
東風不爲吹愁去，春日偏能惹恨長。

注釋　①歷亂：紛亂。

大意　春天青草叢生，綠柳冒出嫩芽，桃花枝頭綻放，李花香味飄揚。春風喚起了萬物生機，卻吹不散我的憂愁，反而使得我的煩悶更加綿長。

簡析　青草、綠柳、桃花、李花，正是春天最具代表性的植物，詩人從顏色的變化，花朵的盛開，氣味的芬芳，帶出春天百花齊放的樣態。整首詩描寫生動豐富，鋪排層次井然，充滿盎然生機，「歷亂」一詞，更使得春天顯得喧鬧繽紛，生動不已。然而春風可以改變萬物，卻改變不了詩人流寓於外的愁怨心情，對比之下，其中的糾結與無解，也就更為強烈鮮明，情與景的對照，充滿藝術張力。

皎然

皎然（七二〇？－七九四？），詩僧，俗姓謝，字清晝，湖州長城（今浙江長興）人，是南朝宋謝靈運的十世孫。曾與顏真卿等唱和往還，又與靈澈、陸羽同居於杼山妙喜寺。他的詩清麗閑淡，多為贈答送別、山水遊賞之作。有《杼山集》與詩論《詩式》。《全唐詩》存詩七卷。

◇戲呈吳馮　皎然

世人不知心是道，只言道在他方妙。
還如瞽者①望長安，長安在西向東笑。

注釋　①瞽者：瞽音鼓。盲人。

大意　世間凡人不曉得心就是道，還以為道在他方。如同瞎子看長安一般，長安在西邊卻向著東邊笑。

簡析　這是一首禪詩，詩人妙悟禪理，直指門徑，佛法不假外求，一如《六祖壇經．自序品》云：「不識本心，學法無益；若識自本心，見自本性，即名丈夫、天人師、佛。」唯有識得本心才能妙契佛理，然而人往往起心著念之後，苦苦追尋，愈求而愈不可得，反而成為制約心靈的框架。詩人以偈語的形式，用極為簡單的語言與鮮明事例，點出佛法要義，讓人朗朗上口，成為詩與禪結合的佳作。

◆答李季蘭①

皎然

天女來相試，將花欲染衣②。
禪心竟不起，還捧舊花歸。

注釋　①李季蘭：李冶。②天女二句：是以《維摩詰所說經．觀眾生品》天女散花為喻。

大意　天界女子帶著鮮花來試煉眾生，手捧鮮花想要讓衣裳染上五顏六色。然而禪心終究不受動搖，天女最後只能捧著花回去。

簡析　《維摩詰所說經．觀眾生品》記載一則故事：維摩詰說法之後，有天女現身道場，以天界鮮花遍撒菩薩及眾多弟子，花落到菩薩身上隨即掉下，而散在各大弟子身上的花卻黏著不落，天女說對於妄相無所畏懼的修道者，花是黏不住的，至於過往煩惱業習還沒有根除，心有執念的人，花就會黏在身上。李季蘭即李冶（？—七八四），是唐代著名的女詩人、女道士，《唐才子傳》卷二〈李季蘭〉說她美姿容，善彈琴、工格律，與山人陸羽、上人皎然交好。皎然以這首詩相答，顯然是用了《維摩詰經》的典故，天女以花相試，一如李季蘭才華容貌，美豔動人，然而皎然自認禪心堅定，已無嗜欲，可以通過試煉。以花染衣的意象，巧妙將天女散花的故事，轉化為生動的暗示，心境無染一如衣服無染，禪師五蘊皆空，天女只能捧花而回。這是一首機智的詩作，詩人巧思與禪心堅定，表現無遺。

秦系

秦系（七二〇？—八〇〇？）字公緒，號東海釣客，越州會稽（今浙江紹興）人。玄宗天寶年間赴京應考未第，一生多隱居南方。與劉長卿酬唱甚密。《全唐詩》錄其存詩一卷。

◆山中贈諸暨①丹丘②明府③　秦系

荷衣④半破帶莓苔⑤，笑向陶潛酒甕開。
縱醉還須上山去，白雲那肯下山來？

注釋　①諸暨：唐縣名，在今浙江諸暨縣。②丹丘：疑為「丘丹」之訛，丘丹於肅宗時任諸暨縣令，與文人多唱和。③明府：縣令的別稱。④荷衣：隱士的衣服。⑤莓苔：青苔。

大意　穿著荷葉般半破還沾著青苔的衣裳，笑著要陶淵明開酒甕來喝酒。就算醉了還是要上山去，因為白雲在山上不會下來。

簡析 這首詩歌詠隱士，極富情調。荷衣指隱士的衣服，有飄然出世，擺脫凡塵的寓意，是文學中極富意象的詞彙。如今不僅荷衣半破，還帶著青苔，證明隱士生活自足自在，心甘情願。陶淵明是隱士的代表，邀請陶淵明相偕飲酒，展現無比曠達，詩人上友古人，以此明志，更是絕名去利，天真自然的證明。雲在山中自在卷舒，詩人以擬人方式，以白雲為友，象徵超脫塵俗，自由無所羈絆。最後強調即使酒醉也要歸山，因為白雲不肯下山，所以由山中而來，必須再返回山中，訪友不是有求於人，也無意回歸於紅塵，詩人醉也不會忘記，自己的內心堅定，志向始終無改，山上才是安身所在。全詩自然灑脫，充滿趣味。

盧綸

盧綸（？—七九九？），字允言，郡望范陽（今河北涿州），籍貫蒲州（今山西永濟西）。玄宗天寶末，舉進士不第，一生科考失利。盧綸工詩，為「大曆十才子」之一，《全唐詩》編其詩為五卷。

◇贈別司空曙　盧綸

有月曾同賞，無秋不共悲。

如何與君別，又是菊花時。

大意　我們曾經一同賞月，每個秋天也都一起感懷。然而在這個秋天菊花開的時節，竟然要與你分別。

簡析　離別是文學常見的主題，離情愁緒牽腸掛肚，不管是朋友、親人，往往關注空間上的遠隔，以及未知前程的擔憂，然而詩人翻轉新的命意，以時間為重點，有月同賞，心情是喜；無秋不悲，情緒是悲。然而不管悲喜，始終與朋友共享，寫出兩人深厚的交情，秋天、明月都有著兩人共同的記憶。只是天意捉弄，竟然會在秋天菊花開的時節分別，於是過往的回憶，成為加重分別的傷痛，全詩戛然而止，留下一個無法繼續的惆悵與遺憾。

司空曙

司空曙（七二〇？－七九〇？），字文明，一作文初，廣平（今河北雞澤東南）人。是盧綸的表兄。早年赴京應試不第，一生沉於下僚。他工於作詩，為「大曆十才子」之一。其詩多送別贈答，羈旅漂泊之作，而表現閒適之詩，亦瀟灑雅淡。《全唐詩》編存詩二卷。

◇江村即事

司空曙

釣罷歸來不繫船，江村月落正堪眠。
縱然一夜風吹去，只在蘆花淺水邊。

大意　垂釣回來，不用繫上船纜，江邊村前殘月正好可以伴著入眠。即使起風吹走小船，也只會停在長滿蘆花的淺水旁邊。

簡析　這首詩放曠悠閒，充然自在的生活趣味及幽美意境。江村在蘆花淺水邊，寧靜優美，平和靜謐，不用擔心船被風吹走。詩人寫出漁人一派從容模樣，從不繫船的動作，帶出江村生活的安適。詩人參與了漁人的生活，也見證了江村的美好，不同於隱士相忘於江湖的灑脫，司空曙構畫出另一種閒適恬淡心境，既生動又具美感，十分難得。

靈一

靈一（七二七—七六二），詩僧。俗姓吳，廣陵（今江蘇揚州）人。九歲出家，十三歲削髮，深究佛理。工詩，與皇甫冉、皇甫曾、張繼、陸羽、嚴維，常相酬唱。其詩以寫山林禪居生活及與詩友酬唱贈送之作為多，詩風自然淳和，《全唐詩》編其詩為一卷。

◇與元居士①青山潭飲茶　靈一

野泉煙火②白雲間，坐飲香茶愛此山。
巖下維舟不忍去，青溪流水暮潺潺。

注釋　①元居士：元晟。②煙火：炊煙。

大意　白雲間有冷冷野泉與裊裊炊煙，讓人想坐在這裡品茶，欣賞山林的美景。繫在岩石下的小船也不忍離去，要與我一同聽著潺潺流水直到傍晚。

簡析　這是一首深具畫面的茶禪詩，可以得見僧人的生活樣貌與超然物外的體悟。詩人在高山白雲之間，用一處清泉、一爐炭火，煮出一壺佳茗，水聲、炊煙在白雲之中，相互融合，一如水與茶的交融，雪沫乳花，淡淡茶香，詩人一飲而盡，盡是此山精華，這裡種種的一切有如一方淨土，讓人不忍離去，而心中的欣喜該如何形容呢？就如同岩下繫著的小船一般，伴著潺潺清溪，可以直到日暮黃昏，舟與溪，水與茶，我與青山，融合無間，就在一盞茶水，心與境相合。

包佶

包佶（七二七？—七九二？）字幼正，潤州延陵（今江蘇丹陽）人。玄宗天寶六載（七四七）登進士第。德宗貞元元年（七八五）官至刑部侍郎，改國子祭酒，二年知貢舉。轉祕書監，封丹陽郡公。《全唐詩》存詩一卷。

◇再過金陵　包佶

玉樹①歌終王氣收，雁行高送石城②秋。
江山不管興亡事，一任斜陽伴客愁。

注釋　①玉樹：指陳後主的〈玉樹後庭花〉，有句云：「玉樹後庭花，開花不復久。」②石城：即石頭城，亦即金陵。三國時築土為城，東晉義熙中改建為磚石之城。

大意　陳後主〈玉樹後庭花〉歌曲終了之時，也結束了金陵南朝帝王的氣數，秋天時節的石頭城上送走高飛遠行的雁。江河山川並不會因國家興亡而改變，就讓一抹斜陽照著充滿愁緒憑弔的旅人。

簡析 這是一首詠史詩，詩人再次經過繁華的金陵城，興發懷古之情。陳後主〈玉樹後庭花〉這首靡靡之音，葬送了六朝以來的繁華帝業，對於唐人而言，感受極為深刻。放縱奢靡，侵蝕富盛的文明，一如儒家「亡國之音哀以思」的觀點，詩人「玉樹歌終王氣收」，「終」與「收」下得貼切傳神，然而樂曲終了是不是從此就沒有荒誕行徑，再也沒有亡國之音？恐怕不是如此。杜牧〈泊秦淮〉的「商女不知亡國恨，隔江猶唱後庭花」，就直指人總是犯下重複的錯誤，如同秋天時節看到高飛的雁群，金陵城彷彿就是送別的見證者。最後詩人得出結論，景物依舊，人事已非，江河山川不會因為朝代的興衰而傷痛，只有斜陽中感傷不已的旅人，才會對於時局產生無盡的感慨。針對六朝的繁華光景，江南山水的旖旎風光，金陵懷古已經成為文學重要主題，詩人「江山不管興亡事」一句，成為劉禹錫「興廢由人事，山川空地形」的來源。興衰由人，記取歷史教訓也成為日後歌詠的主調，斜陽餘暉，詩人興發無限感慨，是對於金陵六朝歷史的緬懷，也是對於世局最深切的反省。

郭良

郭良，生卒年不詳。玄宗天寶初任金部員外郎。《全唐詩》存詩二首。

◇早行

郭良

早行星尚在，數里未天明。
不辨雲林色，空聞風水聲。
月從山上落，河[1]入斗[2]間橫。
漸至重門[3]外，依稀見洛城。

注釋 ①河：指銀河。②斗：北斗星。③重門：謂洛陽城門。

大意 清早上路天上仍有星光，已走了數里路程，太陽還未升起。昏暗中看不出雲與樹的分別，只聽到遠方傳來的風聲與水聲。明月從山上落下，銀河穿越天際，北斗橫列其上，一路來到了關隘重門地界，洛陽城已經依稀在望。

簡析 這是一首早行趕路的詩，風格清新活潑，節奏明快，沒有被逼上路的苦楚，反而有及早到達的愉快心情。詩人在行走中捕捉四周的景象，星辰高掛，曙光未見，起程時一定非常早。遙望遠方，天空的雲與遠方的樹，隱隱約約難以分辨，倒是凌晨的風聲水聲，在寂靜中格外響亮。唯一可以察覺時間變化的，只有明月已經落下，星辰隨著時間流轉而變化。然而腳步沒有停留，目的地已然在望，洛城就在前方了。詩人眼光全在遠方，反映期待的心情，以及即將抵達的喜悅，整首詩文字流暢，抒寫直接明快，欣喜溢於言表。

顧況

顧況（七二七？—八一六？），字逋翁，海鹽（今浙江海鹽）人。肅宗至德二載（七五七）進士及第。一生官位不高，曾任著作郎，因詩得罪權貴，貶司戶參軍。晚年隱居茅山，自號悲翁。顧況的詩歌清新自然，質樸平易，繼承杜甫的現實主義傳統，是新樂府詩歌運動的先驅。《全唐詩》存詩四卷。

◆葉上題詩從宮中流出　顧況

花落深宮鶯亦悲，上陽宮①女斷腸時。
君恩不禁東流水，葉上題詩欲寄誰？

注釋　①上陽宮：唐宮名，在東都洛陽禁苑之東，東接皇城之西南隅，高宗上元中置。

大意　上陽宮裡的宮女在鶯啼婉轉的花落時節，悲傷不已。所幸宮禁沒有擋住東流水，只是隨著流水而出的題詩又要寄給誰？

簡析　這是為後宮宮女叫屈的詩作，侯門深似海，更何況是層層防護的深宮禁苑，宮女一生被鎖在裡面，華麗宮殿是她們的囚牢，春光浪漫與她們無關，世間男女的情愛更不是她們可以追求的，鶯啼婉轉只加深她們的惆悵。詩人以此詩作慰藉她們枯寂的心靈。孟棨《本事詩．情感》記載顧況與朋友在洛陽遊玩，從流水得到一片大梧葉，上頭題詩：「一入深宮裡，年年不見春。聊題一片葉，寄與有情人。」顧況隔日在上游也題詩於葉上，隨流水流入宮中，所題詩就是這一首，所以「葉上題詩欲寄誰？」其實是詢問宮女誰是有情人。十餘天後，有人又從河上尋到一片題詩，上面寫著：「一葉題詩出禁城，誰人酬和獨含情？自嗟不及波中葉，蕩漾乘春取次行。」所謂有情人，就是和詩酬答的人，藉由葉上題詩，禁宮的宮女與詩人有了交流，然而也僅止於此，《本事詩》並沒有後續的記載。但這個情節後來逐漸發展出「紅葉題詩」的故事情節，不過梧葉變成紅葉，宮女與詩人終成眷屬，成為浪漫美好的愛情故事，甚至更有說是因顧況的這首詩上達天聽後，宮女才有遣出的機會，也才有後續圓滿的結局。可見在人情當中，對禁宮的宮女其實寄予了無限的同情，而宮女所嚮往的是「蕩漾乘春取次行」的人生。

李冶

李冶（？—七八四）字季蘭，中唐女道士。長期寓居江浙一帶。與當時詩人劉長卿、陸羽、皎然等有詩往還。《全唐詩》錄其詩十九首。

◆相思怨 李冶

人道海水深，不抵相思半。
海水尚有涯，相思渺無畔。
攜琴上高樓，樓虛月滿華。
彈著相思曲，絃腸一時斷。

大意 人說海水深，卻比不上刻骨銘心的相思。海水畢竟還有邊際，人的相思卻是無窮無盡。帶著琴上樓，沒人陪伴的閣樓透著明亮的月光，彈著相思的曲子，更讓人肝腸寸斷。

簡析 詩人是中唐才女，運用民歌的手法，淺顯的比喻，抒發心中相思之情。首先用海之深與相思相比，說相思比海還深；其次以海的廣闊與相思相比，相思則是渺無邊際，相思比海還深還寬廣，讓人魂縈夢繫的相思，也就更為具體。其後，說理轉為敘述，詩人挾琴上樓，月光盈滿，如此良辰卻無人相伴，在空虛的樓臺，詩人更顯孤寂，藉彈琴抒發相思之情，卻在激越之處，琴絃與肝腸俱斷，濃烈的情感，迸然而出，相思的苦痛達到最高點。全詩以海的意象，琴、情雙關的手法，抒發心中深厚的相思，文字簡單卻挾帶強烈的情感，雖無一語言及兩人過往，深情思念卻表露無遺。

戴叔倫

戴叔倫（七三二—七八九），字幼公，官至容州（今廣西容縣）刺史、容管經略使、兼御史中丞。其詩作之題材、風格、手法都體現出唐詩由盛轉中之脈絡，《全唐詩》編其詩為二卷。

◆塞上曲 ◎二首其二　戴叔倫

漢家旌旗滿陰山①，不遣胡兒匹馬還。

願得此身長報國，何須生入玉門關②？

注釋 ①陰山：在今內蒙中部，東西走向，古代為南北屏障。②生入玉門關：東漢班超累立功勳，晚年上疏請回中原，有：「臣不敢望到酒泉郡，但願生入玉門關」之語。

大意 讓陰山插滿我大漢的旌旗，如果敵人來犯絕不讓他有脫逃的機會，只期待有以身許國的機會，就算戰死沙場無法活著回去又何妨。

簡析 本詩屬古樂府詩題，充滿激昂的民族情感與報效國家的志懷。唐人喜歡以漢人作為榜樣，旌旗遍插陰山，是一種國力的宣揚，然而詩人更為勇悍，只要敵人膽敢來犯，一定殺個片甲不留，「不遣胡兒匹馬還」即是強烈殲敵主張，所以下文直言要以身報國，不必生還故里也無所謂，詩人乃是反用班超典故。班超一生經營西域，晚年上書請歸，希望可以不用死在異域，期盼回歸故里，言辭懇切，近乎乞憐。但詩人認為既然以身許國，生命已不足惜。全詩氣魄昂揚，相對於邊塞詩悲苦的訴求，迴然有別，處於盛唐轉中唐之際，經歷安史之亂，戰禍頻仍，國力不如以往，詩人報國之心卻是更為強烈，更為急切。

◈過三閭廟①

戴叔倫

沅湘流不盡，屈宋怨何深。
日暮秋煙起，蕭蕭楓樹林。

注釋　①三閭廟：奉祀春秋時代楚國三閭大夫屈原的廟。

大意　屈原忠貞愛國卻遭讒言毀謗，哀怨何其深重，就算沅水、湘水滾滾流水也沖洗不了。黃昏之際，秋風吹起，只聽到楓樹林中的蕭蕭風聲。

簡析　此詩為經過屈原廟時的感懷之作。屈原忠心貞直，卻遭小人讒言毀謗，被君主疏遠流放，面對人生難堪的處境，最後投江而死，留下千古傳唱的《離騷》。屈原將憂國憂民之心發而為文，綺麗文采充滿想像，成為愛國詩人的典範。詩人謁廟，睹物思人，對屈原不幸的遭遇感慨尤深，沅水、湘水自古不斷，卻仍洗不盡屈原的委屈，沅、湘是楚地指標，也是《楚辭》中經常出現的詞彙，然而這些空間地景、文學的作品乃是在屈原的哀怨中形成。詩人詢問屈原怨有多深，一如水流有多長，忠貞不移的心成為流淌不盡的哀愁。後世之人同情追懷，這種心情一如傍晚暮色，秋風颯颯，楓葉蕭蕭，天地也一同悲泣。詩人從時間之流，到空間的營造，捕捉屈原廟附近的地景，以簡單的文字述說無限哀思，是對前輩詩人永恆的致敬，也是對於忠貞信實的肯定。

嚴武

嚴武（七二六—七六五），字季鷹，華州華陰人，嚴挺之之子，以破吐蕃有功，進檢校吏部尚書，封鄭國公。嚴武雖是武人，但能詩，與杜甫交好，彼此詩歌唱和，《全唐詩》存詩六首。

◈軍城早秋　嚴武

昨夜秋風入漢關，朔雲邊月滿西山①。

更催飛將追驕虜，莫遣沙場匹馬還。

注釋　①西山：指岷山，時為防禦吐蕃的要衝。

大意　昨夜蕭瑟秋風吹進了駐守的邊關，遙望北方襲捲的雲，月色撒滿西山。一再下達命令要勇猛將士追擊來犯的敵人，不要讓敵人有一兵一卒從戰場脫逃。

簡析　這是嚴武征戰途中所寫下的詩作，作為統帥一方的將領，殺伐決斷，專謀出擊，寫來氣勢不凡。以第一句「昨夜秋風入漢關」，扣緊題目「早秋」，以秋風喻指敵人，因為北方民族往往在秋高馬肥之時來犯，將軍要有審時度勢的能力與察覺危機的敏銳。西山之上雲層低沉，月色清冷，氣氛讓人不安，「滿」之一字寫出戰雲密布，形勢一觸即發。詩人省略了一段接戰描述，直接於後催促追擊敵虜，顯然已是獲勝之後的情形。飛將軍是西漢李廣的封號，成為後人形容勇將的代稱，「更催」一詞顯示勢如破竹的態勢，追擊一波接一波。主帥指揮若定，最後一句「莫遣沙場匹馬還」，可見殲敵的氣魄與決心，以及期待大獲全勝的心情。本詩先鋪排戰前的形勢，緊張當中成竹在胸，接著戰後肅清敵虜的指示，層層侵壓，則是氣勢雄偉，前後銜接。詩人個性與文采兼具，極具特色。杜甫〈奉和嚴中丞西城晚眺十韻〉中言：「直詞才不世，雄略動如神。政簡移風速，詩清立意新。」對於嚴武的才情，觀察頗為深入，可以作為補充。

陳羽

陳羽（七三三？—？）吳縣（今江蘇蘇州）人。德宗貞元八年（七九二）登進士第。《全唐詩》存詩一卷。

◇送靈一①上人　陳羽

十年勞遠別，一笑喜相逢。
又上青山去，青山千萬重。

注釋　①靈一：僧靈一（七二七—七六二），俗姓吳，廣陵（今江蘇揚州）人。九歲出家，十三歲削髮。禪誦之暇，工於詩歌。

大意　十年離別遠隔的辛苦，如今重逢盡付笑顏中。然而短暫相聚又要再度上山，登上層層疊疊，綿延不盡的青山。

簡析 這是贈予禪師的送別詩歌。不同於俗世的贈別，詩人巧妙地將人情與道心融織於情境中，將無窮的寄託化為悠遠的想像。闊別十年應該有許多言語話舊，然而今朝相逢，盡泯於一笑當中，只能意會不可言傳，似乎在會面一刻，就已經了解靈一求道有成，「笑」字巧用拈花微笑的典故，對於禪師而言，應該是熟悉深切的期勉。十年在俗世而言是漫長的，但對道心堅定的人卻極為短暫。方外之士應該沒有什麼行役的急迫性，立即再次上山，沒有稍作停留，恐怕還是求道之心的殷切。詩人既有不捨之情，又有雲水四方的懷想，舉目而望，層層疊疊的青山，乃是禪師雲深不知處的歸所，也是佛法無邊的境界。「十年」與「一笑」是時間的懸殊對比，從「青山」到「千萬重」是空間的無限延伸，時空既對比又延伸，如同塵世與仙境一般，一沙一世界，剎那即永恆；人間的相思是苦，人情相逢是樂，詩人卻巧用「勞」與「喜」寫出求道人的志懷與心境，千萬重青山則給予讀者成仙悟道的無限想像。整首詩文字簡單，機鋒巧妙，興寄無窮的想望，以及對於上人的殷殷期盼。

◆從軍行[1]

陳羽

海[2]畔風吹凍泥裂，枯桐葉落枝梢折。
橫笛聞聲不見人，紅旗[3]直上天山雪。

注釋 ①從軍行：樂府舊題，屬相和歌平調曲。②海：大湖。③紅旗：軍旗。

大意 強勁北風凍裂大湖旁的泥土，不僅梧桐樹葉落盡，甚至枝梢也被吹斷了。如此凜冽嚴峻的天氣卻聽到遠方橫笛聲響，一列紅旗直上皚皚白雪的天山峰頂。

簡析 〈從軍行〉為樂府歌行，主要寫軍旅辛苦之辭，然而詩人並不言苦，反而從意象的營造，昂揚戰士剛強堅勁的精神。首兩句純然寫景，寒風凜冽天候中，北風如刀，湖畔凍泥為之龜裂，就算梧桐樹堅硬，也同樣葉落枝折，可以想像環境的嚴酷。但卻突然聽到嘹亮高亢的笛聲，從不見人的描述使得場景更顯孤寂與奇異，詩人好奇張望，看到遙遠的天山上，有一列紅旗將士正往峰頂移動，皚皚白雪襯托鮮明的紅色，從直上兩字即可以看出將士的熱血及高昂的士氣，天山的意象更加凸顯出人無畏無懼的勇氣。詩人將行軍構畫出與天爭雄的壯闊場面，整首詩無一爭戰之語，然而聲之所聞，目之所見，風雪之中卻有強大的氣勢，軍魂昂揚無比，勝利已經在望。

韋應物

韋應物（七三七—七九二），京兆長安人。少年時以三衛郎事玄宗。後來發奮讀書考中進士，因曾做過蘇州刺史，世稱韋蘇州。四十二歲辭官，決心修煉道家清淨無為的義理，晚年定居蘇州城外永定寺。韋應物的詩以寫田園風物著稱，閒淡古樸的詩風，非常接近陶淵明。《全唐詩》存詩十卷。

◆送王校書①

韋應物

同宿高齋換時節，共看移石復栽杉。
送君江浦②已惆悵，更上西樓看遠帆。

注釋　①校書：校音較。校書郎。②江浦：江濱。

大意　與你同住齋房好些時光，也一同看過園中移走石頭，種上杉木。到江邊為你送行已經讓人惆悵萬分，不捨之下又登上西樓看你乘坐的帆船逐漸遠去。

簡析　這是一首送別之作，詩人從兩人交情談起，細數過往共同經歷的時光，儘管親密，最終還是要與君分離，在江邊送別已惆悵不已，登上高樓遠遠看著你離開，更有萬般的不捨。全詩從兩個場景布局，在高齋同住，看著園中景物更換；另一個則是移至江邊送別，西樓遠眺朋友的離別，一個是朝夕相處的歡洽，一是隨著空間逐漸遠離的惆悵，情緒的反差，隨著眼光視線的改變，堆疊出與友人分別的離情愁緒。詩人善用場景的移動，以簡潔文字構畫閒淡含蓄氣氛，以及雋永的情思。

◆答李澣 ◎三首其二　　韋應物

馬卿①猶有壁②，漁父③自無家。
想子今何處，扁舟隱荻花。

注釋　①馬卿：司馬相如，字長卿。②馬卿猶有壁：司馬相如家貧，只餘四壁。③漁父：漁父音府。屈原遭放逐江湘，遇避世漁父，與之問答寄情。

大意　卓文君與司馬相如私奔到成都，家徒四壁，屈原遇到的漁父則是四海為家。如今你出門在外不曉得停駐何處，想必還在荻花叢中的小船上。

簡析　本詩為〈答李澣三首〉中第二首，是詩人寄與友人的詩作。不了解遠方友人的現況如何，細細的詢問中，展現溫暖體貼的關懷。從司馬相如家徒四壁的典故說起，又談到屈原與漁父相遇的事情，人離家總有諸多不便，友人流寓在外，情況難以掌握，甚至不曉得是否已經抵達，試想可能都還在路上，乘著一葉扁舟，泛於江湖之上，雖說都是揣測，卻是詩人的記掛與擔心。遙寄的問候，悠遠淡雅，展現詩人敦厚含蓄的風格。

◇自鞏洛[1]舟行入黃河即事寄府縣[2]僚友

韋應物

夾水[3]蒼山路向東，東南山豁大河通。
寒樹依微[4]遠天外，夕陽明滅亂流中。
孤村幾歲臨伊岸，一雁初晴下朔風[5]。
爲報洛橋遊宦侶，扁舟不繫[6]與心同。

注釋 ①鞏洛：鞏，唐縣名，屬河南府，在今河南鞏縣；洛是洛水。②府縣：府指河南府；縣指洛陽縣、河南縣。③夾水：鞏縣臨洛水，周遭環山。④依微：隱約。⑤朔風：北風。⑥扁舟不繫：借用《莊子．列禦寇》典，此指自由自在，無拘無束。

大意　青山夾著綠水向東而行，東南山勢大開之後逐漸與黃河相通。遠方的樹林在天際若隱若現，夕陽餘暉在水面亂流中忽明忽暗。伊洛河畔的孤村不曉得是什麼時候建成的，天空有隻大雁趁著天晴隨著北風向南飛去。為回報洛陽橋上一同宦遊的同道朋友，心將與扁舟一樣順著流水隨意前行。

簡析　本詩為作者從伊洛進入黃河途中完成的作品，寫一路所見，也與過去一同遊宦的僚友交心。從大山大水的景色當中，有對未來的期許，也充滿諸多不確定性的懷想，所以言辭含蓄，語多保留，唯有過往同道之人，才能了解心之所屬。全詩從青山夾綠水寫起，視野逐漸開闊，在河洛匯流之處，氣象豁然開朗，但頷聯（第三、四句）和頸聯（第五、六句）的視線卻在遠近之間轉換：遠方天際有隱然若現的寒樹，水面有餘暉映照，都是隱隱約約，明暗不定；岸邊的人家似乎以前就定居伊水之畔，而天空的孤雁卻乘著北風時節南下，動與靜之間，人好像也只能像雁一樣，隨風而行。最後點出宗旨，借用《莊子．列禦寇》：「飽食而遨遊，汎若不繫之舟，虛而遨遊者也」的典故，此心如同不繫之舟，乘風而行，順水而遊，成為詩人目前僅有的答案。然而日後棲心於道的想法，似乎在洛陽宦遊之時已然埋下種子，赴任之際則有更深的體悟。本詩於寫景當中，展現詩人營構畫面的能力，動態、靜態，遠景、近景，巧妙搭配，然而情思所在，深有興會，更讓人有諸多揣想。

話舊　韋應物

存亡三十載，事過悉成空。
不惜霑衣淚，併話一宵中。

大意　三十年來歷經人世生死，如今回想一切都成空。就讓自己痛快哭一場，在這一晚大家盡情傾吐。

簡析　這首詩下有小題「亭中對兄姊話蘭陵崇賢懷真已來故事，泫然而作」，相關事由，無法究析。蘭陵、崇賢、懷真乃是長安街坊，既是與兄姊話舊，很可能是詩人童年活動的區域，三十年為一世，生命的流轉，世代更迭，歷經安史之亂之後，都已非從前。詩人回首過往，有個人的成長歷程，更有物故飄零的無奈，不覺於此盡情傾吐，潸然涕下。「不惜」兩字，有著不顧一切的任性，「併話」兩字更是情緒全然的迸發，整首詩含蓄蘊藉，真情流露，十分感人。

◇登樓　韋應物

茲樓日登眺，流歲暗蹉跎①。
坐厭淮南守，秋山紅樹多。

注釋　①蹉跎：光陰虛度，年華消逝。

大意　每天登上這座高樓遠眺，暗自覺得歲月流轉光陰蹉跎。能夠在淮南工作還是讓人心滿意足，因為秋天時節有著滿山的紅葉。

簡析　這首詩是任職滁州刺史時所作。登高是文學中常見的主題，詩人從日日登樓遠眺說起，四時景色不同，「暗」字顯露對於時間悄悄流逝的無奈，「厭」既有滿足的意思，又有嫌惡之內涵，語帶雙關，是對滿山紅葉的喜愛，還是久任地方官職的不滿，留下讓人想像的空間。或許詩人就是利用這種方式，既表達此樓遠眺秋景的美好，讓人日日流連，但在此蹉跎也是浪費生命，因此在欣賞與歌詠之餘，深有反省的寓意。因為詩人對道家深有領會，入世與出世之間，更關注生命的滿足，而非只是久居不遷的悲歎。

◆觀田家

韋應物

微雨眾卉新，一雷驚蟄①始。
田家幾日閒，耕種從此起。
丁壯俱在野②，場圃③亦就理。
歸來景④常晏，飲犢西澗水。
飢劬⑤不自苦，膏澤⑥且為喜。

倉稟⑦無宿儲，徭役猶未已。
方慚不耕者⑧，祿食出閭里⑨。

注釋　①驚蟄：農曆二十四節氣之一，約陽曆三月五日或六日。此時春雷始鳴，蟄伏的動物開始活動。②野：指田間。③場圃：曬場與耕地。④景：日光、時光。⑤劬：劬音渠。勞苦。⑥膏澤：雨水。⑦稟：稟音凜。穀倉。⑧不耕者：作者自指。⑨閭里：閭音驢。民間。

大意　一陣春雨後花卉煥然一新，一聲春雷落下，萬物甦醒過來。農家沒清閒幾日就又要進入春耕，所有壯丁都在田畝間工作，家裡的園子、穀場也都整理好了。每天忙著農事，回到家天色已晚，還要牽著牛到村西溪澗邊喝水。這樣又飢又累的生活並不覺得辛苦，只要看到雨水下得及時就滿心欣喜。常常家裡米倉已經沒有隔天的儲糧，勞役還是沒完沒了。這讓我們這些不耕種卻有糧食的人慚愧，所有的俸祿其實都是來自鄉里間農人辛苦的成果。

簡析　這是一首同情農人的詩作，充分展現文人的自覺與自省，相對於田園詩樂於農作的書寫傳統，更多了民胞物與的情懷。第一聯對仗工整，春天微雨驚雷，百花齊放，萬物驚蟄，開場極具氣勢，春耕開始，田家裡男男女女全部投入農作，進入忙碌的狀態，生動活潑的描述全幅展現農家忙而不亂的生活景況。接著筆鋒一轉，農人對於自己的辛勤不以為苦，卻喜迎春雨潤澤莊稼，苦與喜的對比，強化農人無私的心態。另一方面家裡沒有足夠的存糧，卻還有服不完的勞役，則揭露農人生活的悲苦與無法自足的困境。從天氣變化、農家生活到進入社會現象的描繪，全詩具有不同以往的格局。最後兩句卻是極為溫厚委婉，「方慚」除了慚愧之外，也有領悟的意思，「不耕者」的對象就很多了，包括自己和仰仗田裡糧食的芸芸眾生，對於農人的無私與辛勤，應該慚愧。全詩文字質樸，生動鋪排農人的辛勞，以白描引出對於土地工作者的感恩，不假雕飾，卻能觸動人心。

◆詠玉

韋應物

乾坤有精物①，至寶無文章②。

雕琢爲世器，眞性一朝傷。

注釋 ①精物：精美之物。②文章：文彩光華。

大意 天地蘊育出的精華，這樣的寶貝原是樸實無華。然而人們卻將其雕琢為世間器物，原本天性也就被破壞殆盡。

簡析 本詩為一首詠物詩，是詩人〈詠玉〉、〈詠露珠〉、〈詠水精〉、〈詠珊瑚〉、〈詠瑠璃〉等系列的第一首，寄託詩人心靈的體悟。道家強調自然，道教對於自然更有許多神祕的想像，詩人以「玉」命篇，並不純然只是自然物件的描寫，更有生命哲思的領會。玉乃是天地精華，歷經造化神工，才能精華內蘊，晶瑩剔透。原本璞石代表天地至寶，然而人類卻用刀雕斧琢，以世俗的眼光雕出各式各樣的器物，破壞天然本性，斫傷原本的純粹。這讓人想到《莊子．應帝王》所載的「日鑿一竅，七日而渾沌死」的故事，原本單純自然，才是生命最美好的情況，然而人類常常自以為是，妄為妄作，也就造成無可挽回的結果，玉是如此，人也是如此，時局也是這樣。詩人歷經人世種種，歸心於道，由此可見。

◆對萱草

韋應物

何人樹①萱草，對此郡齋幽。
本是忘憂物，今夕重生憂。
叢疏露始滴，芳餘蝶尚留。
還思杜陵圃②，離披③風雨秋。

注釋　①樹：種植。②杜陵圃：指家鄉的園圃。③離披：散亂。

大意　不曉得是誰種了這些萱草，讓這個官署書齋更顯清雅幽靜。忘憂草如今卻長得稀稀落落讓人擔憂，看著草叢變得稀疏還垂著露水，花朵凋謝但還有蝴蝶飛舞，不得不讓人想起以前在長安杜陵的園子，也是在秋天風雨之後被吹得零零落落。

簡析 這是書齋前萱草的觀察心得，詩人有許多〈對春雪〉、〈對殘燈〉、〈對芳尊〉、〈夜對流螢作〉、〈對新篁〉之類的作品，像是繪畫中的素描，也是生活中的心情紀實，具有抒情小品的趣味，相對「詠」的主題，更貼近生活和心情。萱草又稱忘憂草，但在風雨後處境堪憂，重生為難，詩人以忘憂卻讓人憂，興發感慨，原來在秋風秋雨之下，環境的變化生活變得辛苦，過往的一切只留下露滴、蝶飛一點點的痕跡。杜陵是長安文人遊賞的名勝，也是詩人少時所居之處，詩人〈九日〉一詩有「憶在杜陵田舍時」、「世難還家未有期」，美麗的園林在風雨之後殘破不堪，這是詩人歷經安史之亂後深切的感慨，從過往到現在，從故國到郡齋，從萱草的稀稀落落，看到季節的推移以及世局變化的無奈。

◆聞雁

韋應物

故園渺①何處，歸思方悠哉。
淮南秋雨夜，高齋聞雁來。

注釋 ①渺：遙遠。

大意 家園在遙遠的地方，心中充滿思歸的念頭。如今在淮南任職的秋雨夜晚，書齋上卻聽到雁群南飛的聲音。

簡析 這是詩人任職滁州刺史時記錄郡齋生活心情的作品。秋天淒風苦雨，深夜寂寥，讓人心緒翻騰，飽含許多愁思。家園在遙遠的地方，心中思念，歸家卻遙遙無期，坐在官署的書齋前，詩人低回不已。聽到天空上雁群飛過的聲音，在深夜之中異常清楚，刺激詩人的想像。秋天雁群南下，似乎像信差一樣帶來北方的消息，也就像自己從北方下來，在此盤桓，想到雁群從故鄉而來，心中無比悸動，在深夜中有著悠遠的情思。

李益

李益（七四六—八二九），字君虞，涼州姑臧（今甘肅武威）人，大曆四年（七六九）登進士第，因仕途不順，北遊河朔。憲宗時召為祕書少監，後官至禮部尚書。李益長於詩歌，尤其擅長邊塞詩，音律和美，為樂工所傳唱，與李賀齊名。《全唐詩》存詩二卷。

◆塞下曲 ◎四首

李益

蕃州①部落能結束②，朝暮馳獵黃河曲③。
燕歌④未斷塞鴻飛，牧馬群嘶邊草綠。

秦築長城城已摧，漢武⑤北上單于臺⑥。
古來征戰虜不盡，今日還復天兵來。

黃河東流流九折，沙場埋恨何時絕。
蔡琰沒去造胡笳⑦，蘇武歸來持漢節。

爲報如今都護⑧雄，匈奴且莫下雲中⑨。
請書塞上陰山石，願比燕然車騎功⑩。

注釋　①蕃州：指邊地少數民族聚居區。②結束：裝扮。③黃河曲：泛指黃河所流經的河套地區。④燕歌：泛指燕地歌謠。⑤「漢武」句：元封元年（西元前一一〇年）冬，漢武帝行自雲陽，北歷上郡、西河、五原，出長城，北登單于臺。勒兵十八萬騎，旌旗千餘里，威震匈奴。⑥單于臺：舊址在今內蒙古呼和浩特西。⑦胡笳：〈胡笳十八拍〉，相傳為蔡琰所做。⑧都護：官名。漢宣帝置西域都護，為西域最高長官。唐代先後置安西、安北、單于、北庭等六大都護府。⑨雲中：古郡名。唐代治所在今山西大同。⑩燕然車騎功：後漢和帝永元元年，車騎將軍竇憲大破匈奴北單于，遂登燕然山，命班固作〈燕然山銘〉。

大意　北方的少數民族著上戎裝，每天在黃河彎曲處馳騁田獵。將士引吭高歌阻斷不了鴻雁往南而飛，一群群的牧馬也在邊陲綠草地上嘶鳴。

秦代所築的長城如今已經崩毀，漢代武帝擴張版圖，親自登上單于臺。自古以來爭戰不已，敵人始終沒有消失，如今我朝軍容壯盛再次威武降臨。

黃河彎彎曲曲向東流，沙場上無數悲傷的故事何時才能終止。想想以前蔡琰死後留下傳唱千古的〈胡笳十八拍〉，蘇武從北海牧羊回來漢節還留在手上。

現今都護府的雄壯威武，讓匈奴不敢輕舉妄動。這樣的功績可以在陰山上立石紀念，堪可比得上漢代竇憲出塞三千里擊破北匈奴的功勞。

簡析　這是從漢代樂府衍化出來的新樂府題。唐代有許多精彩的詩作表現邊塞生活，反映軍旅的艱苦與思鄉殷切，然而安史之亂後，詩人對於古來爭戰之地似乎也有不同的看法。第一首說明邊情，第二首講述歷史緣由，第三首申明感慨，第四首則是表功，四首詩各有重點，形成組詩的形態。

第一首薊州是指胡人所在，軍士馳騁於黃河邊上，歌聲昂揚，人馬喧沓，能夠約束各方力量，主要還是我方駐守軍隊的強悍，詩人寫出邊地活潑熱血的氣氛，也提醒和平得來不易。第二首細數過往，秦代長城已傾頹，漢武帝北伐匈奴，親登單于臺宣誓主權，然而這裡始終征戰不休，如今我朝軍隊如天兵降臨，詩人歌詠軍威，但並未進一步說明結果，留下許多空白。第三首話鋒一轉，黃河東流入海，沙場上雙方戰士生死搏鬥，多少生命葬送於此，蔡文姬的〈胡笳十八拍〉，蘇武北海牧羊守節不屈，都是可歌可泣的故事。最後一首回到目前的狀況，如今都護府戍守邊疆，威震一方，敵人不敢輕舉妄動，此地得以和平，這樣的成果可以比得上漢代擊破北匈奴的著名戰役，也應該刻石紀功。維護和平可以與戰勝相比，國家民族的勝負與人民生命的安全同樣重要，這要有全新的眼光以及寬大悲憫的心胸，才能有此結論。

全詩啟、承、轉、合，四首詩組合，形成綿密結構，少了戰場廝殺的場景，卻有天寬地闊的畫面，以及悠遠的歷史反省，同樣的塞上風情，展現不同以往的胸懷，乃是極為成功的詩篇，也是值得進一步思考的作品。

◈從軍北征

李益

天山雪後海風①寒，橫笛偏吹行路難②。

磧裡征人三十萬，一時迴向月明看。

注釋　①海風：指從蒲昌海（今新疆羅布泊）吹來的風。②行路難：樂府〈雜曲歌辭〉篇名。備言世路艱難及離別悲傷之意。

大意　天山大雪後，北方吹來的寒風更為冷冽，行軍途中卻偏偏有人吹起橫笛曲〈行路難〉，使得沙漠裡行軍的三十萬人，同時望向天上的明月。

簡析　這是詩人隨軍完成的作品，寫來十分親切，最讓人驚豔的是詩人善用衝突的瞬間，營構極具意象的畫面，在爭戰苦寒當中，直指人心最脆弱的地方。首句點出地點時間，〈行路難〉是樂府古題，寫行旅、懷思，抒發生離死別的心情。詩人運用這首樂府詩題的文字，說明行軍的困難，又引入笛曲動人心的情節，成為本詩最巧妙之處。沙漠中苦難的三十萬人，在笛聲的感染之下，同時仰首望明月，場面壯觀，又深具孤涼美感，遙望明月，寄情遠方，人同此心，心同此理，這個時節無不想起家人。詩人運用誇大的手法，捕捉瞬間畫面，極寫笛聲沁透人心，也點出戰爭之中人最真實的渴望。全詩感人肺腑，動人心魄，命意與另一首〈夜上受降城聞笛〉「不知何處吹蘆管，一夜征人盡望鄉」十分相近，文字更為凝練，意象更為鮮明，也使得傳統邊塞詩中求名立功的訴求，多了雋永的人情渴望。

◆寫情 李益

水紋珍簟[①]思[②]悠悠，千里佳期一夕休[③]。
從此無心愛良夜，任他明月下西樓。

注釋 ①水紋珍簟：簟音店。編有波紋圖樣的精美竹席。②思：思音似。③休：停止。

大意 躺在紋飾華美的竹席上心思翻騰，約定千里相會的日子竟然化為泡影。從此之後再無心喜歡美好的夜晚，就讓明月獨自靜靜落下。

簡析 這首詩刻畫戀人心情，極為傳神，原本約定千里相會，對方卻爽約了。整夜在枕席上輾轉難眠，心思百轉千迴，一如竹席上水波紋飾，層層蕩漾而開。原本熱切的期待突然落空，令人措手不及，詩人用了十分任性的語氣，決定從此之後再無所愛，良辰美景再無期待，明月從東而起，也任由從西而下，明月成為埋怨的對象。整首詩是失眠的獨白，更像是情侶的拌嘴，俏皮又活潑，充分表現世間男女剪不斷，理還亂的愛戀情思。

張繼

張繼，字懿孫，襄州（今湖北襄陽縣）人，天寶十二載進士，大歷中，以檢校祠部員外郎為洪州鹽鐵判官。張繼和劉長卿、皇甫冉、顧況等交遊往還，詩多登臨紀行之作，以〈楓橋夜泊〉最為人知。有《張祠部詩集》。《全唐詩》存詩一卷。

◇山家

張繼

板橋人渡泉聲，茅簷日午雞鳴。
莫嗔①焙②茶煙暗，卻喜曬穀天晴。

注釋 ①嗔：責怪。②焙：用火烘製。

大意 走在木板橋上，伴隨著淙淙泉水聲音，來到農家門前，正午陽光照在茅簷上還聽到了雞啼。農人為著焙茶時煙燻而誠懇致歉，對於天晴可以曬穀則是滿心欣喜。

簡析　本詩一說為顧況所作，乃是拜訪山居農家的六言詩，一句一景，每句六字，分為三組，上下對仗，結構緊湊，音節響亮，意象鮮明，唐人六言絕句絕少，本詩乃是其中佳作。進入山居，詩人先要經過橫跨溪澗的板橋，伴有潺潺水聲，到了農家，正午陽光映照的茅簷，聽到院落中的雞鳴叫聲，用溪聲點出山居，雞鳴提示農家，遠離塵囂，卻有純樸的人間情味。詩人將眼光移於農事，燒柴焙茶，煙霧四起，又要趁著天晴趕快曬穀，雨後放晴，心情歡喜不已。詩人也將細節安排得針織密縫，水聲淙淙反映之前的降雨，突然放晴，日午雞鳴也就十分合理，焙茶、曬穀要搶著時間進行，加上客人來訪，手忙腳亂，於是一邊工作一邊待客，一切如此緊湊。詩人參與其中，寫出箇中情景，體會其中情味。全詩敘寫有條不紊，聲、情俱佳，天晴而喜，昂揚著欣悅的期待，文字純樸和諧，自然輕快，讓人隨著詩句，一同感受山居農家單純的美好。

靈澈

靈澈（七四六或七四九—八一六），詩僧，會稽（今浙江紹興）人。長於律學。初從嚴維學詩，後與詩僧皎然多所唱和。元和四年（八〇九）居廬山東林寺，與江西節度使韋丹相往還。當代詩人如劉長卿、權德輿、柳宗元、劉禹錫、呂溫等皆與其有過從。《全唐詩》編其詩為一卷。

◈東林寺①酬韋丹②刺史

靈澈

韋丹帥洪州時，靈澈居廬山，丹為忘形之契，篇什倡和，月居四五。丹寄一詩，寓思歸之意，澈答此詩。

年老心閒無外事，麻衣草座亦容身。
相逢盡道休官好，林下何曾見一人？

注釋　①東林寺：在廬山，東晉高僧慧遠曾駐錫於此。②韋丹（七五三—八一〇），字文明，京兆萬年（今陝西西安）人。早孤，從外祖顏真卿學。為人正直，為官惠愛百姓。

大意　年邁的我心中清閒了無牽掛，穿著粗布衣裳、坐著草墊也能度日。遇到許多人都說想擺脫利祿，不做官有多好，但是能夠放下一切隱居山林的又有幾人？

簡析 這是一首洞悉世情的作品，靈澈對於韋丹〈思歸寄東林澈上人〉：「王事紛紛無暇日，浮生冉冉只如雲。已為平子歸休計，五老巖前必共聞。」有意一同歸隱的說法，給出了不同的答案。詩人從自身說起，因為年老心閒，對粗陋的物質條件與簡單的生活，才能甘之如飴，說要擺脫塵俗拘絆，並不是一般人可以做到，也不適用於所有人。至於許多人把辭官歸隱掛在嘴邊，然而山林之中卻沒有多少人，可見多數人仍是塵緣未了，功利還是大家追求的目標。本詩淺顯易懂，直指人心，韋丹並未辭官，收信之後有何反應，史所不載；詩人是否諷刺韋丹心口不一，恐怕也不是如此。至於說是譏諷世人，批判唐人以隱居求高名，顯然也是過度詮釋，詩人了解人情世故，明白人生於世各有緣分，不能強求，如果利祿是浮雲，其實高士也是虛名，坦然自適，才是應有的覺悟。

郎士元

郎士元（？—七八〇？）字君胄，中山（今河北定縣）人。玄宗天寶十五載（七五六）登進士第。其詩風格閑雅。《全唐詩》存詩七十五首。

◇柏林寺南望

郎士元

溪上遙聞精舍①鐘，泊舟微徑度深松。
青山霽②後雲猶在，畫出西南四五峰。

注釋 ①精舍：僧人修煉居住之所。此指柏林寺。②霽：讀音記。雨後轉晴。

大意 行船溪上，聽到遠處寺廟傳來了鐘聲，停船靠岸，沿著松間曲折小徑尋訪柏林寺。雨後青山上頭還籠罩著雲霧，猶如水墨山水般只有西南四、五座峰頂露出。

簡析 這是一篇山水詩佳作，詩人尋訪風景名勝，在自然山水中陶然自醉。首句寫舟中聽聞寺廟鐘聲，泛舟之遊便有了目標，巧妙為「柏林」寺的名字提供說明。詩人並未指出自己身在寺中，但從後文描述的內容看來，乃是寺中南望風景，可見一路探尋的結果，詩人登上了柏林寺。登高遠望，雨後青山更為翠綠，只是雨歇初停，雲霧未散，繾綣繚繞，山在虛無飄渺間，彷彿仙境。詩人巧用水墨山水來形容，四、五山峰錯落有致於雲中露出，只有自然巧筆才能揮灑出如此神奇的景緻，「畫」字點出造化神工。詩人倘佯其中，引領讀者同遊，領略山水美景。

韓翃

韓翃，字君平，南陽（今河南南陽）人。天寶年間進士，官至中書舍人。他的詩多為贈別之作，在當時頗富盛名，與錢起、劉長卿等號稱「大曆十才子」。著有詩集五卷。《全唐詩》存詩三卷。

◇寄柳氏

韓翃

章臺①柳，章臺柳②，顏色青青今在否？
縱使長條似舊垂，也應攀折他人手。

注釋　①章臺：長安路名。②章臺柳：隱喻留在長安的柳氏。

大意　章臺的柳樹呀！章臺的柳樹呀！是否還是原本翠綠模樣？就算柳條細長嫩綠依舊，恐怕也應該早被別人攀折走了。

簡析　這是一則感人的愛情故事，依孟棨《本事詩·情感》記載，韓翃年輕時窮困卻有才情，柳氏委身相許成為佳偶。韓翃果然不負所望，成名後遠赴淄青節度使幕下，卻因時局不安與柳氏失散，遍尋不著，於是以素囊儲金，題下這首詩，希望可以再續前緣。消息傳到柳氏耳裡，以詩回覆「楊柳枝，芳菲節，可恨年年贈離別，一葉隨風忽報秋，縱使君來豈堪折。」原來柳氏被番將沙吒利所虜。韓翃無比憾恨，在一次宴會當中言及此事，少年俠士許俊得知後，前往營救讓兩人團圓。代宗獲知此事後，再以絹二千匹予番將贖人，並且下令柳氏歸韓翃，讓事情有了圓滿的結局。詩人歌詠長安柳樹，實指柳氏，對於柳樹是否如舊，言之深情款款，疊句相加像是一次又一次的呼喚；昔日顏色青青，則是對於柳氏青春美貌的讚嘆，「今在否」的詢問，有著繾綣深情，然而終無自信，在天下喪亂之後，恐難倖免，句句寫柳樹，其實句句詢問柳氏，是否還在人世，是否已經嫁人，心中的揣測與期待，反映複雜矛盾的心情，成為一篇感人肺腑的尋人啟事。

李端

李端（？—七八五？）趙州（今河北趙縣）人。代宗大曆五年（七七〇）登進士第，為「大曆十才子」之一。《全唐詩》存詩三卷。

◇拜新月　李端

開簾見新月，便即下階拜。
細語人不聞，北風吹裙帶。

大意　捲起低垂的簾子，突然看到天空一輪新月，急急走下台階來拜，喃喃向月亮祈求，小聲到讓人聽不到，只見寒冷北風吹動著長長的衣帶。

簡析　〈拜新月〉既是唐代教坊曲名，也有援題而作的作品，本詩屬於後者，寫出女子幽婉纖巧的想望，含蓄不盡，極具美感畫面。月亮高掛天上，原是寄語的對象，唐代婦女有拜新月的風俗，從開簾見到新月，女子立刻下階而拜，「便即」寫出女子輕巧的動作，也寫出期盼的殷切，許多的心事與期待，只有天上的新月可以承載，用「下階拜」虔誠託付女兒家心事。深閨內院當中，新月光輝之下，女子窈窕倩影原就是極富美感的畫面，然而是什麼願望如此急切，讓人魂牽夢繫，無比記掛？詩人用了「細語人不聞」賣了一個關子，含蓄委婉當中更增女子嬌羞模樣，伊人無恙，早日歸來，有些事不便與人說，卻有一片真心誠意，美好情思在凜冽北風中，隨著飄飄裙帶翳入天聽，成為具體又有美感的形象。詩人刻畫細膩，下筆輕巧，悠遠情思化成美麗畫面，極富藝術手法。

◆閨情

李端

月落星稀天欲明，孤燈未滅夢難成。

披衣更向門前望，不忿①朝來鵲喜聲。

注釋 ①不忿：不滿。

大意 眼見月亮落下、星星消失，天邊漸露曙光，燭光點了一夜始終難以成眠。於是披上外衣向門前張望，生氣一大早就在門前嘻鬧吵雜的喜鵲。

簡析　這首詩寫出閨中少婦思念的心情，「月落星稀天欲明」點出時間，也點出全詩的背景，經過一夜的等待，等到月落星沉，天將亮了，但伊人始終沒有出現，留了一夜燭光是為他，一夜輾轉無眠、披衣望門也是為了他，長夜漫漫，女子的心思既痴迷又單純，而門前喜鵲嘻鬧讓人誤以為等待的人終於出現，最終發覺被騙，獨守空房的愁怨無從發洩，喜鵲遂成為遷怒的對象。這首詩與李臨秋臺語歌曲〈望春風〉：「聽見外面有人來，開門甲看覓。月娘笑阮是憨大呆，被風騙不知。」有異曲同工之妙，詩人善於運用藝術手法，以簡潔明快的筆法描寫閨中少婦，呈現女子的嬌嗔，文字細膩含蓄卻又無比生動。

孟郊

孟郊（七五一—八一四）字東野，湖州武康（今浙江德清）人。孟浩然孫。德宗貞元十二年（七九六）登進士第。其詩可以德宗貞元八年（七九二）長安應試為界，分為前後兩期。前期由隱而仕，詩亦要求有為而作，詩歌基調積極明快，步武威唐。後期仕途蹭蹬，遂由言志轉向抒情，形成險怪詩風。為韓孟詩派之開派者。《全唐詩》編其詩為五卷。

◆遊子　孟郊

萱草①生堂階，遊子行天涯。
慈親倚堂門，不見萱草花。

注釋　①萱草：忘憂草，亦以喻母親。

大意　萱草長在北堂臺階前，而遊子已經遠行天涯。慈祥的母親每天在堂前門口張望，卻遲遲沒有看到萱草開花。

簡析　孟郊〈遊子吟〉是千古傳唱，耳熟能詳的一首詩，寫盡對慈母感恩的心情，本詩則從慈母角度抒發，描寫對於離家遊子的想念。前者以針線意象串接，後者則以萱草營造想像，兩詩可以互相參看。因為兒子行役在外，逾時未歸，所以在北堂種萱草以忘憂。詩人以此起興，階前萱草近在眼前，遊子卻是遠在天涯，空間懸殊對比，渲染出強烈的情緒，萱草顯然不足以忘憂，所以日日倚門而望，眼光既在遠方，也就不及見臺階下的萱草花。

詩人巧妙將典故與人情結合，整首詩以萱草起，也以萱草收，文字簡潔如口語卻饒富形象。萱草用以忘憂，但母子連心，心之所繫還是遠在天涯的遊子，細膩寫出慈母牽掛的心情，提醒在外遠遊之人，要時時記得家中倚門而望的母親，言之含蓄，卻又親切有味。

◈邀花伴 ◎自注 時在朔方①　孟郊

邊地春不足，十里見一花。
及時須邀遊，日暮饒風沙。

注釋　①朔方：唐方鎮名，治所在靈州（今寧夏靈武西南）。

大意　邊地苦寒吹不到春風，十里行來才看到一處開花。如果相邀遊賞要趁早，免得傍晚又吹起大風沙。

簡析　這首詩寫邊疆風情，不同於盛唐詩人充滿建功立業的熱情，而是以冷靜客觀態度寫出環境的變化。北方是苦寒之地，南風不到，春雨不及，如何證明環境的惡劣？詩人說「十里見一花」，一路行來滿目黃沙，十里才看到有一處花開，以「花」來解「春」，用最直接簡單的方式說明「春不足」的情況，讓讀者可以馬上領會環境的不同，進而同情詩人的辛苦。繼而進一步強化這種感覺，有花堪賞，邀約要趁早，一方面是苦中作樂，另一方面點出可以遊賞的時間短暫，傍晚風沙驟起，不易行走，何來遊賞。可見花不僅是少見，賞玩的時間也短暫，北地生活的艱難由此可見。花成為詩人巧妙取用的意象，從空間、時間來強化北地花開的難得與可貴，從而也襯托出共遊同伴乃是艱難中的朋友，要多多珍惜。

◇再下第[1]　孟郊

一夕九起嗟[2]，夢短不到家。
兩度長安陌，空將淚見花。

注釋　①下第：落榜。②九起嗟：形容嘆息次數之多。

大意　一夜長歎無法成眠，夢太短還來不及到家就醒了。兩次赴京考試都不幸落榜，只能以淚眼看著長安盛開的繁花。

簡析　本詩乃詩人自悲自憐之作，同樣以花為意象。對於滿腹才情的詩人而言，再次落榜帶來莫大的打擊，既背負家人殷殷期盼，又有自我期許的落空，人生挫折莫過如此，心緒糾結，愁思百轉，「一夕九起嗟」傳神描繪出一夜無法成眠。屢屢而起的結果，詩人用夢短回不了家來形容，雖是愁苦至極，卻也是十分巧妙的比喻，無所遁逃的困辱感覺，應是每一位落榜考生共同的心情，詩人寫出最難熬的一夜。然而這是詩人第二次落榜，從失落到悲歎，傷害更深一層，只能淚眼以對。花代表詩人對前程的想望，也代表著功成名就，這與唐人新科進士曲江賜宴，探花郎尋訪名園鮮花，簪花以示榮耀的習慣有關。事實上，孟郊久試不第，四十六歲才中進士，困頓的生活使詩人對於文字更加刻意，形成孤峻苦澀的風格，遭遇影響人之深，由此可見。

◇登科後

孟郊

昔日齷齪①不足誇，今朝放蕩②思無涯。
春風得意馬蹄疾，一日看盡長安花。

注釋 ①齷齪：拘於小節，限於狹隘。②放蕩：任意。

大意 過去落魄不值得再提，如今心情暢快心思奔放，在春風吹拂下乘著快馬，一天遊遍長安，看完所有盛開的花。

簡析 這首是詩人進士及第所作之詩，與前一首詩相比，心情不可同日而語。一開始便直抒過往日子的困頓難堪，不想再提，如今得償所願，用「放蕩思無涯」來形容心花怒放的心情。詩人有意斬斷過往，迎接嶄新的未來，這個難以抑遏的心思與按捺不住的欣喜，化為春風裡奔馳的馬，飛揚的馬蹄，馳騁於長安道上，與高采烈的結尾，展現出無比的豪情壯志。春風得意是新科進士的最佳寫照，最後兩句直抒胸臆，酣暢淋漓，成為千古傳誦的佳句。這首詩與〈再下第〉：「夢短不到家」的糾結相比，一掃過往的壓抑與難過，如今意氣昂揚，有著策馬奔馳無所不能的志懷，原本「空將淚見花」，終於可以笑臉「看盡長安花」。

本詩文字輕快，一氣呵成，迥異過往的格調。以往拘於「郊寒島瘦」的評價，往往先以寒苦的詩風來觀察，事實上，造語與風格與詩人遭遇有更大的關聯，當一朝得中，如沐春風，心情歡快舒暢，讓人一同分享喜悅，文字曉暢，毫無枯寒模樣。孟郊苦思成文，風格瘦硬，常用「花」以寄託情懷，藉以營造溫暖愉悅意象，所錄四首皆有「花」，各有不同風采，卻同樣代表詩人美好的想望。

裴度

裴度（七五六—八三九）字中立。河東聞喜（今山西聞喜）人。德宗貞元五年（七八九）進士擢第。憲宗元和年間任中書舍人、御史中丞，被李師道所遣刺客所傷，憲宗用之益堅，遂拜中書侍郎同中書門下平章事。十二年（八一七）督師討平淮西，封晉國公。後曾兩度入相，官至中書令。晚年留守東都，築綠野堂自適，與白居易、劉禹錫等酬唱甚密。《全唐詩》存詩一卷。

◇太原題廳壁①

裴度

危事經非一②，浮榮③得是空。
白頭官舍裡，今日又春風。

注釋 ①太原題廳壁：憲宗元和十四年（八一九），裴度為皇甫鎛所構，出為太原尹、北都留守、河東節度使。②非一：不一。③浮榮：虛榮。

大意 人生遇過許多危急驚險之事，浮名榮耀轉眼成空。守在官舍裡的老人家，如今又迎來了春天時節。

簡析 裴度是一代名相，歷仕憲宗、穆宗、敬宗、文宗，數度出鎮拜相，威望德業與郭子儀相當，乃是士君子愛重的中興名臣。詩人於元和十年（八一五）遇刺，逃過一死，元和十二年（八一七）平定淮西，憲宗甚至下令韓愈撰〈平淮西碑〉歌其功勳，然而卻在皇甫鎛讒言下，出任太原尹。經歷諸多風風雨雨，如今在太原官舍裡，詩人沒有貶謫的愁怨，反而有著安靜恬淡的心情，「危事」、「浮榮」寫來從容，其實無比驚險壯闊，不論是個人生命，抑或國家形勢，身處其中，許多艱難困境得以轉危為安，需要智慧勇氣，也要有時命機運。最後「今日又春風」一句更讓人有無限的懷想，符合安適自在的心境，也有迎來新契機的期待，題於官廳之中，既自許也勉人，氣格不凡由此可見。

◆溪居　裴度

門徑俯清溪，茅檐古木齊。
紅塵①飄不到，時有水禽啼。

注釋　①紅塵：俗世。

大意　門前小徑下頭俯看清淺小溪，茅草鋪蓋的屋檐與古樹平齊。這裡可以遠離紅塵俗事，只聽到水禽不時的啼鳴。

簡析　詩人忠勇亢直，敢言敢為，因此屢遭排擠，晚年留守東都，築綠野堂，心態轉為隱退。日與白居易、劉禹錫等名士酣宴高歌，詩酒琴書，自娛自樂，當時名士皆與之游，成為洛陽文人中心。首句從門前路徑寫起，下俯清溪，門不接通衢，知是清幽所在；茅草屋檐與古樹齊平，隱身林園之中，風雅自持，又可見所居平實，詩人似乎對於座落位置特別留意，下不及於卑溼，上不突出於山林，與世相隔而不違，所述不僅是別墅的形態，更在於身處朝野之間的態度，詩人饒有閒隱的智慧。第三句「紅塵飄不到」則是遠離於塵囂繁華，名利俗事不入於心，既寫所居之地，也表明超然物外的心境。最後一句「時有水禽啼」，則又回到小徑下的清溪，偶有水禽的鳴啼，聲音的動感增其幽靜，詩人恬淡的生活更為清雅自適。全詩以寫實之筆描繪所居場景，也表露處世智慧與鄉野之居的情思。

劉商

劉商，字子夏，登進士第，代宗大曆初任合肥令，卒於憲宗元和九年（八一四）前。《全唐詩》存詩二卷。

◇怨婦　劉商

淨掃黃金階①，飛霜皎如雪。
下簾彈箜篌②，不忍見秋月。

注釋　①黃金階：華美的臺階。②箜篌：古代彈撥弦樂器名，由西域傳來。

大意　從空中流瀉而下的皎潔月光，灑落在華美的臺階之上。不敢抬頭看到美好的秋月，只好放下竹簾彈著箜篌抒發心中愁思。

簡析　閨怨詩含情不露才是本色，詩人以怨婦為題，藉由月光起興，一抒愁思滿懷卻又含情脈脈，深有蘊藉。全詩須由後一句來說明前一句，華美的臺階光潔明亮，然而從下文皎如霜雪的月光，可以了解詩人想像月光如水，掃淨臺階，不僅通透也有生動的意象。然而如此美好的秋夜，婦人獨守空閨，心情愁思哀怨，無法欣賞天上明月，於是放下竹簾彈箜篌以抒解憂思，下簾這個動作，也要由下文的不忍來解釋，竹簾不是怕吵到鄰人，而是要擋住天上不忍看的月亮。詩人以黃金階、箜篌呈現了富麗的深閨，更反襯女子的空虛寂寥，形成強烈對比。美好的秋月，女子幽怨如畫。

權德輿

（七五八—八一五），字載之，天水略陽人（今甘肅泰安東北）人。四歲能詩，年方十五便以文章著稱，德宗召為太常博士，累官至同中書省門下平章事，憲宗時與宰相李吉甫不合，出為東都留守、山南西道節度使。權德輿能詩賦、工古調，是中唐臺閣體重要作家，文章雅正弘博，著有《權文公文集》。《全唐詩》編其詩為十卷。

◆雜言和常州①李員外副使②春日戲題　◎十首其一

權德輿

隨風柳絮輕，映日杏花明。
無奈花深處，流鶯③三數聲。

注釋　①常州：州名，治所晉陵（今江蘇常州市）。②副使：官名。唐時節度使、觀察使都有副使，是正使的佐貳官。③流鶯：黃鶯。流，言其鳴聲流麗悅耳。

大意　柳絮隨風飄蕩無比輕盈，杏花映著陽光更增嬌艷。可惜三兩聲流麗明亮黃鶯叫聲，卻藏身杏花深處。

簡析　詩人為貞元、元和間名宦，久居臺閣，詩風豐贍文雅，應和酬酢的詩歌頗多，譽為「縉紳羽儀」，堪稱一代文宗。本詩為和詩十首的第一首，對於春日時節，以時令最具代表性的景物鋪排，「柳絮」、「杏花」、「流鶯」融入於詩句，舉重若輕，流暢自然，使得春光無限，美景如畫。和詩原就有文學遊戲性質，稱之為戲題，更表示詩人的幽默玩笑，柳絮隨風而飄，杏花映日而紅，伴隨著風跟日，貼合「副使」的身分，也給予日後仕途發達的祝福。至於鶯啼宛轉，流麗悅耳更增春光明媚，卻隱於花叢深處，無法清楚得見。詩人聞聲未見的遺憾，又隱含著對朋友的思念。全詩淺白如口語，春日風景中寄寓情思，飽含祝福，辭藻不華麗卻有真誠的想望，在唱和應酬詩歌當中，顯得十分特殊。

◆相思樹①

權德輿

家寄江東②遠，身對江西③春。
空見相思樹，不見相思人④。

注釋 ①相思樹：木名，多生於嶺南，其子紅色，俗名紅豆，亦名相思子。②江東：作者為潤州丹陽人，屬江南東道。③江西：江南西道。作者此時為江西觀察使李兼從事。④相思人：此指其妻崔氏。

大意　老家在江南東道的丹陽，如今卻在江南西道空寂地度過春天。只看到許多的相思樹，卻無緣見到相思之人。

簡析　這首詩是詩人寄予妻子崔氏的家書，以詩代書更增雅趣。全詩以前後句對比，抒發行役在外的思念。詩人是江南東道人氏，如今在江南西道工作，兩地遠隔讓人更覺孤單；所見相思樹卻又不見相思之人，對於妻子的思念，表露無遺。相思樹有淒美的傳說故事，據《搜神記》所載，宋康王拆散韓憑夫婦，致使兩人殉情而死，還下令死不能同葬，結果從墓上長出兩棵大樹合抱一起，後人稱之為相思樹；生死相隨的意象，成為堅貞愛情的象徵，也成為詩人起興的題目。詩人寫給妻子許多詩作，往往直抒思念，繾綣眷戀，無比恩愛，這首詩直率自然，真情流露，寫於年輕之時，卻可以當作一生相守的誓約。

王播

王播（七五九－八三〇）字明揚。太原（今屬山西）人。家於揚州（今屬江蘇）。德宗貞元十年（七九四）登進士第。憲宗元和六年（八一一）由京兆尹遷刑部侍郎，充鹽鐵轉運使。穆宗長慶元年（八二一）拜中書侍郎、平章事，領使如故。文宗太和元年（八二七）由淮南節度使入朝為左僕射同平章事，封太原郡開國公。王播與弟起、炎俱有文名。《全唐詩》存詩三首。

◆題木蘭院◎二首

王播

播少孤貧，嘗客揚州惠照寺木蘭院，隨僧齋菜。僧厭怠，乃齋罷而後擊鐘。後二紀[1]，播自重位出鎮是邦，因訪舊遊。向之題名，皆以碧紗幕其詩。播繼以二絕句。

三十年前此院遊，木蘭花發院新修。
如今再到經行處，樹老無花僧白頭。

上堂已了各西東，慚愧闍黎[2]飯後鐘。
三十年來塵撲面，如今始得碧紗籠。

注釋　①紀：十二年。②闍黎：闍音舌。阿闍黎的略稱，義為軌範師。

大意　三十年前寄居於寺院中，那時木蘭花開，寺院也才剛整修好。如今舊地重遊，卻看到木蘭樹老了開不了花，寺僧更已是年紀老邁。

回想過往寺僧在吃完飯後才敲飯鐘，讓我撲空故意使我難堪。三十年前寫下的題壁詩任由灰塵覆蓋，如今卻看到碧紗籠罩在上頭。

簡析　詩人少時孤貧寄住在僧院，寺僧或出於捉弄或厭惡，將飯鐘改為飯後才敲，當詩人聽到鐘聲前往用齋時，僧人早已吃飽四散，這是「飯後鐘」的典故。今日功成名就，舊地重遊，過往的種種歷歷在目，於是寫下這兩首詩，以今昔對比譏諷世態炎涼。

第一首詩以木蘭寺為主題，三十年前木蘭寺氣派堂皇，木蘭花開得燦爛，院落也剛修葺完成，如此僧寺卻容不下一位孤苦無依的人。三十年後再度重遊，人樹俱老，木蘭院由盛而衰，讓人無限唏噓。第二首詩以過往題壁詩為主題，回憶過往木蘭院中生活事情，僧人刻意改變飯前敲鐘的慣例，只是為了讓詩人難堪，應該是刻骨銘心的憤恨，詩人卻用了「慚愧」兩字，更為溫婉含蓄。過往在此題壁的詩文，應該也是任由蒙塵，然而如今到訪，身分地位已不相同，卻看到上頭蓋上了碧紗被刻意保護。回想過去人情的冷，如今人情的熱，詩人慨嘆歲月的流逝，更看透世道人情。兩首詩今昔對比，交錯進行，互相補充，或許讓人心寒之餘，「始得」更深有激勵自己上進的意義，唯有自己努力，才能贏得別人的尊重。

王涯

王涯（七六三？—八三五）字廣津。德宗貞元八年（七九二）進士及第。兩度入相，文宗大和九年（八三五）甘露事變被殺。《全唐詩》存詩一卷，內〈廣宣上人以詩賀放榜和謝〉一首，實乃王起詩。

◆塞上曲 ◎二首　王涯

天驕[1]遠塞行，出鞘寶刀鳴。
定是酬恩日，今朝覺命輕。

塞虜常爲敵，邊風已報秋。
平生多意氣，箭底覓封侯。

注釋 ①天驕：泛指強盛的邊疆民族。

大意 為了防禦邊疆前往邊關，寶刀出鞘響起嗡嗡鳴聲。今天就是報效國家的好日子，可以拚命一搏。

邊疆敵人常為患，如今到了秋風吹來涼意的時節。一生意氣昂揚，發誓要以這把弓箭立下不朽功業。

簡析 這首用古樂府詩題，歌詠邊塞將士昂揚意氣，相對於邊地的描繪，詩人更集中於志士壯懷的剖白。第一首從戍邊緣由說起，外族強盛成為國家大患，豪傑之士為保家衛國，誓飲敵虜之血，寶刀錚錚而響，一句「定是酬恩日，今朝覺命輕」，拚一己之命報效君恩，深有拋頭顱、灑熱血的氣概；第二首點明邊敵經常騷擾，又臨秋高馬肥時節，可以想像緊張氣氛，危機一觸即發，一句「箭底覓封侯」，既有自許之意，更有以武藝立下功業的期待。詩人以質樸文字、爽朗氣魄，揭示壯士豪情，千載之下，仍然凜凜生風。

王建

王建（七六六？—八三二？）字仲初，穎川（今河南許昌）人。擅長樂府詩歌，與張籍齊名。《全唐詩》存詩六卷。

◇看棋　王建

彼此抽先①局勢平，傍人道死的②還生。
兩邊對坐無言語，盡日時聞下子聲。

注釋　①抽先：輪流先落子。②的：讀音迪。究竟。

大意　雙方輪流先落子，棋局看來勢均力敵，圍觀的人認為已是死棋，最後竟然起死回生。彼此絞盡腦汁對坐無言，一整天只聽到落子的聲音。

簡析　詩人善於刻畫人情，將棋局描繪得活靈活現，下棋的兩方彼此廝殺，旁觀者也跟著入迷，各自揣想，各出奇招，以為已經必死的棋子，竟然最後死裡逃生。對弈雙方專注棋盤，絲毫不敢鬆懈，緊張的場面，詭譎的變化，棋如人生，當局者迷，在每一棋子落盤時牽動人心。全詩活潑傳神，讓人充分感受到對奕的緊張氣氛。

◆宮詞百首 ◎第九十首　王建

樹頭樹底覓殘紅，一片西飛一片東。

自是桃花貪結子，錯教人恨五更風。

大意　在桃花樹下看到落花片片，殘花被風吹得七零八落。原來是桃花樹急著結果，卻讓人錯怪以為是被一早的風給吹落。

簡析　這首詩為時人傳誦之作。詩人刻畫暮春時節深宮內苑宮女在桃花樹下遊賞，樹上花朵漸少而樹下滿地殘花，不免令人惆悵。「一片西飛一片東」一句，飄零殘花仍被風吹得離散，讓人怨嘆春風戲弄，桃花薄命，「覓殘紅」讓人自憐自傷。然而更深一層想，桃花是因為結實才落花，開花結果本屬正常，不應錯怪五更風，對桃花不免又由憐生妒，深宮中桃花猶能結子，宮女卻只能一生獨守空閨，相較之下人不如花。詩人句句寫桃花，卻點出宮女深深的愁怨，不由得讓人由愛生憐。桃花用來代表春光明媚，形容女子待嫁，乃是文學當中經常使用的手法，詩人轉化運用，用語清新，意象鮮明，成為訴說宮女幽思的佳作。

張籍

張籍（七六六？—八三〇？），字文昌，祖籍吳郡（今江蘇蘇州），後移居和州（今安徽和縣）。德宗貞元十五年（七九九）登進士第。歷任太常寺太祝、國子助教、國子博士、水部員外郎、主客郎中、國子司業等職，世稱「張水部」或「張司業」。家境貧困，眼疾嚴重，孟郊稱他為「窮瞎張太祝」。曾從學於韓愈，得其稱揚。當時朝野名士皆與之遊。其文學觀念與白居易近。《全唐詩》存詩六卷。

◈惜花　張籍

山中春已晚，處處見花稀。
明日來應盡，林間宿不歸。

大意　晚春山裡的花也都快謝了，到處都開得稀稀落落。明天來賞花恐怕已經謝光，只好留宿在山林間不回去了。

簡析　暮春時節百花凋零，就連山裡花開得遲，也都快掉光了，明天來看恐怕就連一朵都看不到，詩人惜春，因此決定留宿不回去，一睹最後的芳華。文學當中春日賞花的主題多矣，但寫到最後一刻的很少，詩人以簡單的筆觸，描繪山裡春日花盡的景色，也道盡不捨的心情，文字雖然淺白，但深情表露無遺。

◇與賈島閒遊　張籍

水北原南①草色新，雪消風暖不生塵。
城中車馬應無數，能解閒行有幾人？

注釋　①水北原南：疑指長安城外樂遊原與曲江池之間。

大意　樂遊原與曲江池之間一片春草新綠，冰雪消解春風漸起空氣無比清新。看著長安城中車馬喧囂，又有誰能夠領略我們閒遊的樂趣呢？

簡析　詩人與友人春日出遊，在殘雪消融的原野上，春風吹拂，一片綠草如茵，「不生塵」

代表空氣的清新，也可以想像空間的清朗，讓人心曠神怡，心胸開朗。至於在長安城裡乘車騎馬的人，熙來攘往無不奔逐於名利當中，自然無法領會我們兩人暢遊原上的心情，詩人「閒行」一詞，山北原南是「閒地」，雪消風暖是「閒時」，相對於長安奔逐之人，我們則是「閒人」，雖在塵世之中，卻滿足了遠離塵世的想像。都市輕旅行，閒行在春光迷人的風采中，成為詩人寄情所在，人生小確幸，就是偷得浮生半日閒。

◆秋思

張籍

洛陽城裡見秋風，欲作家書意萬重。
復恐匆匆說不盡，行人[1]臨發又開封。

注釋　①行人：此指帶書信的遠行者。

大意　洛陽城中吹起了秋風，這個時節讓人有滿滿的思念想向家裡的人訴說。只是一封家書實在是寫不完千萬重心意，臨了又開封檢查內容，看看有沒有要再補充。

簡析　詩人藉題起興，秋天思鄉想家是人情之常，也是文學常見的主題，第一句「洛陽城裡見秋風」，其實秋風不可見，用「見」使秋天形象更為具體，遊子鄉愁更為深重，秋風吹拂之下，草枯葉落，舉目蕭瑟之景猶如眼前，也影響心情，因此想寫家書寄予遠方的家人抒懷問安，只是如此複雜的情緒，實在難以言語表達，於是臨寄出前又再檢查一次，是否有言之未盡的地方。過往詩歌鋪排秋日景象的手法，歸於「見」之一字，而秋日愁思心情糾結的描寫，轉化為一瞬間的場景，千言萬語的叮囑，在「臨發又開封」的細微動作中宣露而出。全詩文字簡潔，情感細膩，意象凝練，既是想家的佳作，也是秋日愁思的名篇。

劉叉

劉叉（？—？）河朔（今河北一帶）人。與韓愈同時，詩風大膽、曠放，不為傳統格式所限，然有險怪晦澀之病。《全唐詩》存詩一卷。

◇偶書　劉叉

日出扶桑①一丈高，人間萬事細如毛。
野夫②怒見不平處，磨損胸中萬古刀。

注釋　①扶桑：神話中的神木，相傳日出於此。②野夫：草野之人，詩人自謂。

大意　每天太陽從東方高高升起，人世間就有多如牛毛的事情發生。鄉野之人每天看到這麼多的不平之事，氣到胸中的那把刀都磨損了。

簡析　這首詩文字粗豪，迥異於一般詩作。首先說「日出扶桑一丈高」，氣格已是不凡，而講到「人間萬事細如毛」卻又十分俚俗，兩個衝突矛盾的句子，形成粗獷不羈的風格。詩人以村野莽夫訴諸血性義氣，不假修飾，沒有虛偽，看到世間這麼多的不平事便拔刀相助，胸中那把刀早砍削損壞殆盡，以刀自況，成為俠客豪士深具形象的說明。詩人鬱結之心與無法宣洩的情感，用難以壓抑的剛烈之性，一吐人間正義，成為黑暗時代最強力的控訴，至今讀來仍然讓人血脈賁張。

◆姚秀才①愛予小劍因贈　劉叉

一條古時水②，向我手心流。
臨行瀉贈③君，勿薄④細碎仇。

注釋　①姚秀才：姚合。②古時水：比喻古代傳下的寶劍。③瀉贈：惠贈。④薄：迫近。

大意　一把閃耀光芒如流水的劍，流淌在我手中。如今相別，我將劍光如水的劍贈予君，可千萬要珍視它，不要因為細碎小事動用。

簡析　這首詩文字粗獷，比喻生動活潑，俠客贈劍，詩人贈詩，本詩兼有兩種心情。一把寒光如秋水的名劍握在手中，詩人用「一條古時水」來形容，既富有形象，也彷彿將古來使用這把劍的俠客豪傑的劍魂注入其中，手中所握用「流」來形容，含有人與劍合一，匯流串流的意義。如今轉贈又如同將此劍魂移交於君，用「瀉」一字，流水傾瀉而出，代表全然付託的心意，因此珍重叮嚀，再三囑咐，寶劍贈英雄，千萬不要因為細碎仇怨就動用這把劍，名器就該有不朽的功績。全詩生動活潑的比喻，劍光流淌，在贈予之間，人與人、人與劍也有了靈魂的交流。唐人寫俠客多矣，常是客觀描寫，然而詩人就是俠客行，所以錚錚鐵骨，豪氣干雲，全然表現於文字當中，展現無比的氣魄。

韓愈

韓愈（七六八—八一四），字退之，南陽（今河南南陽）人，先祖世居昌黎，故自稱昌黎韓愈，世稱韓昌黎。自小貧困，刻苦勵學，二十五歲進士及第，積極提倡古文運動，與柳宗元提出「文以載道」的口號，世以「韓柳」並稱；後人將他與宋代歐陽修等古文家合稱「唐宋八六家」。憲宗元和年間，因上表諫迎佛骨被貶；晚年任國子祭酒，卒於長安京兆尹任內，因謚文，世稱韓文公。韓愈詩文奇崛險怪風格與孟郊相近，詩壇有「韓孟」之稱。著有《韓昌黎全集》。《全唐詩》

存詩十卷。

◆青青水中蒲[1] ◎三首　韓愈

青青水中蒲，下有一雙魚。
君今上隴[2]去，我在與誰居？

青青水中蒲，長在水中居。
寄語浮萍草，相隨我不如[3]。

青青水中蒲，葉短不出水。
婦人不下堂，行子[4]在萬里。

注釋　①青青水中蒲：陳沆《詩比興箋》以此詩為韓愈寄妻盧氏而代其懷己之作。②隴：隴山，在今隴縣至甘肅平涼一帶。③不如：不能同浮萍一起相隨。④行子：遠行在外之人。

大意　水中青青的蒲草，水下有悠遊成雙的鯉魚。如今你要前往遙遠的隴州，家裡還有誰可以陪伴？

水中青青的蒲草，只能長在水中。想要傳話給浮萍，你可以相隨但我卻不行。

水中青青的蒲草，葉短出不了水面。婦人不好遠離廳堂，也就任著你相隔千里。

簡析　這組詩是詩人擬妻子盧氏口吻的懷己之作，運用民歌的手法，以質樸的文字、率真的語氣，一反原本奇崛的詩風，抒寫想念自己，不捨分離的心情。詩人以青青水中的蒲草起興，也用蒲草作為比喻，第一首詩描寫水中雙鯉魚，自由自在相伴而游，而我卻必須送夫君遠去隴州，分離在即，不禁質問丟下了我，家裡有誰可以相伴；第二首則是水中蒲草與水面的浮萍相比，蒲草根長在水裡，浮萍飄在水面，相較之下，浮萍反而可自由相隨，一抒無法陪伴的愁怨；第三首則是以蒲草出不了水面的短葉自況，女子無法跟隨，才會讓你遠隔千里，以女子的角度抒發棄我不顧的責難，讓人有無限想像的空間，然而貫串其中的是深切的想念。從雙鯉魚的意象、浮萍相隨至葉短不出水，從相互道別、無法跟隨，到相隔千里，心中思念隨著距離遠隔更加強烈，哀怨一層深過一層，最後戛然而止。

蒲草柔韌而堅強，代表女子堅貞自守，原是文學經常使用的象徵，蒲草生於水中有得其所哉的喻意，韓愈善於意象經營，才是巧心所在。詩人代替妻子寫思念，而想念的就是自己，就像鏡子一般，詩中也折射出自己對妻子想念的想像。文學遊戲之筆卻反映了一代文豪的家庭生活，因不得已而遠離，心中有著深深的掛念。

◆湘中　韓愈

猿愁魚踊水翻波，自古流傳是汨羅。
蘋藻滿盤無處奠，空聞漁父①扣舷歌。

注釋　①漁父：《楚辭．漁父》載漁父勸屈原退隱，而唱：「滄浪之水清兮，可以濯吾纓，滄浪之水濁兮，可以濯吾足。」

大意　猿猴愁啼，江魚騰躍，水波奔湧，此地相傳是屈原投水的汨羅江。江上到處長滿可供祭奠的青蘋水藻，卻尋不到可以祭祀的地方，只有漁父舷歌依然在江上迴盪。

簡析　詩人遭貶經過湖南，在江邊向屈原致敬，屈原作為忠心被謗的先賢，無疑是文人的典範，詩人藉此一吐心中愁怨。第一句「猿愁魚踊水翻波」以短促的句子營造奇崛的聲情，既是此地風景，也是內心無法平息的心情；「自古流傳是汨羅」點出詩旨所在，既巧妙說屈原的事蹟永流傳，也說此地是否屈原投江所在，其實並不確定，免去憑弔考據問題；「空聞漁父扣舷歌」則是取用〈漁父〉典故，遠遠聽到漁父的船歌，成為詩人唯一可以聯想的線索。自古以來忠心被謗的人多矣，遷客騷人寓居於此，也沒有不緬懷先賢遺風，從激動不平到悵然若失，最後在漁歌當中思索人生追求的價值，個人遭遇的悲憤與牢騷，似乎就在歷史緬懷時，在江水翻湧當中得到消解。

◆左遷①至藍關②示姪孫湘③

韓愈

一封朝奏九重天，夕貶潮陽路八千。
本爲聖明除弊政，敢將衰朽惜殘年？
雲橫秦嶺家何在？雪擁藍關馬不前！
知汝遠來應有意，好收吾骨瘴江④邊。

注釋 ①左遷：貶官。②藍關：在今陝西藍田縣東南，唐代是南行出關中的關塞。③湘：即韓湘，韓愈侄十二郎之子，長慶三年登進士第。④瘴江：泛指嶺南有瘴氣的江流。

大意 一封諫書早晨上奏皇帝，晚上就被貶到遙遠的潮陽。本想替國家除去弊政，不敢因衰老珍惜殘生而不言。雲彩橫於秦嶺之上已經看不到家，藍田關外厚積白雪讓馬停駐不前。知道你遠道而來應該是有用意，未來可以在嶺南瘴江邊收我的屍骨。

簡析 這是韓愈貶潮州路上所寫的詩，與〈諫迎佛骨表〉參看，相較於諍諫的急切，更能感受詩人憂民之心以及堅守理念的決心。首兩句以朝、夕時間之速，說明朝廷雷霆之怒；

以一與八千數字的懸殊對比，凸顯責難的不成比例。遇貶之難堪乃在意料之中，因此特別申明本於職分所在，為求國家清明，不能畏禍怕事，不能因循苟且，詩人敢言敢為，亢直的個性，雖老而無悔。然而一路行來雲橫秦嶺，浮雲遮眼，既看不到家，也看不清未來，藍關積雪連馬都畏懼前行，人又如何承受得起，前程迷茫與路途險惡，可看出上表付出了沉重的代價，於此得遇家人，成了交代後事的最後機會。整首詩以文為詩，將正義公理置於個人、家庭與君王之前，展現詩人悲壯的志節。日後道教八仙中韓湘子的故事流傳，也就有更多附會的神祕傳說，但是韓愈表彰儒家，排斥佛老立場，乃是無庸置疑之事。

◇春閨思

張仲素

張仲素

張仲素（七六九—八一九），字繪之，符籬（今安徽宿縣符籬集）人。德宗貞元十四年（七九八）登進士第。官至翰林承旨學士、遷中書舍人。曾受詔書為盧綸編遺集。《全唐詩》錄其詩一卷。

裊裊[1]城邊柳，青青陌上桑。
提籠忘採葉，昨夜夢漁陽[2]。

注釋 ①裊裊：搖曳不定的樣子。②漁陽：地名，今河北省，鄰近北京市。

大意 城邊柔軟搖曳的柳條，路邊青嫩翠綠的桑葉。提著竹籠卻忘了採桑葉，心中還在想著昨晚夢到漁陽的那個人。

簡析 這首詩是女子懷思之作，城邊柳條與陌上桑樹，村野的環境和美麗的春景如畫，然而採桑的女子，提籠卻忘了採葉，心不在焉的模樣，原來是心繫邊地從軍的情人。詩人善於描繪思婦心情，文字簡單，情感細膩，以民歌手法，將女子的心思刻畫得絲絲入扣，如果配合熟悉的白居易〈長恨歌〉：「漁陽鼙鼓動地來，驚破霓裳羽衣曲」，可以了解詩人想反映的真實情況，對於從軍遠行的人，漁陽是令人緊張的邊城，女子失魂落魄更具有時代感，對於家人的牽掛，自古以來皆然，女子善懷，成為動人的詩歌。

◇秋夜曲　張仲素

丁丁①漏②水夜何長，漫漫輕雲露月光。
秋逼暗蟲通夕響，征衣未寄莫飛霜③。

注釋　①丁丁：丁音箏。滴水聲。②漏：古計時器銅壺滴漏。③飛霜：冬季到來。

大意　長夜只聽到漏壺叮叮計時的水滴聲，天上輕雲露出迷濛的月光。秋風蕭颯逼著秋蟲一夜鳴叫，希望征衣寄出前千萬不要下霜。

簡析　這首詩屬於樂府歌辭，為婉轉含蓄的閨怨詩。丁丁為擬聲之詞，鐘漏水聲在深夜裡特別清晰，天空的雲間偶爾透出月光，迷離光華，深夜中秋蟲的聲音更增寂寥。「逼」之一字，可以感受到秋日漸涼的天候，也可以感受時間的推移，秋蟲「通夕響」更好像在催促女子竟夜趕製征衣，整夜的忙碌就希望戍守遠方的征人不要受凍。最後一句「征衣未寄莫飛霜」像在向天乞求可以再給她多一點的時間完成征衣，無限的想望，化為一針一線密縫的心意，文字當中暗藏著款款深情。

◇秋思 ◎二首

張仲素

碧窗斜日藹①深暉，愁聽寒螿②淚濕衣。
夢裡分明見關塞，不知何路向金微③？

秋天一夜靜無雲，斷續鴻聲④到曉聞。
欲寄征衣問消息，居延城⑤外又移軍。

注釋 ①藹：遮蔽。②寒螿：螿音江。秋冬之際的鳴蟲。③金微：山名，即新疆北部的阿爾泰山。④鴻聲：鴻雁鳴叫的聲音。⑤居延城：在今甘肅酒泉北。

大意　透著窗戶碧紗斜陽照進來迷濛的光線，聽著秋冬之際的蟲鳴讓人悲傷落淚。昨天夜裡分明夢到邊關所在，醒來卻不曉得哪一條路才能通往金微山。

秋天碧空無雲的寂靜夜裡，傳來斷斷續續的鴻雁聲音直到天明。我去打聽消息想寄征衣給遠方的丈夫，才知道駐防居延城的軍隊已經又移防。

簡析　詩人善於揣摩深閨婦女幽怨心情，這兩首是相同情境的組詩。第一首是從碧窗暈黃光線當中，聽著秋蟲鳴叫，寂寥悲愁，不覺落下淚來，想著昨夜夢中已經到邊塞與丈夫相會，醒來卻望不到去時的路，一夢一醒之間的落差，更增心裡的愁怨。第二首也是在秋天時節，深夜人不寐，斷續鴻聲裡獨守到天明，心中無比牽掛，然而欲寄征衣予丈夫，卻又移防不知去向，終究還是難以通上消息。

所選錄張仲素的詩都是婦女思君之作，背景都是爭戰之時，〈春閨思〉中女子的失魂落魄，〈秋夜曲〉中女子的想望，〈秋思〉二首終不得知的苦痛，各以不同情態展現女子款款深情，不僅委婉細膩，更記錄亂離時代的無奈。

劉禹錫

劉禹錫（七七二—八四二），字夢得，生於嘉興（今屬浙江），先祖是匈奴人。劉禹錫與柳宗元同榜登進士，又舉博學宏辭科，銳意仕途，頗受當朝器重。順宗即位，劉禹錫迭遭貶謫，十數年的民間生活，他吸取民歌養分，作竹枝詞、楊柳枝詞，詩樂融和，意味雋永，在當時有「詩豪」之稱。著有《劉夢得文集》三十卷。《全唐詩》編為十二卷。

◇秋風引①

劉禹錫

何處秋風至？蕭蕭送雁群。
朝來入庭樹，孤客最先聞。

注釋　①引：歌曲的一種。

大意　不曉得從那裡吹來的秋風，蕭颯送走了這群雁子。一早也吹動了庭中樹葉，客居旅人成為最早聽聞的人。

簡析 詩人迭遭貶官，抒發遷客騷人心情最為到位，全詩以秋風為主題，第一句「何處秋風至」，像在質問秋風來得沒有緣由，來得蕭索寂寥，四時推移了無痕跡，或許只有看著隨風南下的雁群，才能了解秋天真的到了，透過雁群可以觀察到無形的秋風，「送」之一字也使秋風似乎有了人性。相同地，秋風一早入於庭院，木葉蕭蕭，藉由擬人的手法，秋風悄悄卻又真實，於是從眼之所見，到耳之所聽，一「送」一「入」，更加確定秋天來了，然而是誰察覺到了秋風的消息？那就是起早趕晚，甚至耿耿不寐的遷客騷人了，所有的鋪排，就是要證明滿腹愁怨的孤客能夠察覺秋風到來，看到別人所不察的。全詩既像是詠物詩，卻在一次次的觀察當中，引領讀者探察時節的變化，一抒流落於外的幽怨。詩人言之含蓄曲折，引而未發，愁思婉轉，在秋風當中展露無遺。

◆浪淘沙 ◎九首其六　劉禹錫

日照澄洲①江霧開，淘金女伴滿江隈②。

美人首飾侯王印，盡是沙中浪底來。

注釋　①澄洲：清靜的沙洲。②江隈：江水曲折處。

大意　陽光照在江霧初開的長洲上，看到水邊擠滿成群的淘金女子。想想所有美女首飾以及王侯將相的官印，正是這群女子是從江中沙子淘洗得來。

簡析　「浪淘沙」原為唐教坊曲名，詩人取以創作〈浪淘沙〉組詩，九首皆有江河與沙，詩題也是主題。本詩歌詠淘金沙的女子，在詩組當中最為特殊。從「日照澄洲江霧開」點出時間地點，日照之下，江霧逐漸消散，沙洲在澄澈江水上顯得明亮閃耀，江流轉彎，沙石沉積，因此看到一群女子在水灣處結伴淘金。詩歌中女子浣紗、採蓮是很熟悉的場景，淘洗金沙卻是少見的題材，唐代婦女的活躍可以據此推想。詩人運用寫實手法鋪排勞動場景，如此辛苦的工作，竟是由這群女子完成，也不禁讚嘆，美人的首飾、王侯將相的官印，這些代表身分的金飾，人世間最為貴重的東西，就是出於眼前這群女子辛苦的成果。從江底的沙子，到人間富貴的象徵，產生極大反差，淘金女子的形象也就鮮明起來。

◇竹枝詞 ◎二首其一　劉禹錫

楊柳青青江水平，聞郎江上唱歌聲。
東邊日出西邊雨，道是無晴[1]卻有晴。

注釋　①晴：晴和情是諧音雙關語。

大意　雨後江水平靜，楊柳青翠搖曳，遠遠聽到江上情郎唱著悠揚的情歌。看著東邊陽光燦爛，西邊竟然還下著雨，想說今天不會天晴，竟然還有晴天。

簡析　劉禹錫創作〈竹枝詞〉有兩組，分別為二首與九首，本詩為二首一組詩中第一首。依據九首一組詩題引文說明，〈竹枝詞〉是詩人仿屈原作〈九歌〉的精神，採四川地方吹笛打鼓樂歌所完成的作品，既保有地方民歌活潑的特色，又有清新雅趣的文人特質。第一句以白描方式勾勒江水平靜，兩岸楊柳依依，春日有多變的天氣，也有少女懷春的氣氛，此時江面上聽到情郎的歌聲，春心蕩漾，看著天空一邊下著雨，另一邊卻已經是晴天，想著兩人若有似無的曖昧情愫，期待下雨之後的晴天，期待兩人感情有好的開始。詩人運用「晴」與「情」雙關語，將春天陰晴不定的天氣，少女忐忑不安的心情，剖露無遺，讀來既清新又感性，詩人採取民間樂曲，開發新的素材，擴大領域，突破框架，民歌成為汲取新文學元素的來源，有助於詩的深化與開拓。

◈楊柳枝詞 ◎九首其七

劉禹錫

御陌青門拂地垂，千條金縷[1]萬條絲。
如今綰[2]作同心結，將贈行人知不知？

注釋 ①縷：線。②綰：綰音晚。整。

大意 皇城東門路上楊柳輕拂，垂下千萬條金碧閃耀的柳葉。如今將柳條打出個同心結，打算贈給遠行的人，不曉得他會不會知曉我的心意。

簡析　唐代詩人從原本的樂府舊曲逐漸改為近體新曲，樂府詩的律化與入樂是唐詩發展的重要成就，郭茂倩《樂府詩集》中將〈楊柳枝詞〉列為近代曲辭。如果比較〈楊柳枝詞〉與〈竹枝詞〉，〈竹枝詞〉內容來自於地方，風土主題比較多樣，至於〈楊柳枝詞〉地點在宮廷京城，內容集中於歌詠楊柳，兩者稍有不同。

本詩以「折柳」為重點，折柳送別是古來習俗，詩人用新曲，也翻新意。首句從東門都城街道一路延伸而出，長路漫漫，垂柳拂地，就好像一路可以照拂行人一般；第二句「千條金縷萬條絲」用以形容柳條，千與萬是數量之多，縷與絲是形態之柔，女子千萬般柔情心思，亦復如此；第三句折柳送別之外，又將柳條打成同心結，小小舉動，更有寄語同心的作用，此番遠行一路平安，也要永不相忘；最後一句「將贈行人知不知」，持以相贈，不僅用以餞別，還有更一深層的愛意，就不知道接受的人能不能細心覺察，也有相同的心思？女兒家幽婉心情表露無遺。柔美形態的楊柳，千絲萬縷的祝福，以及含情脈脈的心情，構畫出送別樂章。全詩含情不盡，聲韻和諧，讓人讀完興味無窮。

◇元和十一年自朗州召至京戲贈看花諸君子

劉禹錫

紫陌①紅塵拂面來，無人不道看花回。

玄都觀②裡桃千樹，盡是劉郎③去後栽。

注釋 ①紫陌：京都郊野的道路。②玄都觀：隋開皇二年（五八二），自長安故城遷通化觀於此，改名玄都觀。③劉郎：劉禹錫自謂，又暗用後漢劉晨、阮肇入天台山見桃遇仙的傳說。

大意 京城郊外人潮洶湧，灰塵撲面而來，每一個人都說自己剛從玄都觀賞花回來。玄都觀裡有上千株的桃樹，都是在我貶謫離京後才栽種的。

簡析 這首詩為元和十一年（八一六）自朗州召回京師所作，十年貶謫於外，終於回到京城，充滿了人事已非的感慨。詩人藉由京城流行玄都觀賞花的活動，一抒心情，稱為「戲贈看花諸君子」，顯然還有與朋友的玩笑用意。第一句「紫陌紅塵拂面來」，紫色與紅色有著富貴的象徵，然而陌上熙來攘往，灰塵撲臉則又深有譏諷，玄都觀賞花成為京城的時尚活動，讓詩人充滿了好奇，最後一句「盡是劉郎去後栽」，表明桃樹是過往所無而如今新有的，新的景點、新的風尚，充滿新奇的眼光。劉郎一方面是詩人自稱，另一方面也暗用劉晨、阮肇入山迷路，遇到桃樹才得進仙鄉的典故，從仙境出來，已經是七世之後，再回到舊地，所見已是親舊零落，邑屋改異，不復相識。詩人巧用故事，寄託深深的感慨，對於京城賞花的熱潮，恐怕新奇的感覺多於譏諷的意思，可惜有心人聽來就有過多的聯想，以為譏諷朝政，於是又再度重貶播州（今貴州省遵義市），好友柳宗元上書求替，裴度也從中斡旋，才又改判連州（今廣東省清遠市），詩人命運多舛，由此可見。

◇再遊玄都觀

劉禹錫

百畝庭中半是苔，桃花淨盡菜花開。
種桃道士歸何處，前度劉郎今又來。

大意　玄都觀庭院中長滿了青苔，過往桃花盛開的場景已經不在，只剩下滿地的菜花。栽種桃樹的道士如今也不知道去處，倒是前次的劉郎如今又回來了。

簡析　這首詩寫於大和二年（八二八）三月，依據詩題引文說明，言「余貞元二十一年（八〇五）為屯田員外郎時，此觀未有花……旋又出牧，今十有四年，復為主客郎中，重遊玄都觀，蕩然無復一樹，唯兔葵、燕麥動搖於春風耳。因再題二十八字，以俟後遊。」交代頗為詳細，甚至過往緣由也一併敘及，因為道士植花造成人人爭睹的風潮，十餘年後舊地重遊，已經人事全非。詩人以冷靜的眼光，見證一切由無而有，又由有而無的變化，感慨更深矣。第一句先說明情況，原來庭中千餘株桃樹，如今竟然只有青苔，乏人整理的庭院如今雜草叢生，從「桃花」到「菜花」實在是極為強大的對比，樹猶如此，人也一樣，原來的道士不知道那裡去了，至於上次覺得好笑的劉郎，如今又再度重遊。這首詩是對過往榮景的反省，所以採取對比手法，揭示了時間推移之下滄海桑田的變化，而看盡世態的智慧，則是本詩雋永有味值得細細咀嚼的地方。

◈與歌者米嘉榮①

劉禹錫

唱得涼州②意外聲③，舊人唯數米嘉榮。
近來時世輕先輩④，好染髭鬚事後生。

注釋 ①米嘉榮：西域米國人，中唐著名歌唱家。②涼州：玄宗天寶時樂曲，皆以邊地命名，如涼州、伊州、甘州之類。③意外聲：音調奇特的曲子。④先輩：前輩。

大意 能夠將涼州曲調唱得如此動人，所認識的人當中就以米嘉榮最為傑出。可惜最近大家都不喜歡年長的歌者，使得前輩只能染黑鬍髮來討好年輕的觀眾。

簡析 《全唐詩》於下錄一作「一別嘉榮三十載，忽聞舊曲尚依然。如今世俗輕前輩，好染髭鬚事少年。」米嘉榮是著名的歌者，尤其善長涼州曲調，成為宮廷樂師，也與詩人相友好，三十年後再相見，熟悉的曲調，歌藝依然動人，但尊榮卻早已不在。第一句「唱得涼州意外聲」，用意外來形容超凡絕倫，細數過往認識的舊友，米嘉榮是首屈一指的大家，既是對於過往的回憶，又有深致讚嘆的感動，身懷絕技的歌手，理應受到所有人的尊崇，卻在「輕前輩」的風氣下，空有一身的歌藝，無法發揮，最後一句「好染髭鬚事後生」，只能屈身相就，裝年輕來取悅觀眾，名家淪落至此讓人不勝唏噓，其中的無奈與荒謬，讓人生發無限的同情。

◇石頭城①

劉禹錫

山圍故國②周遭③在，潮打空城寂寞回。
淮水④東邊舊時月，夜深還過女牆⑤來。

注釋 ①石頭城：故址在今南京市西石頭山後。這裡曾是戰國時代楚國的金陵城，三國時吳大帝孫權改名為石頭城，以貯財寶兵器。經六朝豪奢，至唐初廢棄，已成為一座空城。②故國：舊時都城。③周遭：四周。④淮水：秦淮河。⑤女牆：城牆上的矮牆。

大意　群山依舊圍繞廢棄的古城，這座寂寞空城被潮水一波一波拍打。淮水東邊的明月日日升起，於夜深時分，越過城牆照耀著過往無比繁華的地方。

簡析　這首詩為〈金陵五題〉的第一首，白居易曾讚賞不已，認為「潮打空城寂寞回」是後人難以企及的佳句。其實詩人並未親臨金陵，純就過往懷想而完成〈金陵五題〉這組詩。本詩首句從形勢說起，金陵有群山環繞的地理環境，石頭城這座歷史古城見證時代的興衰變化，潮水一波波拍打著古城，說明自然的日侵月蝕，也隱喻歷史風潮如波湧而來，江山如舊，石頭城卻已經荒蕪，讓人無限悲涼。然而人世變化的無情，卻仍有充滿感情的月亮，在秦淮河畔夜夜升起，月光沿著城牆，爬過城牆上的矮牆，照臨到城裡，不管繁華與荒蕪，始終撫慰這座古城。全詩以群山、江潮、淮水、月色鋪排石頭城的位置與形態，形塑蒼茫荒涼的古城意象，「回」與「來」兩字，潮水的無情，明月的有情，極富張力，讓人充滿想像。詩人善於描繪時空的變化，以周遭景物營造悲涼氣氛，讓人興發思古之幽情，這首詩也成為後世追繼仿效的名篇，樹立金陵文學不朽的豐碑。

◇臺城①

劉禹錫

臺城六代競豪華，結綺臨春②事最奢。
萬户千門成野草，只緣一曲〈後庭花〉③。

注釋 ①臺城：故址在今南京市玄武湖側。②結綺、臨春：陳後主在光昭殿前起臨春、結綺、望仙三閣，高數十丈，極盡奢華。③後庭花：即〈玉樹後庭花〉，屬吳聲歌曲，陳後主作此新歌，令後宮美人習唱。其辭曰：「玉樹後庭花，花開不復久。」

大意 在六朝時期，臺城一朝比一朝富麗堂皇，而陳後主的結綺、臨春閣應該是其中最為豪華的。然而只因為陳後主一曲〈玉樹後庭花〉，千門萬戶最終成為荒草一片。

簡析 這首詩為〈金陵五題〉中第三首，是這組詩中最激昂之作。金陵所代表的六朝金粉，繁華如夢，然而轉眼成空，讓人產生興亡感慨。「臺城六代競豪華」，揭露六朝華麗奢靡風氣，紙醉金迷，一代勝過一代，臺城愈來愈富麗堂皇，最後以陳後主所起臨春、結綺、望仙三樓閣為瑰奇珍麗的代表。而就在享受奢華之後，迎來的是滅國的慘禍，一句「萬戶千門成野草」，所有的縱情聲色，所有的華靡綺麗，一夕破滅。陳後主〈玉樹後庭花〉中一句「花開不復久」，就像一句讖語，盛極而衰，美麗終將凋零，陳後主的縱情逸樂，毀家敗國，〈後庭花〉成為亡國之音的代表，詩人以委婉的方式，提醒淫佚敗德的歷史教訓，更多了繁華落盡、不勝悲涼的感慨。

◆贈李司空[①]妓

劉禹錫

高髻雲鬟宮樣妝，春風一曲杜韋娘[②]。
司空見慣渾閒事，斷盡蘇州刺史[③]腸。

注釋 ①李司空：李紳，時官司空。②杜韋娘：原為唐一歌伎，後以其名作曲調名。此泛指歌女所唱的曲調。③蘇州刺史：詩人自指。

大意　梳著宮中高髻、留著鬢髮的妝樣，唱著如春風一般的〈杜韋娘曲〉，李司空看慣了一切渾然沒有感覺，卻讓我這個蘇州刺史哭斷了腸。

簡析　這首詩為「司空見慣」典故的來源，孟棨《本事詩‧情感》記載這件事：劉禹錫回京任職，李紳慕名邀宴，在席間請名伎歌以相送，詩人寫下這首詩，李紳於是以妓相贈，成為一段文壇佳話。詩人久貶在外，如今終於回來京城，不免有諸多的感懷。第一句「高髻雲鬟宮樣妝」，從妝扮說起，再介紹歌曲「春風一曲杜韋娘」，這些都透露著宮廷式樣，對於久居朝廷的主人而言，這是再自然不過的事情，當然毫無感覺，但對於詩人而言，卻是久違的感受，歡樂當中不覺悲從中來。

白居易

白居易（七七二—八四六），字樂天，號香山居士，下邽（今陝西渭南）人。貞元年間進士，曾任校書郎、左拾遺、贊善大夫等職，後因得罪權貴，貶江州司馬。後歷任杭州、蘇州刺史，並任太子少傅，分司東都，死後葬於洛陽香山。白居易詩文平易近人，是新樂府運動的倡導者。他晚年寄情詩酒，號醉吟先生。初與元稹相酬詠，號稱「元白」；又與劉禹錫唱和，人稱「劉白」。《全唐詩》存詩三十九卷，為唐人存詩最多者。

◆村居苦寒

白居易

八年[1]十二月，五日雪紛紛。
竹柏皆凍死，況彼無衣民！
回觀村閭間，十室八九貧。
北風利如劍，布絮不蔽身。
唯燒蒿棘火[2]，愁坐夜待晨。
乃知大寒歲，農者尤苦辛。
顧我當此日，草堂深掩門。
褐[3]裘覆絁[4]被，坐臥有餘溫。
倖免飢凍苦，又無壠畝[5]勤。

念彼深可愧，自問是何人？

注釋 ①八年：指唐憲宗元和八年（八一三）。②蒿棘火：以草木燒火。③褐：讀音河。粗布衣服。④絁：讀音施。粗綢。⑤畝：田畝。

大意 元和八年十二月，連續五天大雪紛飛。竹子柏樹都被凍死，更何況衣服匱乏的農民。看著村裡許多人家，十之八九都是貧苦窮困。北風吹來如同利劍，衣服單薄無法蔽寒，只能點著蒿草取暖，整夜愁待天明。我才知道在大寒時節，農人更加痛苦辛酸。反省我自己這時候只是緊閉草堂門窗，穿著衣裘蓋著棉被，不管坐臥都有餘溫。僥倖不用受飢寒之苦，又不必躬耕於田畝，想到這裡真是令人慚愧，自己實在沒有資格享受這些。

簡析 這首詩文字淺白，平易近人，然而民胞物與的情懷，使得文字充滿感人力量。白居易提倡新樂府運動，「文章合為時而著，歌詩合為事而作」，文學要有社會的功能，其精神正是對百姓的關心。整首詩分成兩部分，前半部寫大雪紛飛的日子，農民飢餒受凍，忍受不能成眠的痛苦；後半部則是對自己不用耕稼就可以在草堂中享受溫暖，深深感到慚愧，最後一句「自問是何人？」更可見詩人的坦白真誠。唐代中期以後，內憂外患不斷，盛世榮景不再，又加上天災人禍，百姓生活雪上加霜，從「十室八九貧」可以了解其中慘況，「愁坐夜待晨」更將冷到難以成眠刻畫入微。本詩如同一場天災的即時報導，充滿現場感，然而在困境當中，詩人不僅自我剖白，更自我批判，覺得自己付出的太少。全詩藉由落差的對比，真切地反省，寫實當中透露著對農人溫暖的關懷。

◆早秋獨夜

白居易

井梧涼葉動，鄰杵①秋聲發。
獨向檐下眠，覺來半床月。

注釋 ①鄰杵：鄰近的搗衣聲。

大意　秋風吹動庭中的梧桐樹葉，鄰居也開始拿出衣杵搗衣。獨自在屋簷下休息，沒想到一覺醒來已經半夜。

簡析　敏銳觀察初秋時節細微的變化，「井梧涼葉動」直指秋風漸起，吹動梧桐葉，「涼」之一字點出開始秋涼的感覺，這是從觸覺引發視覺的感受，「鄰杵秋聲發」則是藉家家戶戶入秋換季，寫出搗衣的習俗，秋聲即是聽覺所獲得總體的感受。經過溽暑的煎熬，迎來秋涼，在屋簷下乘涼竟悠然入睡，感受到詩人生活的愜意，而一覺醒來竟然已經是半夜，「覺來半床月」將秋月通透明亮，光線融化於床上的意象表露無遺，詩人睡在月光當中，是多美的畫面。詩人以靜物寫生的筆法，刻畫早秋的感覺，也帶給讀者無比的愜意與清涼。

◆夜雨

白居易

早蛩①啼復歇，殘燈滅又明。
隔窗知夜雨，芭蕉先有聲。

注釋　①蛩：蛩音瓊。指吟蛩，就是蟋蟀。

大意　早先蟋蟀叫聲時斷時續，一盞油燈被吹得明滅不定。雖然隔著窗也知道外面下雨了，因為芭蕉葉上已經傳出雨滴聲音。

簡析　詩人用白描的手法將一場夜雨刻畫入微，所謂平易近人，即來自於對平常細節的掌握。詩人在窗邊察覺到天氣的變化，用「早」、「先」來說明觀察的重點，下雨前的一剎那，蟋蟀叫得激昂，氣壓變化使風吹得油燈明滅不定，芭蕉如扇的葉面傳來雨滴的聲音，詩人雖然在屋裡，但夜雨的到來在預料之中。芭蕉原是庭院習見的植物，詩人援以入詩，在營造的氣氛當中，變成雨夜存在的證明，因為夜雨芭蕉太生動傳神了，也成為後世歌詠常見的文學主題。整首詩對仗工整，聲韻和諧，具有理趣，雨聲當中，讓人也感受到深夜靜謐的美感以及觀物的趣味。

◇花非花　白居易

花非花，霧非霧。夜半來，天明去。
來如春夢幾多時？去似朝雲無覓處。

大意　花不是花，霧不是霧。半夜時到來，天明時離去。來的時候好像短暫的春夢，去的時候又像是清晨朝霞無處尋覓。

簡析　這首詩為雜言古詩，對仗工整，句勢錯綜，極富音韻美感。詩人風格直白樸實，但是這首詩卻是寫得極為迷離，所言近乎無對象、無事件，純然鋪排美麗的虛幻與短暫，讓人如墜五里迷霧之中，然而細加咀嚼，又覺得洞悉人生夢幻不定的道理，充滿哲思。破題以「花」與「霧」來比喻，花的美麗易凋，霧的迷離易散，兩者同樣短暫不定，所以詩人用「夜半來，天明去」來說明時間的不定，甚至在人未察覺的時候就已消失不見，讓人充滿遺憾。詩人又用「春夢」、「朝雲」來比喻，春夢美麗而易醒，朝雲日出而消散，同樣也是如此短暫，層層的比喻也就有了更多的聯想，然而詩人採取《老子》正言若反的方式，「花非花」、「霧非霧」，以否定的敘述使詩旨有更大的想像空間，每一個比喻帶入更具美感的意象，更為短暫的遺憾，而人生所遇不皆是如此，榮華短暫，青春易逝，一切如夢幻泡影，詩人以樸實的文字說出洞達人生的智慧，成為不朽的詩篇。

◇浦中夜泊

白居易

暗上江堤還獨立，水風霜氣夜棱棱①。
回看深浦停舟處，蘆荻花中一點燈。

注釋 ①棱棱：棱音鈴。嚴寒的樣子。

大意 深夜獨自走上江堤，凜冽江風吹來讓人無比寒冷。回頭看著水邊停船地方，蘆花叢中還點著一盞燈。

簡析　這首詩寫出行旅在外的心情。江邊泊船，深夜獨自沿著河堤行走，「棱棱」展現透骨寒氣的感覺。可以想像秋夜風寒，四周一片漆黑令人畏懼害怕，不曉得未來如何，然而一回首，在蘆荻花叢停船的地方，還有一盞微微的燈光，在夜色中指引著回去的道路，心中也有了一絲絲的溫暖，命意與蘇軾〈定風波〉：「回首向來蕭瑟處，歸去，也無風雨也無晴」有異曲同工之妙。人生總有失落之時，惴惴不安，甚至覺得天地悠悠無容身之處，然而驀然回首，總有一盞燈火在等著，是深夜家人留的一盞燈，還是內心中靈明的初衷，都讓人不再孤單。全詩烘托氣氛十分成功，深夜江行，回首而望，也極具藝術手法，而最讓人欣賞的是詩人溫暖堅定的信念，讓人充滿力量。

◇南浦別　白居易

南浦淒淒別，西風嫋嫋①秋。
一看腸一斷，好去莫回頭。

注釋　①嫋嫋：嫋音鳥。搖曳繚繞。

大意　在南浦江邊傷心送別，正好是秋風蕭瑟的時節。每次回頭都再次觸動不捨的心，不妨就這麼好好離去不要再回頭了。

簡析　這首小詩文字清淺明白，情感幽婉動人。秋天南浦邊上的送別，「淒淒」用來形容離別的情感，「嫋嫋」用來形容輕柔的秋風，剪不斷，理還亂的離情別緒讓人心碎，「一看腸一斷」寫得直白又清楚，因不捨而回首，但每一次回首卻又讓人更加不捨，詩人用「一看」連接「一斷」，肝腸寸斷如此具體清晰。然而即使不捨分別，最後一句「好去莫回頭」，詩人竟是勸君好好離開，不要再回頭，從不忍分別到不忍心朋友痛苦，詩人壓抑情感，溫厚而體貼的心，由清淺轉為深沉，使送別小詩的情感逐漸加厚，因此也更加動人。

◆紫薇花

白居易

絲綸①閣下文書靜，鐘鼓樓中刻漏長。
獨坐黃昏誰是伴？紫薇花對紫微郎②。

注釋　①絲綸：帝王的詔敕。絲綸閣指中書省。②紫薇花對紫微郎：玄宗開元年間改中書省為紫微省。白居易於元和長慶間以知制誥入值中書，故稱紫微郎。

大意　在中書省值班沒有什麼文書要處理，聽著鐘鼓樓上刻漏的滴水聲，感覺時間好漫長。直到黃昏還是獨自坐在臺閣裡沒有人相伴，只有庭院的紫薇花對著我這個紫微郎。

簡析　白居易於元和十五年（八二〇）冬任主客郎中，知制誥，中書省值班可以參贊國事，是仕途中人夢寐以求之事，只是當值時也會寂寞無聊，詩人以寫實的手法記錄工作的心情。絲綸閣、鐘鼓樓指出宮中值班的位置，「文書靜」與「刻漏長」，「靜」既可以說明工作少，也可以說明環境寂靜無聲，相對於刻漏聲，就顯得水滴聲音特別大。詩人用「長」來形容時間違反了常識，因為刻漏是固定的，顯然有意用聲音的對比，表達心裡的感受。等待是如此難熬，直到黃昏都是獨坐臺閣裡沒有人相伴，閒來無事，便看著庭中紫薇花發呆，詩人運用了以紫微省稱中書省的說法，庭中的紫薇花與臺閣中的紫微郎，產生對語的趣味，使得無聊的當值有著人花相映的想像。全詩以寫實手法巧妙刻畫心理感受，等待的過程中，既無埋怨也不張揚，文字清淺，嚴守當值應有的分寸，乃是紀實佳作。

◇夜箏　白居易

紫袖紅絃①明月中，自彈自感暗低容②。

絃凝指咽聲停處，別有深情一萬重。

注釋　①紅絃：箏絃以熟絲製成，其色紅，故稱紅絃。②低容：低面、低眉。

大意　月光下紫色衣袖在紅色琴絃上撥動，低頭自彈心曲讓人有無限感懷。琴聲如泣如訴，卻隨著柔指突然停頓，留下讓人千迴百轉的無限深情。

簡析　這首詩是描寫樂妓夜晚彈箏情形，先寫月下女子彈奏古箏感懷遭遇，後則描繪古箏凝絃嗚咽之際，感動聽者，詩人用語精鍊，含情不盡，讓人有無限的懷想。白居易的〈琵琶行〉是千古傳唱名篇，雖然琵琶與箏不同，但巧妙濃縮其中元素，使這兩篇作品構思方式極為相近，「紫袖紅絃明月中」，是在「紫」與「紅」顏色搭配當中，鋪排月光下彈箏的畫面，相較於〈琵琶行〉中「醉不成歡慘將別，別時茫茫江浸月。忽聞水上琵琶聲，主人忘歸客不發。」從事件轉化為美感細節的營造，「自彈自感暗低容」則是描繪彈奏形態，一如〈琵琶行〉中「絃絃掩抑聲聲思，似訴平生不得意。低眉信手續續彈，說盡心中無限事。」在低眉彈奏之間，音樂與心曲融合而為一。而第三、四句則是鋪排音樂旋律進行，達到情感宣洩之極致，一如〈琵琶行〉中「水泉冷澀絃凝絕，凝絕不通聲暫歇。別有幽愁暗恨生，此時無聲勝有聲。」描繪音樂深化為感動人心的力量，聲音戛然而止，一如畫面的留白，留給人無限想像的空間，將千語萬語濃縮在「一萬重」當中。詩人靈活轉變寫作策略，不管在樂府敘事當中鋪排情節，或是絕句當中形塑意象，皆能游刃有餘。

◇採蓮曲　白居易

菱葉縈①波荷颭②風。荷花深處小船通。
逢郎欲語低頭笑，碧玉搔頭③落水中。

注釋　①縈：纏繞。②颭：颭音展。風吹物動貌。③搔頭：髮簪。

大意　菱葉在水面飄蕩，荷葉在風中搖曳，遠方荷花深處有小船划過。採蓮姑娘遇到心儀的對象不自覺害羞低頭微笑，頭上的碧玉簪一不小心竟然落入水中。

簡析

〈採蓮曲〉為樂府舊題，內容多描寫江南採蓮女子，唐代有很多這題材的作品，本詩不僅保留江南民歌活潑的趣味，更引入生動靈活的細節，表現女子嬌羞可人的形象。「菱葉縈波荷颭風」構畫江南荷田景像，「縈」與「颭」更像是菱葉晃動了水面，荷葉吹動了風，巧妙的用辭，使江南水色在菱葉與荷葉中充滿了生機。「荷花深處小船通」鋪排採蓮工作的情況，以及荷田深處的男男女女，「通」之一字暗示了水面交通方便與自由往來。在活潑的氣氛當中，詩人將畫面定格在嬌羞女子的反應，女子遇到情郎靦腆羞澀的模樣，成為荷花田中最美的風景，害羞低頭之際，頭上的碧玉簪竟然就掉入水中，嬌羞神態活靈活現。詩人捕捉江南水色，在一片荷葉搖曳中，含羞帶怯的姑娘宛如在眼前，更增江南旖旎風情，本詩在唐代江南採蓮主題作品中是不遑多讓的佳作。

◆宿滎陽①

白居易

生長在滎陽，少小辭鄉曲。
迢迢②四十載，復向滎陽宿。
去時十一二，今年五十六。
追思兒戲時，宛然③猶在目。
舊居失處所，故里無宗族。
豈唯變市朝④，兼亦遷陵谷⑤。
獨有溱洧⑥水，無情依舊綠。

注釋 ①滎陽：舊縣名，在今河南省。②迢迢：遙遠悠長的樣子。③宛然：猶然。④市朝：人口聚集的場所。⑤陵谷：山嶺與深谷。⑥溱洧：洧音尾。溱水與洧河，皆發源於河南。

大意　滎陽是我成長的地方，自小離家已經過了漫漫四十年，如今又回到滎陽寄宿。當年離開不過十一、十二歲，如今已經五十六歲了。回想兒時情景彷彿還在眼前，然而舊家已經不在，故里也沒有親戚。時間變化豈只是市集朝堂而已，恐怕連山川陵谷也會改變。就只有無情的溱水、洧水，依然在這裡青綠地流淌。

簡析　對文人而言，追逐功名、出仕歷練，離鄉背井是多數人的宿命，因此常有貶謫懷鄉的作品，「鄉」其實還有「國」的意味存在，期待早日回到中央。然而白居易於人生半百後重回家鄉，寫下的感懷平實流暢，直白如話。此次返鄉其實也僅是路過投宿而已，回想過往，兒時點點滴滴還歷歷在目，現在舊家已經不在，親戚也都搬離了，人世變化如此之大，好像只有溱水、洧水綠水常流，依然沒變。詩人正話反說，對於變為常態，不變反而奇怪，因此責怪起溱水、洧水「無情依舊綠」，面對流水更能感受到時間的流逝，一生的歷練與心情，使得這首詩蒼涼又有無限的深情。

◇宴散　白居易

小宴追涼①散，平橋步月回。
笙歌歸院落，燈火下樓臺。
殘暑蟬催盡，新秋雁戴來。
將何還睡興？臨臥舉殘杯。

注釋　①追涼：乘涼。

大意　歡宴隨著夜涼散會，我從平橋踏著月色回去。院落裡笙歌已停，樓臺上燈火已滅。暑氣漸消，秋天隨著大雁南飛到來。還可以做什麼來助眠呢？就把還未飲盡的酒喝完吧。

簡析　這是白居易晚年在洛陽生活的縮影，全詩充滿自足自適的心情。詩人少時勤奮努力以求揚名，青年時懷抱天下之志，迭經困頓，直到晚年謀求東都閒職，半隱之後，以酒佐詩，反映的是人生洞達的智慧。本詩以宴散為題，自在歡愉的宴會隨著天涼而散，倘佯在月光中更顯自適。詩人以「笙歌」、「燈火」來說明歡宴散去，各歸其位。蟬聲中，鴻雁南下，「催盡」與「戴來」讓夏秋之交，時序流轉具體而自然。最後「將何還睡興？臨臥舉殘杯」，宴散人去後似乎還留有歡樂的餘溫，就以殘酒助眠。詩人不以熱鬧宴會，歡樂笙歌為描寫重點，反而細細領略宴散之後的餘韻，或許人就該留一點時間給自己，品味閒適當中人生的滋味。

李紳

李紳（七七二—八四六）字公垂。潤州無錫（今江蘇無錫）人。武宗會昌二年（八四二）同平章事。為中唐新樂府運動倡導者。《全唐詩》存詩四卷。

◇憫農◎二首　李紳

春種一粒粟，秋收萬顆子。
四海無閒田，農夫猶餓死。
鋤禾日當午，汗滴禾下土。
誰知盤中飧，粒粒皆辛苦。

大意　只要在春天種下了一顆種子，秋天就會有滿滿莊稼的收成。然而儘管天下沒有荒廢的土地，卻還是有農民餓死。

中午大太陽底下，農夫仍在田裡耕種，汗水滴到種著莊稼的土地上。有誰知道碗裡的飯，每一粒都得來這麼辛苦。

簡析　「誰知盤中飧，粒粒皆辛苦」是大家耳熟能詳的詩句，珍惜食物的傳統，也成為生活中的美德，詩歌影響社會由此可見。第一首從春種到秋收，數量的變化對比懸殊，說明只要依時節進行，農作就會有很大的收益，其實就是《孟子．梁惠王上》：「不違農時，穀不可勝食也」的道理。然而話鋒一轉，每塊土地都充分利用了，農夫種糧食卻沒有飯吃，何其諷刺，詩人留下讓人深刻反省的問題。第二首詩描寫耕種的辛苦，種田是靠天吃飯，但農人在太陽底下揮汗工作，每一滴汗水都灌注到田裡的莊稼，每一顆米飯都是無數汗水與辛勞所獲得的成果，所以一碗飯中的辛苦實在是難以計算。這兩首詩一是批判社會制度，二是呼籲珍惜食物，而歸結對農人的同情，文字質樸，情真意切，成為傳誦不朽的名篇。

柳宗元

柳宗元（七七三—八一九），字子厚，河東解縣人（今屬山西）。他與韓愈倡導古文運動，並稱韓柳。柳宗元文章風格雄健似司馬遷，詩句淡雅而味深長。柳宗元二十一歲登博學宏辭科，夙有才名，後被貶為永州司馬，死於柳州刺史任內。好友劉禹錫將他的遺稿編為四十五卷，題為《柳先生文集》。《全唐詩》存詩四卷。

◆夏晝偶作　柳宗元

南州①溽暑醉如酒，隱几②熟眠開北牖③。
日午獨覺無餘聲，山童隔竹敲茶臼④。

注釋　①南州：指永州。②隱几：倚靠几案。③牖：牖音有。窗戶。④茶臼：搗茶用石臼。

大意　永州溽暑讓人如同酒醉一般，只能推開北窗靠著几案午休。中午一覺醒來周遭一片寂靜，只遠遠聽到山童隔著竹林敲著茶臼製新茶。

簡析　柳宗元是古文八大家，永貞革新失敗後，貶於永州，撰成〈永州八記〉山水記遊，心景冥合，成為傳世名篇，以現代說法，詩人以其才情使永州成為文學重要地景。這首詩則是以小品手法，鋪排日常生活的片斷，困頓當中有著心遠而偏的清涼領會。第一句以「醉如酒」的燥熱來形容「南州溽暑」的感覺，南方盛夏溼熱，打開北窗希望迎來一點點涼風，隱几而臥不覺熟眠，直到下午才醒來，四周寂然無聲，暑熱下所有的活動停止，唯一的聲響是隔著竹林的山童正在製茶，茶的清新似乎也帶出清涼境界的聯想。以聲響來襯托靜早有成例，王維〈鳥鳴澗〉：「月出驚山鳥，時鳴春澗中。」鳥鳴使得山澗更為幽靜，相同道理，詩人在茶臼聲響當中，也構畫了一幅心靈的清涼世界。

◇柳州二月榕葉落盡偶題

柳宗元

宦情羈思[1]共悽悽，春半如秋意轉迷。
山城過雨百花盡，榕葉滿庭鶯亂啼。

注釋 ①羈思：寄居他鄉的心緒。

大意 仕途不如意又客居他鄉，悽迷的心情使得春天二月也像秋天一般。山城一陣大雨之後，百花凋零，榕樹葉子掉落滿地，黃鶯在枝上亂啼。

簡析　這是柳宗元貶謫柳州時的詩作，少了永州時期的豁達，官場的失落以及客居他鄉的心情，持續打擊詩人。「宦情羈思共悽悽」剖析自己紛雜的情緒，貶謫原就混雜不甘與流落他鄉的疏離感，兩者交雜而生，使得心緒更為紛亂。陽春二月應該百花綻放，詩人卻覺得像秋天一般蕭索。意緒紛亂的錯覺，在山城遇雨後，不僅百花凋零，甚至連榕樹葉子也掉落滿地，庭院一片狼藉，就連耳之所聽，也是樹上黃鶯亂啼。榕樹是唐詩中少見的植物，在南國之境成為詩人題詠的對象，增添異鄉的意趣。全詩以寫實手法，將心緒融於景物當中，詩人一生的坎坷與不平，在此全然呈現。

◇別舍弟宗一

柳宗元

零落[1]殘魂倍黯然，雙垂別淚越江[2]邊。
一身去國[3]六千里，萬死投荒十二年。
桂嶺[4]瘴來雲似墨，洞庭春盡水如天。

欲知此後相思夢，長在荊門⑤郢⑥樹煙。

注釋 ①零落：花葉凋零飄落，此處用以自比遭貶漂泊。②越江：柳州乃百越地，指柳州江邊。③去國：離開國都長安。④桂嶺：金廣西賀縣，泛指柳州山嶺。⑤荊門：縣名，在今湖北省中部。⑥郢：郢音影。古地名，在今湖北省。

大意 一生飄零，親舊離散，深覺人生黯然無望，如今又在江邊垂淚遠送兄弟離開。此次被貶到六千里外，十二年來歷經了九死一生的艱辛。桂嶺這裡瘴氣來時雲色有如黑墨一般，洞庭晚春時節水勢浩大無邊。此後要相見恐怕只能在夢裡，我會如一縷輕煙長留荊門、郢都相尋。

簡析 這首詩寫於元和十一年（八一六），柳宗元再貶柳州時送別堂弟柳宗一的作品。詩人面對親人接連去世，諸多不幸的遭遇，此番送別更加依依不捨。第一聯寫出目前的難堪，一生飄泊讓人倍覺孤單，如今江邊淚眼相別，十餘年的磨難不覺湧上心頭；第二聯六千里的路程、十二年的困頓，概括了永州、柳州的貶謫，「萬死」的危險和「投荒」的艱困，讓人對於人生了無希望；第三聯分述兩邊情況，柳州這邊瘴厲之氣來時猶如烏雲密布，而你所經洞庭湖在春夏之交水面則是浩瀚無邊，不管去留都十分地辛苦；最後一聯「欲知此後相思夢，長在荊門郢樹煙」，相見無期，只能以夢裡相見來安慰彼此。全詩抑鬱嗚咽，充滿愁緒，看不到平反的機會，也看不到生歸故里的希望，詩人懷抱政治熱情，卻換來一生的不幸以及家族的困頓，「相思夢」、「郢樹煙」亦即夢魂所在，情繫於你，詩人真情感人肺腑，也讓人無限同情。

◆重別夢得①

柳宗元

二十年來萬事同，今朝岐路忽西東。
皇恩若許歸田去，晚歲當爲鄰舍翁。

注釋　①夢得：劉禹錫之字。

大意　二十年來相同的遭遇，如今歧路相別又要各分東西。如果皇恩浩蕩容許辭官歸隱，晚年就和你朝夕相處當個鄰居。

簡析　柳宗元與劉禹錫為同道之友，永貞革新之後也同樣被貶，十年的貶謫終於有機會回京，劉禹錫卻又因「盡是劉郎去後栽」一句，再度被貶，而且還更為遙遠。同赴貶所時，柳宗元有三首贈別詩，本詩為第二首。第一首〈衡陽與夢得分路贈別〉云：「十年顦顇到秦京，誰知翻為嶺外行。伏波故道風煙在，翁仲遺墟草樹平。直以慵疏招物議，休將文字占時名。今朝不用臨河別，垂淚千行便濯纓。」交代緣由頗為詳細，一句「休將文字占時名」更是深切的提醒，對此遭遇，詩人並未責怪受到牽連，反而視為共同的試煉。

本詩首句「二十年來萬事同」，兩人有二十年的交情，同榮共辱，「萬事同」概括了宦海浮沉的所有遭遇，短暫相會又要再度分離，相較於仕途的上下，各分東西讓詩人感傷更深，原本的政治熱情似乎已經消磨殆盡，希望可以歸耕田園，還自己自由，詩人意態蕭索，其情可哀。最後以「晚歲當為鄰舍翁」作為臨別的約定，期待晚年可以做為鄰居相伴終老，二十年的交情延伸為一輩子的朋友，兩人堅定的友誼讓人感動。可惜事與願違，柳宗元最後死於任所，徒留遺憾，然而這首詩卻也讓我們見識到生死之交的情誼。

元稹

元稹（七七九—八三一），字微之，別字威明，八歲喪父，隨母鄭氏遠赴鳳翔依靠舅父。德宗貞元九年（七九三）以明經擢第。十九年，登書判、拔萃科。憲宗元和元年（八〇六），登才識兼茂明於體用科。任監察御史時，勇於彈劾，得罪宦官權貴，貶為江陵府士曹參軍，歷任偏遠地方官吏。後轉附宦官，在朝廷逐步陞遷，穆宗長慶二年（八二二）以工部侍郎同平章事。居相位三月，為李逢吉所排擠，出為同州刺史，歷浙東觀察使、武昌軍節度使，卒於鎮。其詩與白居易齊名，並稱「元白」。《全唐詩》編其詩為二十八卷。

◇見樂天詩①

元稹

通州②到日日平西，江館無人虎印泥。
忽向破簷殘漏處，見君詩在柱心題。

注釋　①樂天詩：指白居易〈贈長安妓人阿軟絕句〉。②通州：唐代州名，西魏置，即今四川達縣。時元稹被貶為通州司馬。

大意　抵達通州已是太陽西下，江邊驛館杳無人跡，甚至還有猛獸出沒。沒想到在破屋簷漏雨的地方，看到您的詩作就題在柱子上頭。

簡析　元稹於元和十年（八一五）貶通州司馬，在赴任途中的破屋裡竟然看到好友白居易的詩作，興奮之餘抄錄寄呈，並撰成此詩，白居易收到後也以詩相答，言其始末云：「省其詩乃十五年前初及第時，贈長安妓人阿軟絕句，緬思往事，杳若夢中，懷舊感今。」路途偶見讓詩人有了諸多感懷，兩人感情親密，深厚的交誼可以得見。唐人重詩，就算了無人煙的偏僻地方，竟然也題有詩作，可見名作佳句到處傳抄已是普遍的現象，詩文不脛而走。這首詩證明白居易詩名遠播之外，詩篇傳播的無遠弗屆，也讓我們見識到文學的力量。

◆聞樂天授江州司馬

元稹

殘燈無焰影幢幢①，此夕聞君謫九江②。
垂死病中驚坐起，暗風吹雨入寒窗。

注釋 ①幢幢：讀音床。搖曳不定。②九江：江州。

大意 殘燈餘火之下四周是搖曳不定的影子，今晚突然聽說您被貶到九江去。垂死重病當中被驚嚇得坐起來，暗夜當中風雨吹進窗戶更讓人倍覺寒冷。

簡析 這首詩是寫在元和十年（八一五）通州司馬時期，白居易因上書要求嚴懲刺殺宰相武元衡的凶手，以越職言事被貶九江，消息傳到元稹貶謫的通州，重病中突然接到好友的不幸消息，震驚之餘寫下這首詩。黯淡無光的深夜，殘燈餘火之下，四周都是幢幢黑影，如同朝堂黑暗力量將人吞噬。詩人說明事由，白居易並無明顯過失卻成為攻擊對象，關心與不捨之外，更有對於未來的恐懼。元稹身染重病，身心皆受折磨，「垂死病中驚坐起」一句，完全表露乍聞消息驚怪詫異的情緒，風吹殘燈更為幽暗，吹雨入窗更加寒冷，驚懼不安的心情對衰病垂死的身體，無疑是雪上加霜。本詩從氣氛的渲染、直覺的反應、對朋友遭遇不幸的關心，更甚於對自己的關注。兩人生死相交，情誼深厚，堪為文壇典範，這首詩正是最佳代表作。

夢昔時　元稹

閒窗結幽夢，此夢誰人知？
夜半初得處，天明臨去時。
山川已久隔，雲雨兩無期。
何事來相感，又成新別離。

大意　悠閒地在窗邊睡著做了個夢，這個夢又有誰知道呢？半夜夢裡終於相見，天亮夢醒你也跟著離去。我們之間有著山川阻隔，也歷經了各種風雨。究竟有什麼事跑來我的夢裡，讓我們又再一次經歷離別。

簡析　唐詩有許多「夢」的描述，多數陷於所求不得的愁苦當中，而這首詩寫的夢中相會卻是清新又有雅趣。第一聯說夢的獨特，閒居之中飄然入夢，夢是獨屬於個人，誰也無法主導；第二聯「夜半初得處，天明臨去時」言其時效，從半夜做夢，天明夢醒，不管多纏綿悱惻，難分難捨，天亮夢醒後也就消失；第三聯「山川已久隔，雲雨兩無期」則是言其不論山川阻隔，還是風雨交加，夢境可以穿越實體的隔閡；最後一聯「何事來相感，又成新別離」則是興寄遙深，夢中可以相見，卻於夢醒離開，讓人再次經歷分別的痛苦。詩人情緒的轉折，使這首詩閒適之中飽含深情，深情當中又有曠達的幽思。

◆離思◎五首其四　元稹

曾經滄海難爲水，除卻巫山不是雲。
取次[1]花[2]叢懶回顧，半緣修道半緣君。

注釋　①取次：任意、隨便。②花：喻少女。

大意　曾看過寬闊的滄海，其他流水再難以吸引注意，曾看過奇幻變化的巫山之雲，其他地方的雲彩也就黯然失色。在盛開花叢中隨意往來卻懶於回顧，一半因為潛心修道，一半因為曾經擁有過妳。

簡析　這是元稹寫給亡妻韋叢的詩，全詩一往情深，熾熱感人，「曾經滄海難為水，除卻巫山不是雲」更成為千古傳誦的名句。這兩句分別取用《孟子．盡心篇》曰：「故觀於海者難為水，遊於聖人之門者難為言」，以及化用宋玉〈高唐賦〉巫山神女的命意，善用比喻和比較，巧用典故也善用神話，文字典雅而瑰麗。「取次花叢懶回顧，半緣修道半緣君」則是誠實的剖白，此後就算入花叢也了無所見，用「懶」確實是貼切又傳神，因為修道之心與思念之情，此後再也不會對其他人動心，詩人款款深情，用「海」、「雲」、「花」建構美麗的意象以及深刻的意境，表明一生鍾情所在，比起海枯石爛的誓言，更加幽婉動人。

◇夢上天

元稹

夢上高高天，高高蒼蒼高不極。
下視五嶽塊纍纍，仰天依舊蒼蒼色。
蹋雲聳身身更上，攀天上天攀未得。
西瞻若水①兔輪②低，東望蟠桃海波黑。
日月之光不到此，非暗非明煙塞塞③。
天悠地遠身跨風，下無階梯上無力。
來時畏有他人上，截斷龍胡④斬鵬翼。
茫茫漫漫方自悲，哭向青雲椎⑤素臆。
哭聲厭咽⑥旁人惡，喚起驚悲淚飄露。
千慚萬謝喚厭人⑦，向使無君終不寤。

注釋 ①若水：古水名，即今雅礱江，源出青海。②兔輪：月輪，古言月中有兔擣藥。③塞塞：充滿。④龍胡：龍頸下的垂肉。⑤椎：椎音義通搥。⑥厭咽：壓抑哽咽，指睡夢中人哭不出聲。⑦厭人：做惡夢的人。

大意 夢見飛上高高的天，然而天高浩瀚無法到達極限。往下俯視五嶽猶如塊塊土堆，往上看卻仍是蒼茫無邊。腳踩雲朵向上竄，希望能飛得更高，然而想要上攀青天卻又攀不上。往西看月亮已從若水落下，往東看海上蟠桃生長的地方一片漆黑。在這裡日月之光照不到，非明非暗雲霧繚繞。天地悠遠只能乘風飛行，往下已無階梯，我又無力往上飛。來時怕有人跟上，已斬斷了龍頸下的肉鬚、飛鵬的翅膀，如今茫然失落在空中獨自悲傷，只能向青天搥著胸口痛哭。夢中哽咽哭泣吵到旁人，被人叫醒後不覺痛哭失聲。對喚醒我的人感到又抱歉又感謝，如果沒有您幫忙，我恐怕要永遠陷在可怕的夢魘當中。

簡析 這首詩是樂府古題，依元稹〈樂府古題序〉說明是和劉猛之作，雖用古題但其實有極大的創作空間。全詩以惡夢為題，構畫一個上天不能，下地不得的困境，在唐人詩作當中是十分特殊的題材。開場直言夢上青天，其中「高」字出現了五次，以奇詭的句勢重複堆疊，形容高聳蒼茫的存在。從這麼高的位置下俯五嶽高山，就像土堆一樣，然而上仰青天，卻仍是蒼蒼茫茫沒有邊際。想縱身向上卻仍攀高不上，於是有了進退不得的難堪處境。其次從「西瞻若水兔輪低，東望蟠桃海波黑」形容此夢境，若水是遠古神話所描繪之處，詩人用來指涉極西之地，月亮西沉；傳說中蟠桃生長於東海，乃是極東之地，而東海一樣也黯然無光。在這日月照臨不到的地方，詩人用「煙塞塞」來形容充塞其間的污濁迷濛，悠遠之境上不著天，下不著地，只能跨風而行，困在這個脫身不得的空間裡。而「來時畏有他人上，截斷龍胡斬鵬翼」則是自悔之辭，詩人取用《史記．孝武本紀》載黃帝乘龍飛昇的故事，因恐懼來者遂砍斷了來路，卻也斷了自己的退路。斬了鵬翼，也就無法翱翔，詩人誠實交代進退不得其實是自己造成的結果，所以只能在這蒼茫的空間悲傷哭泣。最後則以惡夢被叫醒收尾，嗚咽呻吟驚擾了旁人才終於被喚起，驚魂未定的神情宛如目前。

這首詩不僅取材新穎，還有深刻的告白，詩中充滿孤獨無力、迷惘不安、悔恨驚悸，以及深陷其中的痛苦，這是夢魘真實的描述，也是心裡自悔自慚的告白。元稹攀援宦官排除異己，迎合上意，晚年頗受非議，藉由夢境的折射可看到心中驚懼不安，高處不勝寒的心情。羅宗濤〈四傑三李之夢〉一文分析這首詩：「夢的內容，似為元稹僕僕於長安道上竭力獵取權位時心理的投射，夢中充滿了孤獨、無力、迷惘、不安、悔恨、驚悸的情緒，是很深刻的自剖。」中唐詩人懷抱中興期待，在文學當中開拓新的題材，在政治當中實現新的理想，只是現實政治遠不是詩人所能想像，在挫折之後，白居易選擇獨善其身，元稹則是力求仕途顯達，兩位至交好友選擇不同道路，也就有不同的晚年生活，然而詩作從激昂熱情轉為深刻省思則是頗為一致。

賈島

賈島（七七九—八四三），字浪仙，范陽人（今北京大興）。他曾做過出家人，法號無本，之後還俗參加科舉，但仕途不順。文宗時任長江主簿，世稱「賈長江」。賈島是著名的苦吟派詩人，相傳他在驢背上苦思「鳥宿池邊樹，僧推月下門」兩句，反覆斟酌用推還是敲，致錯入了韓愈的儀仗。他擅長五言律詩，意境多孤苦荒涼；蘇軾文中曾以「郊寒島瘦」，評價他和詩人孟郊。《全唐詩》存賈島詩四卷。

◇劍客

賈島

十年磨一劍，霜刃未曾試。
今日把示①君，誰有不平事？

注釋 ①示：用在動詞後，有給、與的意思。

大意 十年精心打磨這把劍，從來沒有機會試試鋒芒。如今取出予您看，不妨告訴我有誰遇到不平之事？

簡析 這是一首充滿豪情壯志的詩，在賈島孤苦荒涼風格中極為特出，詩題為「劍客」，確實凜凜生風。「十年磨一劍」，出語不凡，十年的精磨焠鍊可見劍的不凡；「霜刃未曾試」，一把用盡心力卻未試鋒芒的劍，讓人充滿一試的渴望；「今日把示君」既像是授劍予人，又像是予人把玩，《史記．刺客列傳》豫讓刺殺趙襄子為智伯報仇，士為知己者死，只有性命相交，才會如此爽快俐落；末句「誰有不平事」豪氣干雲，大有仗義行俠，以劍掃平天下不平事的氣魄。詩人以劍客口吻直吐胸臆，說的是以劍除暴，但其實也是詩人十年蓄積，沉潛後期待可以一展身手。全詩文字跌宕，慷慨激昂，讀來讓人血脈賁張。

◇題李凝幽居　賈島

閒居少鄰並，草徑入荒園。
鳥宿池邊樹，僧敲月下門。
過橋分野色，移石動雲根①。
暫去還來此，幽期②不負言。

注釋　①雲根：雲起之處。②幽期：祕密的期約。

大意　您閒隱居在此，旁邊並無鄰居，只有一條雜草叢生的小路通向荒蕪的園子。鳥棲息在池邊的樹上，明亮月光下僧人正敲著門。走過橋後就可看到原野的景色，雲霧飄渺讓人感覺山勢跟著不同。雖然我暫時離開，但還會再回來，按照約定的日期一同隱居。

簡析　這是賈島的代表作，反映詩人反覆思量的用心，推敲一詞即從此詩而來。首聯「閒居少鄰並，草徑入荒園」構畫隱居的空間，詩人化用陶淵明〈歸去來辭〉「三徑就荒」的意象，描繪一個靜謐閒適，遺世獨立的環境；第二聯「鳥宿池邊樹，僧敲月下門」以工整對句說明來訪情形，鳥既已棲息，僧人也希望獲得心靈的休憩，敲門聲成為月夜中唯一的聲響，更顯得急切與渴望，尋訪未遇只能歸返；第三聯「過橋分野色，移石動雲根」則寫歸途所見，過橋是開闊的原野景色，看著遠方雲腳移動，山色也跟著變化，「分」之一字開展出另一個視野，山石不動，雲腳會動，但詩人顛倒說法，使得山石也活了起來；最後「暫去還來此，幽期不負言」則重申心願，來訪未遇並未阻斷念頭，下定決心還要再來。這首詩是訪友未遇之作，極力彰顯李凝居所「幽」靜的氛圍，從月光下、園中池畔和草徑所往，擴大到原野上，山石雲朵之間無不展現清幽所在，詩人還用了許多奇倔文字強化美感，「敲」字聲情意境俱佳，更襯托幽靜的效果。賈島雖然最終沒有歸隱，但因對「推」「敲」二字的斟酌考量而與韓愈結交，亦可見唐人愛詩、好詩的風氣，也留下一段佳話。

◆寄遠　賈島

家住錦水[1]上，身征遼海邊。
十書九不到，一到忽經年。

注釋　①錦水：成都。

大意　家在成都卻出征遼海邊，寄出十封家書有九封到不了，終於有一封寄達，卻也已經過了一年。

簡析　這首清淺的小詩表達家書傳遞的不便，詩人藉由從西南到東北的遙遠距離，十封只到一封的懸殊機率，到時已經一年的時間落差，家書早已失去即時問候功能。詩人層層堆疊的手法，誇大空間、數目，以及時間的差距，說明征人在外，家人遙寄思念的不容易。全詩並不言及情感，也無拗怪的句子，只從客觀現實困境寫起，逐步深化對比的趣味，凝鍊意象，讓人感受到遠人在外的愁悶與孤單。

◇憶江上吳處士①

賈島

閩國揚帆去，蟾蜍②虧復團。
秋風生渭水，落葉滿長安。
此地聚會夕，當時雷雨寒。
蘭橈③殊④未返，消息海雲端。

注釋 ①處士：有才學而隱居不仕者。②蟾蜍：月亮。③蘭橈：橈音撓。橈為船槳，蘭橈代指船。④殊：猶。

大意 自從你乘船揚帆前往福建，已經過了好幾個月圓月缺。如今秋風吹拂著渭水，長安落葉紛飛。記得送別聚會的夜晚，當時雷雨交加天氣遽然變冷。現在所乘坐的船還沒回返，有關你的消息也都還遠在海雲邊。

簡析 這首是思念朋友的詩作，也是賈島名作，依辛文房《唐才子傳．賈島》所載，賈島在結識韓愈前，也曾經因為苦思失神衝撞了大京兆劉棲楚，當時就是思索「落葉滿長安」如何對句，結果想到「秋風生渭水」而喜自不勝，長安、渭水；秋風、落葉，不僅對句嚴謹，造語清新，而且意象鮮明，成為傳誦後世的名句。朋友前往福建已經好幾個月，第二聯鋪排自己在秋風遽起，黃葉滿地的偌大長安，倍加思念遠方的朋友，回想送別時雷雨交加，天氣遽寒，淒風苦雨的離別夜，讓人無限記掛；末了表達深深思念，朋友尚未回來，只能等待雲海那邊傳來消息。從長安到福建遙遠的距離，與送別至今數月的時間，詩人在時間與空間中布下層層思念，更將秋風時節的長安城，自己愁思滿腹的記掛表露無遺。

長孫佐輔

長孫佐輔（？—？），朔方（今陝西靖邊）人。舉進士不等，德宗貞元中，其弟長孫公輔為吉州刺史，遂往相依，後隱居以終。《全唐詩》存詩二十首，其中〈山居雨霽即事〉一作張碧詩。

◇尋山家　長孫佐輔

獨訪山家歇還涉，茅屋斜連隔松葉。
主人聞語未開門，繞籬野菜飛黃蝶。

大意　邊走邊歇前往拜訪山中人家，隔著松葉看到一座座斜簷茅屋相連相接。主人聽到我來訪還來不及開門，讓我可以欣賞繞籬野菜以及翩翩飛舞的黃色粉蝶。

簡析　這首詩作者一說羊士諤，是首野趣十足的詩作。全詩洋溢自然恬淡的風格，山家的靜謐與詩人的悠閒，使讀者一起進入鄉野當中，品味閒適的生活趣味。第一句「歇還涉」看出詩人的步調從容悠閒，而松林間茅屋相連，鄉野的山家錯落如畫；「主人聞語未開門，繞籬野菜飛黃蝶」則描寫叩門等待的片刻，詩人得以從容靜看繞籬野菜，以及穿梭其間的黃蝶，透過詩人的眼睛，山野間的美景，山家生活的閒適全然呈現。整首詩以景入詩，情與境合，從容自在，賦託隱遯心志，雖然尚未見及主人，但其實讀者早已隨著作者進入山居悠然的情境之中。

劉皂

劉皂，德宗貞元年中詩人，事迹不詳。《全唐詩》存詩五首。

◇旅次朔方① 劉皂

客舍②并州③已十霜④，歸心日夜憶咸陽⑤。
無端更渡桑乾水⑥，卻望并州是故鄉。

注釋 ①朔方：此指朔州（今山西朔縣），位於桑乾河北岸。②舍：今太原。③并州：并音冰。今太原。④十霜：一年一霜，即十年。⑤咸陽：位於陝西，詩人的故鄉。⑥桑乾水：即桑乾河，發源於山西。

大意 寄住在并州已經有十年的時間，每天歸心似箭地想著故鄉咸陽。可是當渡過桑乾河來到這裡，卻又覺得并州早已經像是家鄉。

簡析　這首詩作者一作賈島，是客居在外的思鄉之作，情感轉折之下，詩人漂泊無定更令人同情。首句是客居并州的心情，十年離鄉在外，日日歸心似箭想著家鄉，卻始終無法回去，相對於咸陽而言，并州是他鄉；然而如今離開并州之後，渡過桑乾河到更遠的地方，卻又忍不住回望并州。人心就是如此複雜，感覺往往是比較得來，十年羈旅在外，想的是如何衣錦還鄉，然而又要遠離之時，又覺得此處早已是熟悉的地方。「無端」一詞，更增人生的無奈，有時不見得有清楚的理由，卻逼著人離鄉背井，不得安居。全詩巧妙布局，藉由三個地點的比較，詩人愈離愈遠，要如何隨遇而安，也讓人有更深的省思。

楊敬之

楊敬之，約為德宗貞元、武宗會昌間人，憲宗元和二年（八〇七）登進士第。《全唐詩》存詩二首。

◇贈項斯

楊敬之

幾度見詩詩總好，及觀①標格②過於詩。
平生不解③藏人善，到處逢人說項斯。

注釋 ①及觀：等到看見。②標格：風度。③不解：不懂。

大意 幾次拜讀詩作總覺得非常好，看到你之後，覺得人品氣度更高於詩作。這輩子從來不會掩藏人家的長處，此後不論到那裡都會向人推薦你項斯。

簡析 這首詩是為人說項的典故來源，文字質樸，布局單純，但就是因為樂見人善的真誠，使得這首詩廣為傳誦。「幾度見詩詩總好，及觀標格過於詩」說明欣賞之處，不但喜歡作品，更喜歡人品，讓人對項斯有更高的想像；其次「平生不解藏人善，到處逢人說項斯」則表述自己的態度，能樂見人之善，直率真誠，不嫉妒沒有隱瞞，已經是高貴的品德，能得其賞識，也代表人品氣度值得肯定，而詩人願意到處說項，還不僅止於樂見人善，更樂於稱賞，期待項斯能因為自己的眼光而揚名天下，襟懷氣度，令人佩服。這首詩得見項斯的好，也更看見楊敬之的了不起，成就別人，其實也是成就自己，唐代詩人以詩文論交，真誠好善，由此可見。全詩出語自然，高尚品格以及真誠的心，使得詩作熠熠生輝。

崔郊

崔郊，德宗貞元十五年（七九九）前後寓居襄州（今湖北襄陽）。《全唐詩》僅存詩一首。

◇贈去婢

崔郊

公子王孫逐後塵，綠珠①垂淚滴羅巾。
侯門一入深似海，從此蕭郎②是路人。

注釋 ①綠珠：晉石崇寵妓，權臣孫秀求之，崇不許，秀遂矯詔將崇處死，綠珠亦墜樓殉情。②蕭郎：梁武帝蕭衍任祭酒時，王儉謂此蕭郎貴不可言。後用作男士美稱。

大意 許多王孫公子競相追求，綠珠這位絕色女子就曾因抗拒而哭溼羅巾。因為只要進入幽深似海的侯門大戶，從此之後蕭郎就只是陌生的路人。

簡析 這首詩是對於所愛被奪的哀嘆之詩，言之含蓄，卻是淒婉動人，「侯門一入深如海，從此蕭郎是路人」更是後人耳熟能詳的佳句。「公子王孫逐後塵」用以表明女子的美貌，實在生動極了，公子王孫挾其權勢財力追求，任何人都頗有壓力，詩人引古代綠珠的愛情故事為例，在孫秀強索之下，石崇被收下獄，綠珠墜樓殉情而死，歷史上的美女常被捲入權力鬥爭當中，身不由己，「垂淚滴羅巾」寫出女子的哀怨痛苦；最後「侯門一入深似海，從此蕭郎是路人」則是深寄慨嘆，一入侯門就像籠中金絲雀，高牆大門之後再無自由的生活，過往的一切也只能割棄，「蕭郎」用的是梁武帝的典故，卻是用來暗示自己，所有的傾慕與喜愛，從此也只能被侯門擋在外了。崔郊用這首詩表達對這位婢女的喜愛以及被拆散的哀怨。依范攄《雲溪友議》所載，崔郊與姑母婢相戀，女子端麗又通音律，卻被賣給于頔，崔郊於是寫下這首詩，寄託從此不能相戀的痛苦，詩聞於于頔之後，對於「侯門一入深如海，從此蕭郎是路人」讚賞有加，不僅厚加賞賜，並且讓婢與崔郊同歸，成為詩壇佳話，唐人風流也愛詩，由此可見。

李德裕

李德裕（七八七—八五〇），字文饒，趙郡（今河北趙縣）人。牛李黨爭時李黨領袖。文宗大和七年（八三三）拜相，封贊皇縣伯。武宗會昌年間再度拜相，因功封衛國公。宣宗大中初遭牛黨打擊，迭貶至崖州司戶，宣宗大中三年十二月卒於任。《全唐詩》存詩一卷。

◆長安秋夜

李德裕

內宮傳詔問戎機①，載筆金鑾②夜始歸。
萬戶千門皆寂寂，月中清露點朝衣。

注釋 ①戎機：機密軍務。②金鑾：唐代宮殿名。

大意　皇宮傳出詔令要詢問前方戰事，於是帶著筆前往金鑾殿，處理政事直到深夜才回家。此時長安千家萬戶寂然無聲，只有身上的朝服沾上的露水，在月光下剔透晶瑩。

簡析　李德裕是牛李黨爭的關鍵人物，是名相，也是詩人。中唐藩鎮割據，天下紛亂，對於不歸順朝廷的地方勢力，李德裕主張採取壓制手段，力求朝局穩定，深得武宗的信賴。這首詩舉重若輕，態度嫻雅，寫出身繫國事的氣度與襟懷，迥異於一般詩人勞苦奔忙，自怨自艾的牢騷。從「內宮傳詔問戎機」說明皇帝的信賴以及事情的緊急，一傳一問代表身膺重任，「戎機」是軍國大事，一刻不能耽誤；而「載筆」說明文學侍從性質，金鑾殿裡的國家大政、紛擾難斷皆用「夜始歸」一筆輕巧帶過。後半則帶著清雅細膩的心情，描繪即時之景，長安千門萬戶能夠安居，其實是文武百官殫精竭慮才有的結果，看著百姓在靜謐夢中安睡，作者心中應是無比欣慰。深夜秋涼的露水沾溼朝服，「點」之一字寫其晶瑩，「朝衣」宣示身上承擔的責任，公務繁忙當中亦見詩人觀察入微以及清明的心思，明明如月，清清露水寄託詩人高潔澄澈的胸懷。全詩是宰輔的日常，有承擔國事的擔當，又有詩人深寄的志向，意境高遠，氣度不凡，乃難得的佳作。

朱慶餘

朱慶餘，名可久，以字行，越州（今浙江紹興）人。敬宗寶曆二年（八二六）登進士第。仕途頗不得意。與張籍、賈島、姚合等交遊。《全唐詩》存詩二卷。

◇登玄都閣①

朱慶餘

野色晴宜上閣看，樹陰遙映御溝寒。
豪家舊宅無人住，空見朱門鎖牡丹②。

注釋 ①玄都閣：玄都觀中樓閣，玄都觀在長安朱雀門街西第一街崇業坊。②牡丹：象徵富貴者。

大意 要欣賞原野秀麗景色就要登上玄都閣，從高樓遠眺可看到流經御苑、被樹蔭遮掩的溝渠。回望許多豪門大院早已無人居住，只剩下被紅色大門所鎖住的嬌艷牡丹。

簡析　詩人朱慶餘最為人所熟悉的是〈近試上張籍水部〉，以新嫁娘心情表露舉子的不安與期待，獲得張籍的賞識，成為詩壇佳話。玄都觀是長安登高攬勝的佳處，詩人登樓縱覽原野景色，「樹陰遙映御溝寒」則呈現另一種畫面，相對於晴空原野，流經御苑的溝渠則是綠樹掩映，「寒」字透露出幽冷的感覺；末了「豪家舊宅無人住，空見朱門鎖牡丹」則是興寄悠遠，安史之亂後盛世光景不在，許多豪門大族空留舊宅，無人居住，只有朱門鎖住的牡丹仍然盛開，晴與陰的對比，以及世家的今昔，人世的盛衰變化，徒留無限感慨。相同的地點，劉禹錫寫桃花，朱慶餘詠牡丹，同樣物是人非，這首詩卻寫得心平氣和。

李賀

李賀（七九〇—八一六）字長吉，河南福昌（今河南宜陽）人，唐宗室鄭王李亮後裔。家居福昌之昌谷，後人因稱李昌谷。今存詩四卷，外集一卷，計二四二首。

◇夢天　李賀

老兔寒蟾①泣天色，雲樓半開壁斜白。
玉輪軋②露溼團光，鸞珮③相逢桂香陌。
黃塵④清水三山下，更變千年如走馬。
遙望齊州⑤九點煙，一泓⑥海水杯中瀉。

注釋　①老兔寒蟾：傳說月中有玉兔和蟾蜍，代指月亮。②軋：輾壓。③鸞珮：刻著鸞鳳的玉珮，指仙女。④黃塵：黃色的塵土。⑤齊州：中州，指中國。⑥泓：量詞，清水一片。

大意　夢到在月亮看到老兔、寒蟾為天色淒涼而低聲嗚咽，月光下雲樓半開，牆面上映著潔白光芒。月亮就像輪子一樣壓出了溼淋淋的露水，而在桂花巷陌中巧遇佩帶鸞珮的仙女。從天空往下俯看，三座神山下是一片黃塵與清水，千年滄海桑田的變化如同駿馬奔馳而過，再遠眺中國九州就像九點煙塵一般，至於一片汪洋，就像是從杯中灑下的清水而已。

簡析　李賀是天才詩人，構思奇妙，對於意象與感覺的捕捉，奇幻詭譎，讓人難以捉摸。這首詩寫夢，是從遊仙詩轉化而來，分成兩個部分，前半部以神話傳說構畫天上月宮形態，蟾蜍與玉兔哭泣，契合夜色淒迷氣氛，月中雲樓映射出光芒，半開斜白寫出月之初起。月光如輪，露水深重則寫出月正當空，濕氣濃厚的情況，而巧遇月中仙女，使得夢上月宮更增綺麗浪漫色彩。後半部從天上俯視凡塵，傳說中渤海蓬萊、瀛洲、方丈三座神山在海上，但詩人所見卻只有黃塵與清水，千年以來滄海桑田的變化也只是瞬間之事，九州如煙塵，詩人甚至用杯中水來描繪滄海，從天上看到人間，空間與時間產生奇幻的變形，顯得十分奇特。羅宗濤〈四傑三李之夢〉一文讚賞這首詩「將縹緲之思高度濃縮，凝聚為短短八句，令人玩味不盡」，認為這是李賀終極之夢，詩人運用神話傳說發揮無窮的想像力，上升於天俯看塵世，脫離人生短促的困境，遨遊於無窮的想像空間，以高度濃縮的手法，將飄渺之思構畫出如夢似幻的月宮世界，成為唐代奇異夢境的代表作。

◇金銅仙人辭漢歌並序

李賀

魏明帝青龍元年八月，詔宮官牽車西取漢孝武捧露仙人，欲立置前殿。宮官既拆盤，仙人臨載，乃潸然淚下。唐諸王孫李長吉，遂作金銅仙人辭漢歌。

茂陵劉郎①秋風客，夜聞馬嘶曉無跡。
畫欄桂樹懸秋香，三十六宮②土花③碧。
魏官牽車指千里，東關④酸風射眸子。
空將⑤漢月出宮門，憶君清淚如鉛水⑥。
衰蘭⑦送客咸陽道，天若有情天亦老。
攜盤獨出月荒涼，渭城⑧已遠波聲小。

注釋 ①茂陵劉郎：漢武帝劉徹死葬茂陵，故稱。②三十六宮：極言宮殿之多。③土花：苔蘚。④東關：車出長安東門，故曰東關。⑤將：與、伴隨。⑥鉛水：銅人所落之淚，亦喻心情沉重。⑦衰蘭：秋蘭已老。⑧渭城：秦都咸陽，漢改為渭城縣，代指長安。

大意　茂陵中的劉郎如秋風過客，夜晚聽到神駒嘶鳴，天亮時卻了無蹤跡。只有畫欄旁邊的桂樹，每年秋天開花依舊散發香氣，富麗堂皇的三十六宮如今也只是一片碧綠苔蘚。魏國官員驅車前來載運銅人奔向千里之外的異地，剛出東門迎來一陣寒風，直射銅人的眼珠。如今只有頭上的月亮伴隨銅人走出宮門，銅人因懷念過往的君王而留下鉛水的眼淚。路上只有衰敗的蘭草為銅人送別，上天如果有感情也會因為悲傷變老。荒涼月色下，銅人只能獨自帶著盤子離開，看著長安逐漸遠去，渭水的波聲也愈來愈小。

簡析　這首詠史詩是寫魏明帝下令遷移承露銅人移置洛陽，銅人潸然淚下的故事，詩人抒發物換星移，盛世不再的感慨，在詩人藝術巧思中，呈現奇幻的歷史場景。序中標明漢、魏、唐三個朝代，而且署名唐諸王孫，唐代王孫為漢代仙人寫歌，也是頗為奇特的安排。

首聯就頗為奇幻，武帝為漢代盛世之君，撰有〈秋風辭〉，稱之為秋風客十分貼切，而武帝開拓西域成就不朽功業，銅人見證了漢代盛世的榮光，種種也如過眼雲煙；第二聯延伸今昔的感慨，過往雕樑畫棟的宮殿，如今只剩青碧苔蘚，唯一沒變的是畫欄邊的桂花年年飄香，大漢帝國所留下的似乎只有秋風與秋香迴盪的空虛；第三聯說明事件，當魏明帝所遣官吏拆下捧露仙人要載往洛陽時，仙人流下眼淚，酸風是刺人的寒風，還是迴盪的秋風，其實已經分不清楚了。第四聯巧妙用了銅人流出鉛水的意象，就算仙人到了魏地心中還是念著漢主，而古人鑄銅的確會摻入鉛，淚水不再只是傳說，已有具體的形態；第五聯銅人離開時路上只有枯蘭，沒有送行的人，如此冷清，「天若有情天亦老」吐露出世間有情人的怨懟，成為古今傳誦佳句，銅人尚且垂淚更何況是人；最後仙人漸離漸遠，映照著荒涼月色，「波聲小」可謂神來一筆，日夜相伴長安的渭水，也逐漸消失。

詩人構畫出的場景不僅有畫面，還讓人有親臨的感受，參與了漢世輝煌，見證了朝代更迭的無奈，以及有情仙人離開故土的不捨。詩人以李唐皇族後代的身分為漢代仙人發聲，是離開長安的牢騷，還是盛世不再的悲嘆，不容易揣測其寫作動機，但是將銅人擬人化，於歷史事件當中夾雜朝代更迭，與個人身世的無奈，充滿奇幻迷離的色彩，像是敘事詩也像懷古之作，充滿神異氣氛，乃是唐詩少見的作品。

◇馬詩◎二十三首其四　李賀

此馬非凡馬，房星①本是星。
向前敲瘦骨，猶自帶銅聲。②

注釋 ①房星：星宿名，二十八宿之一。②向前二句：馬雖骨瘦嶙峋，但難掩良材，亦詩人懷才不遇自況。

大意 這匹馬不是凡間的馬，應該是天上房星下凡而來。看上去雖然瘦骨嶙峋，但一敲馬骨卻可以聽到錚錚的銅聲。

簡析 唐人愛馬，李賀詩中經常出現馬，既讚賞馬的雄健，又常寄寓悲壯的感慨，而這一組詩以馬自喻，第四首所言更是直接明白。首二句對仗工整，言猶口語，然而直截明快，毫無猶豫，房四星是天上的馬，又是天子布政所在，代表出身不凡以及輔佐的能力；第三、四句「向前敲瘦骨，猶自帶銅聲」馬骨堅勁有如銅鐵，因此有錚錚之聲，銅筋鐵骨的身子，足以證明實乃天馬下凡，「自帶」更可看出其中的自負，辛文房《唐才子傳》載「賀為人纖瘦，通眉，長指爪，能疾書。」可見其中也有自我投射的影子。李賀才情洋溢，自命不凡，期待可以馳騁千里也是不言可喻。

◈昌谷讀書示巴童①

李賀

蟲響燈光薄，宵寒藥氣濃。
君憐垂翅客②，辛苦尚相從。

注釋 ①巴童：四川籍的書僮。②垂翅客：鬥敗的禽鳥，詩人自比。

大意 燈火昏暗、蟲聲喧噪的夜裡，寒冷的空氣充滿著藥味。只有你同情我這個失意又生病的人，不辭辛苦地緊緊跟隨。

簡析　這首詩是寫給日夜相隨的書童。依吳企明《李長吉歌詩編年箋注》，係李賀於元和四年（八〇九）返回家鄉昌谷養病時所作。這首詩其實是自況的描寫，詩人用鬥敗的公雞「垂翅客」來形容自己，相對過往的昂揚志氣，天才詩人心中充滿落與難堪，深夜蟲聲唧唧，殘燈薄影，生病又加上仕途受阻，讓人充滿失意的惆悵，因此對於巴童不離不棄、不計辛苦的陪伴，由衷地感謝。李賀甚至替巴童代為答詩，云：「巨鼻宜山褐，龐眉入苦吟。非君唱樂府，誰識怨秋深。」不僅看出主僕之間的感情，也提供詩人創作活動的側寫觀察。

◇難忘曲

李賀

夾道開洞門，弱楊低畫戟①。
簾影竹華起，簫聲吹日色。
蜂語繞妝鏡，拂蛾學春碧。
亂繫丁香梢，滿欄花向夕②。

注釋　①畫戟：列在廟社或殿門前飾有彩畫的戟，為古代官署儀仗。②向夕：傍晚。

大意　兩壁間狹道的重重門戶已經洞開，門前畫戟甚至高於旁邊的楊柳。映日竹簾透著光線，簫聲中陽光西斜。女子在鏡前梳妝畫眉，引來蜜蜂圍繞。丁香花結了許多丁香子，看到夕陽下滿園花影搖曳。

簡析　〈難忘曲〉出於樂府古題〈相逢行〉，整首詩圍繞在深宅大院之中，深寄空虛寂寞的心情，全詩綺麗而晦澀，已有晚唐詩風。「夾道開洞門，弱楊低畫戟」說的是豪宅大院，用洞門見其幽深，用畫戟形容其高門，都不是尋常人家的規模，而「簾影竹葉起，簫聲吹日色」所描寫的內院情形，光線之下竹簾透著竹紋光影，簫聲中時光流逝，深閨內院當中顯得冷清而無趣，「蜂語繞妝鏡，拂蛾學春碧」描寫女子梳妝時香氣濃郁，引蜂繞鏡而飛，對著鏡子畫上如春草的眉色，以蜂、蛾巧妙勾畫美女的樣貌，而丁香花結子繫於花梢，滿園鮮花在夕陽餘輝下搖曳生姿，興寄悠遠。全詩華麗優美，旨趣幽深，詩中每一個美麗的存在，都有蕭索寂寥的身影，是對長安富家有生活的描寫，卻又讓人有繁華衰沒的惆悵。

韓琮

韓琮，生卒年籍貫不詳，字成封。穆宗長慶四年（八二四）登進士第。懿宗咸通中仕至右散騎常侍。《全唐詩》存詩一卷。

◇暮春滻水①送別

韓琮

綠暗紅稀②出鳳城③，暮雲樓閣古今情。
行人④莫聽宮前水⑤，流盡年光是此聲。

注釋 ①滻水：渭水支流之一，為古長安重要水源。②綠暗紅稀：綠葉茂密紅花稀少，為暮春光景。③鳳城：即京城。④行人：詩人送別的遠行之人。⑤宮前水：指滻水。

大意 在花謝葉茂的暮春時節離開京城，晚霞夕照中的閣樓見證了古今多少離別。遠行之人千萬不要聽這宮前流水聲，正是這個聲音流盡了所有年華時光。

簡析 這是暮春送別之作，詩人在離情愁緒當中感慨年華老去，時光流逝，全詩情思悠遠。首句點出地點與時節，暮春時節花將謝、葉正茂，「綠暗紅稀」精準的形容成為後世經常取用的語彙，成為李清照〈如夢令〉「綠肥紅瘦」援取變化的來源。「暮雲樓閣古今情」描寫送別的地點，樓閣見證了自古以來的離別，黃昏時節高樓遠眺，看著離開的人，心中滿滿的不捨。末了「行人莫聽宮前水，流盡年光是此聲」叮嚀遠行之人不要再聽宮前流水，無數青春歲月在分離中消失，所有的美好就在流水聲中侵蝕殆盡，「莫聽」像是叮嚀，又像是埋怨，時光如流水，詩人將水聲嵌入送別情緒當中，用不忍來強化不捨，離別當中更有款款深情。全詩不僅構畫離別場景，更將分別情緒投射在樓閣與淙淙流水，夕陽餘暉中難解的惆悵，哀傷如同流水綿長不絕。

宣宗宮人

宣宗宮人，姓名不詳。嘗題詩紅葉，置於御溝，為盧偓所得，後兩人結為夫婦。《全唐詩》收此詩。

◇題紅葉　宣宗宮人

《全唐詩》於此首釋題云：「盧偓應舉時，偶臨御溝，得一紅葉，上有絕句，置於巾箱。及出宮人，偓得韓氏，睹紅葉，吁嗟久之，曰：『當時偶題，不謂郎君得之。』」

流水何太急？深宮盡日閒。
慇勤謝紅葉，好去到人間。

大意　流水為什麼如此匆匆？深宮裡面卻是鎮日清閒。我懇切地感謝這片紅葉，希望它順著河水流到人間。

簡析　這首詩出於宮人，但是否如實無可查證。自從開元宮人〈袍中詩〉、顧況〈葉上題詩從宮中流出〉以來，宮禁有詩流出的主題，成為詩人歌詠的題材，逐漸主題化的結果，反映出唐人對幽禁宮女的同情、宮中生活的好奇，以及愛情故事的想像。全詩直白如話，「流水何太急」是宮人嬌嗔的疑惑，還是歲月匆匆的感慨？然而「深宮盡日閒」的說法，

「閒」之一字恐怕是宮外人的想像，皇宮內苑幽禁的女子，衣食無虞卻無所事事；後半為全詩精彩之處，用「慇勤謝紅葉，好去到人間」寄託出宮的期望，宮女只能老死於宮中，紅葉飄於流水上卻可以流出宮外，這反而是宮女渴望而不可及的結果。整首詩委婉含蓄，以流水貫穿，以紅葉寄託想望，折射幽微的情思，對於一片紅葉的祝福，意象鮮明而悠遠，反映出宮女對平凡生活的想望，令人無限同情。

魏扶

魏扶（？—八五〇）字相之。文宗大和四年（八三〇）登進士第，武宗會昌二年（八四二）充翰林學士，三年，加知制誥，宣宗大宗元年（八四七），以禮部侍郎知貢舉，三年，任宰相。《全唐詩》存詩三首。

◇貢院題　魏扶

梧桐葉落滿庭陰，鎖閉朱門①試院深。

曾是昔年辛苦地，不將今日負初心。

注釋 ①朱門：古代王侯貴族大門漆成紅色，泛指富貴人家。

大意 貢院中掉落滿地的梧桐葉，紅色大門內鎖住幽深的試院。這裡曾經是辛苦考試的地方，今日絕對不會辜負過往的初心。

簡析 這首詩言之簡潔，卻是每位讀書人應該謹記於心的箴言，放榜後有無名氏將每一句前兩字削去，成為一首譏諷的詩。首二句是描寫貢院朱門深閉，落葉滿地，所有舉子鎖在裡面，不管是主事者或是應考人都是充滿壓力與焦慮，但詩人構畫出這樣的幽深場景，或許是過往考試留下的陰影；後半則申明自己不忘初衷的抱負，主管掄才工作，影響深遠，責任重大，尤其自己也經歷過這樣的過程，更了解秉公處理的重要性，也藉此提醒所有讀書人日後不要被貪儒與習氣影響，千萬不要忘了自己應考的初心。

許渾

許渾（七九一—八五八），字仲晦，潤州丹陽（今江蘇鎮江）人。太和進士，歷任監察御史、二州刺史等職，晚年歸隱潤州，著有《丁卯集》。許渾詩作多五、七言律詩，聲調平仄自成一格，即所謂「丁卯體」。《全唐詩》編其詩為十一卷，多混入他人作品。

◇咸陽[1]城東樓

許渾

一上高城萬里愁，蒹葭[2]楊柳似汀洲[3]。
溪雲初起日沉閣[4]，山雨欲來風滿樓。
鳥下綠蕪[5]秦苑夕，蟬鳴黃葉漢宮秋。
行人莫問當年事，故國東來渭水流。

注釋 ①咸陽：秦都城，唐時隔渭河與長安相望。②蒹葭：荻草與蘆葦。③汀洲：此指家鄉風物。④溪雲初起日沉閣：原注：南近磻溪，西對慈福寺。⑤綠蕪：叢生的綠草。

大意　一登上高城不免興起萬里的鄉愁，看著一片蘆荻楊柳就像是江南水上汀洲。雲從南邊磻溪飄起，夕陽從慈福寺落下，山雨未到但風已經吹滿咸陽城樓。黃昏時刻，鳥在曾是秦苑的雜草中覓食；深秋時節，蟬在過往是漢宮的枯樹上高鳴。過往的行人不要過問從前的事情，如今只有渭水一如以往地繞著故城而流。

簡析　這首登臨懷古之作，是許渾最為人傳誦的一首，「山雨欲來風滿樓」更是大家耳熟能詳的詩句，許渾不僅遣辭造字極為工巧，音韻更是十分講究，可以說意象與聲情俱佳之作。第一聯從城上而望，詩人想到了江南故里，眼前的蒹葭與楊柳一如江南水邊汀洲的景色，而從「一上」而至「萬里」，足見詩人的氣魄。第二聯從思鄉之情轉入眼之所見、身之所感的空間形態，詩人原注甚至清楚載明「南近磻溪，西對慈福寺閣」，所以這是寫實的描述，而在山雨將來之時，氣壓改變帶來的強風吹進了城樓上，「滿」之一字精準掌握空氣流動的盈滿，無怪乎成為傳誦佳句。第三聯對句精巧工麗，將所見引入歷史洪流中，無論秦時苑囿或漢時宮殿，一草一木皆有歷史，詩人從空間的布局轉為時間的書寫，深化登臨弔古的情懷。最後則從歷史回歸於現在，王朝更迭，世事滄桑，秦漢風華已成過往，只有渭水流淌終始不變，「流」字亦喻時間的流逝，於是時間與空間融合為一，千古英雄人物，也都在歷史洪流中消失不見，「莫問」更將空間鄉愁到歷史的情懷，情景交融，具有龐大的藝術張力。詩人甚至將頷聯第五字平仄互調，發展出拗體，「溪雲初起日沉閣」中的「日」字當平而仄，而「山雨欲來風滿樓」的「風」字當仄而平，藉由音調的改變打破圓熟平滑，更藉有拗必救的方式，確立形式峭奇，又穩順中節的聲音形態，拗自成律也就是「丁卯體」，晚唐近體詩已然成熟，許渾強化寫作的精細手法，也努力追求音韻美感的變化。

◇鶴林寺①中秋夜玩月　許渾

待月東林②月正圓，廣庭無樹草無煙。
中秋雲盡出滄海，半夜露寒當碧天。
輪③影漸移金殿外，鏡光猶掛玉樓前。
莫辭達曙④殷勤望，一墮西巖又隔年。

注釋 ①鶴林寺：在今江蘇鎮江市，晉時所建，南朝劉宋改此名。②東林：廬山東林，此代指鶴林寺。③輪：指圓月。④曙：破曉時分。

大意 在鶴林寺賞月迎接今年中秋月圓，庭院廣大，沒有雜樹只有整齊的草地。月亮從雲海中探出來，露重更深，月光映照碧空如洗。當圓月逐漸移至金殿外頭，玉樓在月光照耀下皎潔明亮。今天請求大家一起熬夜賞月，月落西山之後，就還要再等一年。

簡析 這首中秋賞月的作品，精巧細緻，詩格清麗，首句寫出賞月地點，八月中秋「月正圓」是整首詩的主角，從「待」月之未出，進而描寫秋天雲淨風清，明月當空的情況，成為整個賞月活動的高潮，詩人用月「出滄海」、「當碧天」說明等待月亮出現到照臨四方的景象，「輪影漸移金殿外，鏡光猶掛玉樓前」說明時間流轉月亮逐漸偏斜，金殿、玉樓融在月色當中，「猶」字是將落未落，也流露出詩人的眷戀與不捨，最後寄語同賞之人，雖然夜已深沉，但圓月如畫，所以詩人以商量的口氣，邀請大家「殷勤望」，共享一年一度難得的盛筵。整首詩平實而細密，文字精準，巧構意象，展現工麗細緻的風格。陸游有〈讀許渾詩〉：「裴相功名冠四朝，許渾身世落漁樵。若論風月江山主，丁卯橋應勝午橋。」裴度功業遠超過許渾，但書寫風月的功力，徐渾卻是更勝一籌。

◇塞下

許渾

夜戰桑乾①北，秦兵②半不歸。

朝來有鄉信，猶自③寄征衣。

注釋 ①桑乾：桑乾河。②秦兵：指關中北伐的戰士。③猶自：仍然。

大意 桑乾河晚上一場大戰，半數關中戰士戰死沙場。沒想到隔天早上收到了家書，家人征衣才剛剛寄到。

簡析 這首樂府詩寫戰爭的慘烈，讓人讀之不忍。首二句交代桑乾河的一場夜戰，半數戰士未能回來，慘烈戰況，詩人用十個字就已經交代，不僅強化戰死異鄉的悲苦，也為消息遠隔提供背景說明；後半急轉直下，詩人以質樸文字勾勒出戰役後人已不在，家人還在殷殷期盼，一紙鄉書來到卻等不到主人，成為最沉痛的控訴。戰爭詩一般書寫勇氣也頌誦建功立業，晚唐詩人卻更深一層反省戰爭的本質以及人命的價值，一夕之間，半數人已戰死，而他們都是家庭的支柱與期待。這首詩與陳陶〈隴西行〉：「可憐無定河邊骨，猶是春閨夢裡人」有相同的命意，然而文字卻更直質，命意更為深厚，不用華麗修飾的言語，人間最深切的悲痛已經宛在眼前。

◆謝亭[1]送別

許渾

勞歌[2]一曲解行舟，紅葉青山水急流。
日暮酒醒人已遠，滿天風雨下西樓。

注釋 ①謝亭：即謝公亭，在安徽宣城北，南齊宣城太守謝眺建。②勞歌：原指勞勞亭送客所唱的歌，後泛指送別之歌。

大意 在送別的勞歌聲中解開了遠行的船，楓紅時節在兩岸青山中順水急流。日暮時分人已走遠才從酒醉中醒來，只剩下我在滿天風雨裡獨自離開西樓。

簡析　這首送別詩寫得溫婉動人。李白〈勞勞亭〉：「天下傷心處，勞勞送客亭。」勞歌成為餞別的歌曲，樂聲中的遠行頗為悲壯，詩人並且構畫離開的場景，兩岸青山中楓紅點點，不僅有顏色對比的美感，更有秋愁的氣氛；第三句「日暮酒醒人已遠」說明自己是在酒醉的情況，酒醒時已是暮色時分，人早已走遠，心中不僅惆悵，更多了空虛的心情，送別酒宴最後只剩自己獨自面對，最後一句為全詩精彩所在，詩人構畫了滿天風雨獨下西樓的場景，在淒風苦雨當中獨自歸去。送別是唐詩常見的主題，不乏名作，然而當所有人用力刻畫離別的難分難捨，以及對於未來無法掌握的無奈，詩人卻在勞歌與急流當中將人送走，所有話別與難捨是在酒醒時刻才爆發，然而人已走遠，留下了滿天風雨裡的孤寂心靈，只能在傍晚默默離開西樓，風雨中孤單的身影，反而比較像是被送行的人，必須獨自面對分別的愁緒。或許許渾才是對的，惜別的場面是一時的，但心情卻必須自己面對，相對於其他送別詩，這首詩更顯得雋永與深刻。

◇途經秦始皇墓

許渾

龍盤虎踞①樹層層，勢入浮雲亦是崩②。

一種青山秋草裡，路人唯拜漢文陵③。

注釋 ①龍盤虎踞：形容地勢險要雄偉。②崩：坍塌、覆亡。③陵：帝王的墳墓。

大意 秦皇陵山勢如龍蟠虎踞，有著直奔而上的層層樹木，只是高聳入雲的山勢最終也會隨著歲月而坍塌。同樣是青山秋草裡的帝陵，人們卻只會去祭拜漢文帝的陵墓。

簡析 這是首紀行詩，也是一首歷史評論，評論容易淪為說教，如何翻出新意成為寫詩最大的挑戰。許渾途經秦皇陵，驚嘆皇陵地勢險要如龍盤虎踞，層層而上的植樹可見其規模，詩人了解每一覆土都是百姓的血汗，因此並未以壯麗來形容，甚至斷言山勢入雲終將崩，秦始皇併吞六國建立一統皇朝，成就前所未有的帝業，但帝國最後還是覆滅，秦皇陵在歲月侵蝕中一樣也會崩解。末了「一種青山秋草裡，路人唯拜漢文陵」則是提出另一種觀察，同樣的帝陵，同樣在青山秋草中，漢文帝謙和仁愛，儉省薄葬，他的陵墓據載是歷史上第一個依山鑿穴的帝陵，沒有巍峨的封土，反而成為後世人們崇拜的對象，可見外在的雄偉可以威嚇卻無法服人，秦始皇與漢文帝的對比，人心有了答案，功業在仁不在勢，也為詩人提供了觀看歷史的眼光。整首詩以對比的方式，描寫生動，立意渾厚，春秋之筆，一字定評，成為歷史評論佳作，證明詩可以溫柔諷諫，也能夠深刻批判。

杜牧

杜牧（八〇三—八五二），字牧之，號樊川，京兆萬年（今陝西西安）人。是西晉軍事家杜預的十六世孫，祖父是唐朝著名宰相杜佑。杜牧曾任中書舍人，人稱杜紫微。自少喜好論兵，做過多篇文章談論軍事。他擅長五言律詩和七言律詩，氣骨遒勁，筆力俊爽，時人稱「小杜」，以別於杜甫；又與李商隱齊名，人稱「小李杜」。著有《樊川文集》。《全唐詩》存詩八卷。

◇登樂遊原①

杜牧

長空澹澹②孤鳥沒，萬古銷沉③向此中。
看取漢家何事業④？五陵⑤無樹起秋風。

注釋 ①樂遊原：在長安東南，地勢高曠，為遊覽勝地。②澹澹：恬靜的樣子。③銷沉：行跡消沒。④事業：功業。⑤五陵：漢代五位皇帝的陵墓，即高祖長陵、惠帝安陵、景帝昭陵、武帝茂陵、昭帝平陵。

大意 孤鳥在廣闊無邊的天際消失了蹤跡，萬古以來的往事都消失在這曠野當中。看著過往強盛的漢代留下了什麼呢？只剩下光禿禿五座帝陵在蕭瑟秋風中。

簡析 這首詩是詩人秋日登樂遊原的懷古之作，對歷史興衰有著深刻的反省。首先從樂遊原寬闊的天空說起，看到孤鳥從廣袤的天際消失不見，可以想見其平闊，進而聯想到所有過往也這樣消失在曠野之中，就以漢代建立的不朽功業而言，曾經的輝煌與強大又如何？以眼前所見高祖長陵、惠帝安陵、景帝昭陵、武帝茂陵、昭帝平陵為例，如今也只剩下光禿禿的帝陵，「無樹起秋風」正是援取武帝〈秋風辭〉：「秋風起兮白雲飛，草木黃落兮雁南歸」之意，過往的一切，如今只有曠野裡蕭瑟的秋風。晚唐詩人看過盛世衰敗的過程，曾經的功名事業，最終歸於黃土，看待歷史的眼光也就更為深沉。

◇長安秋望　杜牧

樓倚霜樹外，鏡天①無一毫②。
南山③與秋色，氣勢兩相高。

注釋　①鏡天：像鏡子般明亮的天空。②一毫：一絲。③南山：終南山。

大意　登上楓樹旁邊的高樓，碧空如鏡沒有絲毫的雲朵。遠眺終南山上無盡的秋色，好像在爭奪誰是最具氣勢的秋天美景。

簡析 詩人寫下欣賞長安秋景的詩，第一句「樓倚霜樹外」點出所在位置，樓與樹相倚，「外」之一字可見詩人居高臨下，欣賞經霜的楓葉；第二句「鏡天無一毫」描繪天空如鏡，萬里無雲，正是秋高氣爽的時節；第三、四句「南山與秋色，氣勢兩相高」則是將霜樹與鏡天的秋色，與遠方青碧山色相互比較，山色與秋色爭相輝映，雙方好像爭奪誰可以在秋天美景中勝出一籌，詩人有縱覽天地的氣勢，長安秋望也能看到美景在爭奇鬥艷。

◇江南春絕句

杜牧

千里鶯啼綠映紅，水村山郭①酒旗②風。
南朝③四百八十寺，多少樓臺④煙雨中。

注釋 ①郭：外城。②酒旗：酒店門前作為標誌的小旗。③南朝：與北朝對峙的宋、齊、梁、陳政權。④樓台：指寺院建築。

大意　一望千里江南，綠草紅花互相輝映，鶯啼宛轉，山邊水畔的村鎮有酒旗迎風飄揚。南朝修建的四百多間寺廟，如今還有不少矗立在濛濛煙雨當中。

簡析　這首詩是杜牧名作，不僅千古傳唱，也成為江南最重要的形象廣告。第一句描繪江南千里的錦繡春光，綠樹紅花交相輝映，黃鶯清脆悅耳，春光明媚有聲有色，開場就氣勢萬千；第二句則寫百姓生活，山城水鄉到處飄著酒旗，一方水土養一方人，生活富庶豐饒隱然可見；第三、四句則融入江南歷史與文化的說明，南朝帝王篤信佛教，建立數百間的寺廟，如今也還有不少矗立在煙雨濛濛當中。本詩或許有批判南朝佞佛的用意，但更重要的是展現江南的風土民情，從地理景觀說起，江南鶯飛草長，百花齊放，春色如畫；水村山郭的人文地貌，以及到處可見的酒館商鋪，舒適宜居，江南生活的樣態，介紹得相當清楚。接著詩人再轉而深化其中的歷史人文，南朝帶給唐人的印象是繁華而短暫，然而建立的許多寺廟卻保留了下來，金碧輝煌又肅穆幽深，成為煙雨濛濛中的獨特景觀。最美的江南春景，美上加美，不能浮麗淺薄，詩人深化人文歷史，尺幅千里，呈現出江南旖旎多彩的美景，以及豐富的人文景觀。

◈齊安郡①中偶題 ◎二首

杜牧

兩竿落日②溪橋上，半縷輕煙柳影中。
多少綠荷相倚③恨，一時回首背西風。

秋聲無不攪離心，夢澤④蒹葭楚雨⑤深。
自滴階前大梧葉，干君何事動哀吟？

注釋 ①齊安郡：即黃州，治所在今湖北黃岡。②兩竿落日：落日只剩兩竿高。③相倚：荷葉層疊相依。④夢澤：雲夢澤，湖北江漢平原湖泊總稱。⑤楚雨：楚地之雨，齊安郡位於湖北。

大意 日落兩竿時分，夕陽餘輝照在溪水橋上，半縷輕煙掩映柳條清蔭之間。無數荷葉相互倚偎，而當風吹起之時，紛紛翻身背對著秋風。

秋天蕭瑟的聲音沒有不攪亂遊子心緒，雲夢大澤連綿秋雨下長滿了蘆葦。雨還滴在臺階前的梧桐葉上，只是這些又與你何干，讓你想要吟出悲傷的詩篇。

簡析　杜牧於會昌二年（八四二）至四年（八四四）出任黃州刺史，遠離朝廷，詩中往往流露不得志的心情，這兩首詩即是此時期作品。第一首詩的精彩在「多少綠荷相倚恨，一時回首背西風」，秋塘綠荷叢聚，荷葉彷彿幽恨深切地彼此倚偎，「恨」其實是詩人心中的情緒，然而移情的結果，所見荷葉也是如此，一如南宋詞人辛棄疾〈賀新郎〉：「我見青山多嫵媚，料青山見我應如是」，詩人多情，使得萬物也多情，詩人有恨，荷葉也成為幽憤難伸的人，而秋風遽起捲起葉浪，一時之間所有荷葉背向西風，刻畫風吹葉面逆向翻飛的細節，充滿動態的美感，也使詩人抑鬱之情有了具體的形象。第二首詩卻是相反，「自滴階前大梧葉，干君何事動哀吟？」反而是將人抽離，雨滴階前大梧葉，滴滴答答的響聲撥人心弦，雨從葉落，又像是為人垂淚，無不引人愁緒，然而此情此景，卻頑皮地反問詩人一句「干君何事」，所有哀愁是自我的，是人自尋煩惱。從荷葉有情到梧葉無情，詩人孤獨的靈魂進入萬物有情的世界，卻又被有情的世界給拋棄，由恨到哀的無奈，更顯得孤單無助。

◇雨　杜牧

連雲接塞添迢遞①，灑幕侵燈送寂寥②。
一夜不眠孤客耳，主人窗外有芭蕉。

注釋　①迢遞：遙遠的樣子。②寂寥：寂靜空虛。

大意　烏雲連綿延伸到遙遠的天際，簾幕燈燭光影中雨滴灑落更增寂寥。孤獨的旅人一夜無眠，不得安靜，就是因為主人家的窗外種有芭蕉。

簡析　這首詩是雨夜情景的描繪，「連雲接塞添迢遞」形容雨夜中，烏雲綿延堆疊，夜晚烏雲更顯厚重深沉，了解今夜的雨一時半刻不會停了，「灑幕侵燈送寂寥」是在客舍當中看著雨滴灑落在簾幕上，光影搖曳，倍感寂寥，詩人從視覺到聽覺，特別安排「耳」字，孤獨的外鄉客整夜失眠，一夜不得安寧的原因，正是因為窗外種著芭蕉，雨打整夜，無法成眠。詩人抒發羈旅異鄉的惆悵與辛酸，卻將愁不能眠怪到窗外芭蕉身上，營構雨打芭蕉的意象，雖然悲苦卻也浪漫。

◆贈漁父　杜牧

蘆花深澤靜垂綸①，月夕煙朝幾十春。
自說孤舟寒水畔，不曾逢著獨醒人②。

注釋　①綸：綸音輪。釣絲。②獨醒人：戰國時屈原被放逐，遇見漁父，漁父問他何以至此？屈原曰：「舉世皆濁我獨清，眾人皆醉我獨醒。」

大意　在長滿蘆花的深水湖上靜靜垂釣，這樣的月夜晨霧度過了幾十年。常說自己駕著小船在湖水溪畔獨自往來，就從來沒有看過像屈原這樣眾人皆醉我獨醒的人。

簡析 詩人巧妙運用屈原與漁父的典故，以漁父的角度譏諷世道，委婉而深切。推想漁父數十年的歲月就是在「蘆花深澤」與「月夕煙朝」中度過，疊加的安排，勾勒出極富畫面的場景，漁父冷靜貞定的形象也就更有公信力。最後「自說孤舟寒水畔，不曾逢著獨醒人」藉由漁父的自訴，孤舟在湖畔往來，從來沒有遇過像屈原一樣獨醒之人，冷峻的言語，使讀者悚然一驚，漁父像是哲學家，也像是冷眼看待世局的觀察家，舉世污濁再無精敏清醒之人，實在是深切的譏諷。杜牧重構屈原與漁父相遇場景，詩人在澤畔與哲人的對話既有美感的渲染，又有翻轉的趣味，批判世道的力量也就更為強烈。

◇山行　杜牧

遠上寒山石徑斜，白雲生處有人家①。

停車坐②愛楓林晚，霜葉紅於二月花。

注釋　①人家：住家。②坐：因為。

大意　蜿蜒小徑延伸到寒意籠罩的深山，白雲繚繞深處還住著幾戶人家。停車是因為愛上晚霞中楓樹掩映的風景，經霜的楓葉比二月的鮮花還要紅艷漂亮。

簡析　這首詩是杜牧膾炙人口的寫景作品，文字曉暢，意象清晰，情韻悠揚。從山徑而入山，「遠」與「斜」點出山行的活動，山勢有了畫面，「白雲生處有人家」也讓「遠」與「斜」有了焦點，雲無心以出岫，遠方的山谷白雲繚繞，也有幾處人家，不僅看到山林的幽邃，也指引隱居風雅人家的所在；「停車坐看楓林晚」是詩人從山徑中停了下來，駐足欣賞傍晚楓林的風景，夕陽餘輝當中，絢麗晚霞與紅艷楓葉交相掩映，讓人留連忘返，「愛」字將情感貫串其中，文字有力；第四句「霜葉紅於二月花」是全詩精神所在，山行被夕陽楓林吸引，因為經霜楓葉竟然比二月盛開的花朵還要紅艷，詩人藉由秋天紅楓與春天紅花的比較，秋天不是淒涼蕭瑟，反而活潑旺盛，極富生命力。整首詩以鮮明的色彩，展現豪爽的詩情，成為秋天最具代表性的詩篇。

雍陶

雍陶，生卒年不詳。字國鈞，夔州雲安（今四川雲陽）人。文宗大和八年（八三四）登進士第。與姚合、賈島、姚鵠等詩人交厚。《全唐詩》存詩一卷。

◈題情盡橋

雍陶

從來只有情難盡，何事名爲情盡橋？
自此改名爲折柳，任他離恨一條條。

大意　世間最難的是了斷感情，怎麼會有名字叫做情盡橋呢？還是從今改名為折柳橋吧，就讓離情愁緒像柳枝一條條。

簡析　這首詩是送別之作，卻因橋名為情盡，詩人藉題發揮，不僅有巧思，也有意象，讓人產生綿綿情思。前兩句說明緣由以及對「情盡」一詞的不以為然，從來一句，表示這是事實也是道理，人間最難割捨的是感情，劉義慶《世說新語‧傷逝》載王戎言：「聖人忘情，最下不及情；情之所鍾，正在我輩。」芸芸眾生無不牽扯於感情當中，「情難盡」道盡人間情態，所以反問「何事名為情盡橋」也就極有力量。於後「自此改名為折柳，任他離恨一條條」，詩人不僅倡議改名，也提供寄情於物的想像，感情沒有形體，但是在詩人的筆下，將千絲萬縷的思緒，以及對於離人不捨的情感，化為橋邊絲絲垂柳，深切又有寓意。整首詩文字如同口語，一問一答，一氣呵成，不僅情與理一，也賦予橋詩情畫意的想像，以及後世深刻的反思。

◆喜夢歸　雍陶

旅館歲闌①頻有夢，分明最似此宵希。
覺來莫道還無益，未得歸時且當歸。

注釋　①闌：將盡，晚。

大意　歲末時節，旅居客舍常常做夢，卻很少像今天這樣子做了闔家團圓那麼真切的夢。醒來後不要說這只是夢沒有用，還沒回家也就暫時當成已經回家了吧。

簡析　這首詩從旅館做夢說起，遊子孤寂想家，夢成為心中唯一的慰藉。「旅館歲闌頻有夢」點出地點與時節，歲末本該一家團圓，遊子客居在外，日有所思，也就頻頻夢到回家，詩人以「分明最似」言夢中之彷彿，雖是夢境但也難得。而夢醒時分，一切回到現實，詩人留戀剛剛夢中的感覺，強調醒來不要認為夢沒有用，末了「未得歸時且當歸」給出了答案，在還沒有到家的時候，這個夢可以聊以慰藉想家的心。詩人故意打破夢醒回歸現實的殘酷，為不能回家只能夢裡相見爭取一點地位，讀來有趣卻也辛酸，詩人為「夢歸」巧妙設想，所謂之「喜」卻也更讓人「悲」。

◇宿嘉陵驛　雍陶

離思茫茫正值秋，每因風景卻生愁。
今宵難作刀州①夢②，月色江聲共一樓。

注釋　①刀州：益州。②刀州夢：雍陶是益州人，刀州夢意謂鄉夢。

大意　離開家鄉時正逢秋天，常常因為蕭瑟風景而有無限愁思。今晚大概很難夢到回家，因為房間充滿月色與盈耳的江聲。

簡析　這首詩是思鄉的作品，如果看了這首詩，也會覺得上一首詩「覺來莫道還無益」是有道理的。離家在外茫茫然無所依靠，遇到秋天時節更添思鄉之情，如果再加上風景的觸動，就讓人愁上加愁，其實就算做夢也不是容易的事，夢到回鄉更不是自己可以掌握；最後一句「月色江聲共一樓」深具美感，也指出原因，驛館當中皎潔月光與盈耳江聲，讓人很難成眠。詩人秋夜思鄉，連做個鄉夢都沒有辦法，讓人無限同情。

◆送春　雍陶

勿言春盡春還至，少壯看花復幾回？

今日已從愁裡去，明年更莫共愁來。

大意　不要說春天走了明年還會再來，能夠在青春年少一同看花又有幾回？今日送完春天已經感傷許久，明年可千萬不要再一起發愁。

簡析　這首詩是傷春惜時的作品，詩人以送別春天為主題，相對過往鋪排春天美景的手法，更純粹地說明人要及時行樂的看法。「勿言春盡春還至，少壯看花復幾回？」破除春天逝去，明年還會再來的說法，因為每一個人的青春年少都是有限的，能夠真正領略春天美好的人其實並不多，所以行樂要及時。相對於行樂及時，詩人以相反角度書寫，今天送春有諸多愁緒，明年春來不要再陷入愁思當中。全詩文字簡單卻饒有寓意，春天賞遊之餘，也提醒人生春天有限，少壯看花的心情其實並不多，要多多珍惜。

李涉

李涉，生卒年不詳。曾於江中遇盜，盜首知是李涉，云：「自聞詩名日久，但希一篇，金帛非貴也。」盜首厚饋而去。敬宗寶曆元年（八二五）坐事流康州。《全唐詩》存詩一卷。

◇井欄砂宿遇夜客

李涉

涉嘗過九江，至皖口①，遇盜，問：「何人？」從者曰：「李博士也。」其豪酋曰：「若是李涉博士，不用剽奪②，久聞詩名，願題一篇足矣。」涉遂贈詩云云。

暮雨蕭蕭江上村③，綠林豪客④夜知聞。

他時不用逃名姓⑤，世上如今半是君。

注釋 ①皖口：地名，在今安徽省，當皖水入長江之口，故名。②剽奪：劫奪。③江上村：皖口的村莊，即井欄砂村。④綠林豪客：盜匪或聚居山林劫掠百姓的人。⑤逃名姓：避聲名而不居之意。

大意 傍晚瀟瀟雨聲中夜宿江上村，沒想到得識各位綠林豪客。從今往後到那裡都不用隱姓埋名，如今世上半數人都是肯定諸君的。

簡析 這無異是一篇炫耀文，詩人名聲不僅於詩壇而已，連綠林好漢也都認識，而且竟然要詩不要金帛，盜賊也風雅，實在匪夷所思。脅迫之下，實在很難寫出好詩，不能以意象優美來評價，但這首詩還是稱讚綠林豪客，大大褒揚他們的義舉一番。「暮雨蕭蕭江上村」說明在夜晚窮鄉僻壤為雨所困的情況，詩人非常謹慎不敢隨意批評，亂發牢騷；「綠林豪客夜知聞」是詩人在這荒村裡得識這些綠林豪客，還是這些綠林豪客知聞我的名字，不管是從詩人角度還是綠林豪客的角度都可以通；於後「他時不用逃名姓，世上如今半是君」則是再也不用隱姓埋名，因為喜愛文學而不貪錢財的名聲，早已受到天下半數人的肯定。詩人看到這些綠林豪客不同於尋常盜賊的特質，表揚他們愛詩的名聲應該可以打動這些人。事實上，這首詩也的確成為這群綠林豪客的名帖，詩人為他們的愛詩背書，也讓我們了解到唐人愛詩的情況，詩確實是全民的喜好。

陳陶

陳陶（八〇三—八七九），字嵩伯，號三教布衣，嶺南人。宣宗大中時遊學長安，後浪遊贛皖諸地，留下大量詩作，多為憂時憫亂、感嘆身世之作。《全唐詩》存詩二卷，但與南唐另一陳陶相混。

◆水調詞 ◎十首其七　陳陶

長夜孤眠倦錦衾①，秦樓霜月苦邊心。
征衣一倍裝綿厚，猶慮交河②雪凍深。

注釋　①錦衾：衾音親。錦緞製成的衾被。②交河：漢古城名，唐貞觀十四年（六四〇）

設縣，在今新疆吐魯番西北的雅爾和屯。

大意　雖然蓋著錦緞衾被，漫漫長夜還是孤枕難眠，明月高樓上有著苦苦思念遠在邊塞之人的心。於是將征衣加倍補入厚厚的棉絮，還是擔心擋不住塞外雪地的寒風。

簡析　郭茂倩《樂府詩集》「近代曲詞」有〈水調〉，唐人有新〈水調〉，這首詩是陳陶〈水調詞〉十首之第七首，詩人善於書寫征戰亂離主題，這首閨怨詩，如果與〈隴西行〉：「可憐無定河邊骨，猶是春閨夢裡人」合看，了解戰爭的殘酷，應該會更為悽惻哀傷。「長夜孤眠倦錦衾，秦樓霜月苦邊心」寫出深閨女子思念戍守邊疆的丈夫，漫漫長夜，寒冷的霜月，雖然住在高樓蓋著錦衾，仍然難以成眠，因為心中記掛著遠在邊地的丈夫，「苦」之一字極具概括效果，而「征衣一倍裝綿厚，猶慮交河雪凍深」則是女子將思念轉化為實際的行動，趕製征衣刻意加上一倍的厚棉，貼心的舉動，溫暖的關懷，使得無形的思念好像有了重量，但女子仍然害怕無法抵禦邊地的天寒地凍，擔心不已，再次證明了心中之「苦」。深閨女子心繫遠方，情真意切，有著無法排遣的愁悶焦慮。整首詩溫婉情調令人感動，然而每一位邊地戰士都有家人的記掛，又讓人有無窮之思。

趙嘏

趙嘏（八〇六—八五二？），字承祐，楚州山陽（今江蘇淮陰）人。武宗會昌四年（八四四）登進士第。《全唐詩》存詩二卷。

◇寒塘

趙嘏

曉[1]髮梳臨水，寒塘坐見秋。

鄉心正無限，一雁度南樓。

注釋 ①曉：天剛亮的時候。

大意 清晨照著池塘的水梳妝，從池塘水面上看到秋涼景象。讓人觸發無盡的思鄉情緒，卻又看到孤雁從南樓飛過。

簡析 這是詩人羈旅在外的作品，巧妙藉由池塘水面映照的影像，抒發無盡的鄉愁。秋天天朗氣清，池面如鏡，臨水梳髮所見應是一早散亂的頭髮，池塘水面上的倒影除了詩人之外，還有木葉蕭蕭，滿天秋色的景象，讓人有無限思鄉之心，又或許原本思鄉之心，因看到池塘秋色勾起更多的愁緒，詩人於末了「一雁度南樓」無限愁思當中，看到孤雁橫過南樓，原本靜態的懷想，愁思又更深了一層。整首詩從池塘秋色當中看見自己，也看見無限落寞的心，孤雁南歸更像是池塘當中投入一顆石頭，在心頭激起一陣漣漪，將詩人層層圈在無邊的愁緒當中，池塘一如心鏡，映照愁顏，也映照天地，然而卻也在一方水塘當中困住自己。詩人從生活當中擷取場景，深刻細緻，從臨水及至寒塘，又從見秋而生鄉心，從鄉心又看到一雁南歸，情緒流轉變化一氣呵成，然而無限的思緒，卻已經隨著孤雁飛到遙遠的天邊。詩人造語自然，情景交融，從而得見思鄉的哀愁。

◇江樓舊感　趙嘏

獨上江樓思渺然①，月光如水水如天。
同來望月人何處？風景依稀似去年。

注釋　①渺然：悠遠的樣子。

大意　獨自爬上江樓讓人有悠遠的情思，月光如水波般流動，而水與天色交織成一體。去年一同賞月的人如今何在？只有風景依稀還是像去年。

簡析　這首詩簡鍊流暢，輕柔優雅，思念友人的情味深切綿長。「獨上江樓思渺然」表明此為重訪江樓舊遊之行，夜闌人靜，詩人獨自前往，孤獨寂寞，幽思綿長，「思渺然」讓人有無限的聯想，「月光如水水如天」是水月相映的情景，然而詩人用「月光如水」，不僅描繪月光輕柔如水十分貼切，又讓人有韶光流年，時間飛逝的感覺，水色如天色，水鏡如天，則又彷彿另一個時空讓人陷於其中。後半則回想過往與友人共賞江樓水月，如今只有自己一人欣賞，如去年水月相映的美景，讓人更覺得孤獨。詩人構畫清麗的江樓景色，舊地重訪，缺了同行的友人，心中彷彿也缺了一角，美景當前卻有淡淡的哀愁。整首詩文字優美，情韻綿長，有著思念遠人的悠遠情思，深切有味，值得反覆吟詠。

李群玉

李群玉（八〇八？—八六二？），字文山，澧州（今湖南澧縣）人。其詩五言警拔，七言流麗。《全唐詩》存其詩三卷。

◆放魚　李群玉

早覓為龍去，江湖莫漫遊。

須知香餌下，觸口是銛①鉤。

注釋　①銛：銛音先。銳利。

大意　魚你早早找個機會幻化為龍，就不要在江湖上漫遊了。要了解香餌的底下，就是銳利的魚鉤。

簡析　這首五言絕句深寄人生哲理，詩人將魚放生的那刻，給予深切叮嚀，反映洞悉人世的覺悟。這首詩運用了鯉魚躍龍門的典故，詩人勸魚早日成龍而去，擺脫江湖池塘的生活，原因就是誘惑太多，陷阱太多，香餌底下就是銳利的魚鉤，「觸口」一詞讓人怵目驚心，一不小心上鉤就會身敗名裂。這首詩並不是詠物之作，而是勸世之詩，全詩以諧趣的內容，口語的文字，殷殷告戒，提醒所有人要有警覺之心，也讓人了解江湖行走的可怕。

◇火爐前坐

李群玉

孤燈照不寐，風雨滿西林。

多少關心事，書灰到夜深。

大意　孤燈照著一夜難眠的人，聽著狂風驟雨吹著西邊樹林。心中糾結著家事、國事、天下事，一個人在爐灰上漫筆書寫到深夜。

簡析　這首詩即景即情，詩人在爐火前坐，一夜風雨，心事重重，寫得深刻動人。首句點出詩人耿耿不寐，獨伴殘燈的情景，聚焦在難以成眠的詩人身上，全詩便有了重心。聽著疾風暴雨吹襲西邊樹林，風聲雨聲盈耳，有著紛亂不安的情緒，以及對天下形勢不明的擔心，詩人構畫一個風雨紛亂的外在環境，「滿」字讓情緒更為飽滿，使全詩充滿無可逃脫的氛圍；「多少關心事」點出關鍵所在，正是因為心中有事所以一夜無眠，才會聽到整夜的風雨，然而究竟何事？是家事還是國事，顯然已經糾結在一起，詩人言之含蓄，卻留給讀者無限的想像；末了詩人在爐灰上面胡亂塗畫，是無意識之舉，是舉棋不定，還是無可奈何，詩人空有理想卻徒呼負負，關心世局卻無可奈何，詩人巧妙化用「書空咄咄」的典故，書寫於爐灰之上，悲憤之情意在言外。這首詩刻畫殘燈爐火前愁思滿腹的詩人，胸有懷抱，筆力遒勁，未染晚唐綺靡晦澀習氣，乃是難得的佳作。《全唐詩》言李群玉「性曠逸，赴舉一上而止，惟以吟詠自適。」詩人有曠達自適的個性，顯然也有懷才不遇的惆悵。

溫庭筠

溫庭筠（八一二—八七〇），字飛卿，原名岐，太原祁人（今山西）。溫庭筠是晚唐著名詩人，詞風濃綺豔麗。溫庭筠能文善樂，卻科場失意，屢試不第。由於相貌醜陋，有「溫鍾馗」之稱；又因文思敏捷，叉手一吟便成一韻，八叉八韻就能完成一篇律賦，時人亦稱「溫八叉」。溫庭筠詩風上承唐朝詩歌傳統，下啟五代文人填詞風氣之先，詞風華麗濃豔，和李商隱並稱「溫李」，後世詞人如馮延巳、周邦彥、吳文英等多受他影響。《全唐詩》存詩五卷。

◆李羽處士[1]故里　溫庭筠

柳不成絲草帶煙，海槎[2]東去鶴歸天。
愁腸斷處春何限，病眼開時月正圓。

花若有情還悵望，水應無事莫潺湲③。
終知此恨銷難盡，辜負南華④第一篇。

注釋　①處士：有才學而隱居不仕的人。②海槎：槎音茶。木筏、舟船。③潺湲：湲音元。流水聲。④南華：《莊子》別稱。

大意　這裡的柳殘難成絲，蔓草雜生成荒煙，因為你乘著海槎、駕著鶴羽化成神仙。在春意無限的時節，我卻愁腸寸斷；月圓時刻，我卻淚眼婆娑。花若是有情應該也會惆悵地期待你到來，水如果有意應該直到你出現才繼續流淌。然而最終願望還是沒法達成，讓人無限的悵恨，實是辜負《莊子》第一篇〈逍遙遊〉。

簡析　這是弔念亡友的詩，詩人另有〈題李處士幽居〉、〈李羽處士寄新醞走筆戲酬〉之作，兩人好交情，聲氣相投，甚至相約為「忘年友」，在其亡故後重訪故地，不覺百感交集，這首詩情真意切，可見詩人對朋友的真摯情感。一開頭從荒煙蔓草中想到故友離世，然而故里是否真的荒蕪不堪？恐怕更多的是詩人移情，當人不在，風景也就不成風景了；第二聯敘述春光無限花好月圓的時節，應該與好友同遊同歡，如今卻是「愁腸斷處」與「病眼開時」，無力也無心欣賞；接著詩人埋怨起這些花花草草、水月春光，如果他們有感情的話應該也會惆悵，流水也不要無情地的流逝吧！當然詩人的埋怨，終究無濟於事，花月流水，春光依然所欠缺是朋友的出現。因為《莊子》第一篇〈逍遙遊〉就沒有讀通，所以才會如此執迷不悟，讓自己陷入深深愁思當中，無法逍遙自由。整首詩典麗華美，深情幽婉，前人往往言其才情，但這首詩可見其真情。

◆蔡中郎墳①

溫庭筠

古墳零落野花春，聞說中郎有後身②。
今日愛才非昔日，莫抛心力作詞人。

注釋　①蔡中郎墳：蔡邕，後漢末年人，官至左中郎將。博學、好詞章、精音律、工書法。其墳在毗陵（今江蘇常州）。②後身：來世之身。佛教有三世之說，人死後轉世之身為後身。

大意　在春花盛開的野地看到殘敗的古墳，聽聞傳說中的蔡中郎也有了後身。如今愛惜人才的風氣已不及從前，千萬不要白白浪費心力來做詩人。

簡析　這是一首懷古詩，同時也是譏諷自傷的作品，唐代詩人寫漢代、寫前輩詩人，是經常出現的詩歌題材，以古作今，以今擬古，詩人有更大的揮灑空間。東漢才子蔡邕古墳座落在春花盛開的野地，零落荒涼不免觸發詩人諸多感懷，而「聞說中郎有後身」則是一則故事，殷芸《小說》載：「張衡亡月，蔡邕母方娠，此二人才貌相類，時人云：『邕即衡之後身也。』」張衡死後不久，蔡邕母親懷孕，兩人才情相貌近似，因此有蔡邕是張衡後身的傳說。據此，詩人推想蔡邕同樣也有後身，甚至應該也就是詩人的自我期許，只是現今世道愛才遠比不上古代，沒有人賞識，才情在這個時代可以發揮的空間有限；最後「莫拋心力作詞人」則是深切的感慨，當用盡心力創作一篇篇詩歌，無人欣賞也沒人提拔，最後的結局也是零落荒野之間，這是對於世道嚴厲譏諷，告誡自己，也為天下有才之人抱不平。這首詩巧妙運用掌故，從自傷之作擴大為所有文人發聲，也就有同情共感的力量。

◇過分水嶺①

溫庭筠

溪水無情似有情，入山三日得同行。
嶺頭便是分頭②處，惜別潺湲一夜聲。

注釋 ①分水嶺：指漢水與嘉陵江的分嶺。②分頭：分別。

大意 溪水無情但又像有情，入山三天裡一路相伴。只是到了前頭山嶺就要分手了，整夜潺潺水聲好像在惜別一般。

簡析 詩人將蜿蜒山路及緣溪而行的辛苦，轉化為具有感情的行路詩歌，溪水成為寂寞旅途寬慰的同伴，讀來饒有情趣。溪水是無情還是有情？若無情又似有情，讓人有旖旎之思，原來入山三日一直都是緣溪而行，水路蜿蜒可以想像，登山之勞也可以了解，然而詩人從另一角度說起，一路同行相隨，詩人對溪水有了感情，也覺得溪水對詩人有了感情；到了山嶺終於要各奔東西，原本急著趕路，現在反而不捨分離；最後詩人設想了纏綿悱惻的道別，溪水一整夜的潺湲，宛如叨叨絮絮的話別，行路的艱苦換來一段山水的邂逅。分水嶺可以泛指山脈水流分界處，嶓冢山為漢水與嘉陵江分水嶺，應為詩人入蜀途中所作。這首詩浪漫有情，風格新穎，情辭兼得，乃是旅遊的佳作。

◆碧澗驛①曉思

溫庭筠

香燈②伴殘夢，楚國在天涯③。
月落子規歇，滿庭山杏花。

注釋 ①碧澗驛：確切地點不詳。②香燈：燃香膏的照明燈。③天涯：天邊，極遠之地。

大意 華麗燈燭下伴著還沒做完夢的我，醒來才發覺楚國遠在天涯。明月已落杜鵑也不再啼叫，只看到庭院中開滿了山杏花。

簡析 這首詩風格像小令，文字與意象充滿了朦朧美感，唐人偶爾作詞，並非專力為之，但溫庭筠依聲填詞，努力經營，用力最多，著有《握蘭集》、《金荃集》，對於詞體確立具有開創的地位，詩與詞不同體裁之間書寫手法的融通，也是觀察的重點。「香燈伴殘夢」寫夢醒時分眼前迷離的燈影，「香燈」頗不同於詩人的用字習慣，而「殘夢」寫出半夢半醒更增迷惘，詩人鋪排迷離與美感兼具的氣氛，夢裡在楚國，事實上卻已在碧澗驛，空間的轉換，使得夢境更為迷離，天涯海角的距離更增離情；「月落子規歇，滿庭山杏花」回到現實的清醒情況，破曉時分，明月已落，杜鵑不再鳴叫，看到院落中開滿了山杏花，又讓人對遠方充滿了思念。整首詩溫婉清麗，情思無窮，純然寫景，餘韻無窮，有詩的莊重典雅，也有詞的婉媚，詩人意象安排與意境捕捉，華麗幽深，可做為晚唐詩風詞化的參考。

◆商山[1]早行

溫庭筠

晨起動征鐸[2]，客行悲故鄉。
雞聲茅店月，人跡板橋霜。
槲葉落山路，枳花明驛牆。
因思杜陵[3]夢，鳧[4]雁滿迴塘[5]。

注釋　①商山：在今陝西商縣東南。②征鐸：旅人車馬的鐸鈴。③杜陵：地名。秦置杜縣，漢宣帝在此築陵，改名杜陵，在今陝西西安市東南。④鳧：鳧音福。野鴨。⑤回塘：曲折的水池。

大意　早起趕路牽動車馬的鈴鐸，一路行來讓人有無窮的思鄉之悲。看著茅草店上的殘月，伴隨著雞鳴走在木板橋上，上頭的霜也留下了足跡。山路上有枯敗的槲葉掉了滿地，明豔的枳花開在驛站牆頭。想起昨夜夢到了杜陵的情景，一群群雁鴨在環曲的水塘中嬉戲。

簡析　這首詩是溫庭筠代表作，宋代歐陽修特別喜歡「雞聲茅店月，人跡板橋霜」所營造的意象，讓人感同身受，《六一詩話》當中引梅堯臣說法，就是將不易描寫的場景，描寫得有如在眼前，包涵無窮情意，意在言外。溫庭筠就是可以將道路辛苦，羈旅愁思表現淋漓盡致，所以歷來有許多的評論，稱賞這兩句詩造語精巧，包括李東陽《懷麓堂詩話》言：「音韻鏗鏘，意象具足」；劉學鍇《溫庭筠全集校注》點出詩中以名詞性意象的疊加組合，產生瘦硬與景色鮮明的藝術效果，給予讀者深刻無窮的想像；羅宗濤〈溫庭筠詩詞比較研究〉引王夢鷗教授說法認為「這一組記號不特是可知解的，可想像的，而且也是可感動——可同情的，較之直接概括的表現為完全而具體。」寫出詩人凝鍊意象的功力。

首聯寫出客居在外一早出行的情形，大家趕早出發，離家愈遠一步，思念家鄉也更深一層，「征」字讓迫於行役的感覺更為明顯；第二聯「雞聲茅店月，人跡板橋霜」是全詩最精彩之處，茅店的破落，殘月的孤寂，雞鳴催促大家必須上路，板橋上的一層薄霜留下走過的足跡，這些意象構成的美感，不僅深刻且具畫面；第三聯藉由視線的移動，從遠處槲樹葉落滿山路回到驛站牆頭開滿白色明亮的枳花，稍稍緩解過於濃重的情緒；末了回扣開頭的「悲故鄉」，晨起還殘留昨夜回鄉的夢境，一群群雁鴨在水塘中自由悠遊，「思」字是回味亦是思量，原本的悲情更為悠遠綿長。整首詩藉由畫面的移轉疊加，交融意象與美感，將羈旅的辛苦、思鄉的悲情，轉化為優美的懷想，成為傳世不朽的佳作。

李商隱

李商隱（八一三—八五八），字義山，號玉谿生、樊南生，懷州河內人（今河南）。以文才見知於牛黨令狐楚，受推薦登進士第；後入李黨王茂元幕下，王以女嫁之。當時宗派傾軋爭鬥，李商隱左右不是，得不到諒解，仕途坎坷的苦悶，讓他寫下許多曲折晦澀的詩句。晚唐詩風崇尚唯美，他的抒情詩綺麗中帶有冷峭之美，與杜牧、溫庭筠並列代表。著有《樊南甲集》、《樊南乙集》、《李義山詩集》。《全唐詩》存詩三卷。

◆悼傷①後赴東蜀辟②至散關遇雪

李商隱

劍外③從軍遠，無家與寄衣。
散關④三尺雪，迴夢舊鴛機⑤。

注釋　①悼傷：悼亡，指喪妻。②辟：徵召。③劍外：四川劍閣縣之外。④散關：即大散關，在陝西寶雞西南的峽谷中。⑤鴛機：織錦機。

大意　離家遠赴劍閣以南的軍職，家裡已經沒有人可以寄寒衣給我。沒想到一到大散關就遇到了積雪三尺的大雪，夜裡夢到妻子在家中織錦機上織衣。

簡析　這是李商隱在妻子王氏病逝後離家赴軍職所作，全詩圍繞在「悼傷後」的情緒，直抒對妻子的思念，情真意切，讓人低回不已。首句寫離家赴任，從軍的說法有著迫於行役的無奈，離家漸遠的孤寂心情表露無遺；次句則沉痛至極，妻子去世如家已毀，無人可寄來征衣，心中悵然失落；「散關三尺雪」更雪上加霜，已無家人可寄征衣又遇大雪，而午夜夢迴竟然還夢到妻子正在織衣，過往繾綣恩愛的情景，如今只能在夢裡得見。王氏的離世不僅影響詩人的心情，也影響未來仕途，這首詩更看到其中眷眷不捨與無奈的心情，只留下午夜夢迴的懷念。前人評論這首詩有盛唐遺風，主要是文字洗鍊，氣韻渾成，離家的愁思，對妻子的思念，孑然一身的孤獨，以及一生蹭蹬的失落，自然流露，最後的夢戛然而止，殘酷的現實更加撕裂人心。李商隱詩歌風格唯美晦澀，〈錦瑟〉寫得迷離朦朧，讓人哀惋追悔不已，然而這首詩簡潔明快，也一樣深情動人。

◈北齊①◎二首　李商隱

一笑相傾國便亡，何勞荊棘②始堪傷。
小憐③玉體橫陳夜，已報周師④入晉陽⑤。

巧笑知堪敵萬機⑥，傾城最在著戎衣⑦。
晉陽已陷休回顧，更請君王獵一圍。

注釋　①北齊二首：詠北齊後主高緯寵馮貴妃，荒淫國事。②荊棘：晉索靖典故，其預見天下將亂，指宮門銅駝嘆：「會見汝在荊棘中耳。」此處意指亡國。③小憐：馮貴妃名。④周師：北周軍隊。⑤晉陽：今山西太原，為北齊高氏政權起家之地。⑥萬機：此指君主日常處理的眾多政務。⑦戎衣：軍裝。

大意　美人一笑便可以毀掉國家，何必大軍經過荊棘遍野才開始感傷。小憐如玉的身軀服侍君王的夜裡，北周軍隊攻入晉陽消息已經傳了進來。

美麗女子的笑容可化解日理萬機的辛勞，馮貴妃著戎裝時最是美艷動人。晉陽既然已經淪陷了就不要再想它，還是請君王田獵再玩一回吧。

簡析 這首是李商隱非常有名的詠史詩，藉由北齊亡國的歷史提醒縱欲亡身，荒淫毀國的道理。「一笑相傾國便亡」破題就極為有力，周幽王寵褒姒為博一笑而亡國的陳述雖然聳動，卻是史實，傾國傾城並非誇飾之辭。《老子》第三十章：「師之所處，荊棘生焉；大軍之後，必有凶年。」國破之後，所有繁華毀於一旦，宮廷苑囿只留下遍地荊棘；第三句以實例佐證這個道理，詩人鋪排淫佚香艷的場景，當北齊後主縱欲狂歡之夜，馮貴妃玉體橫陳，對比晉陽已經被攻破之事，「已報」一詞將兩件事拼合，使得荒謬與衝突達到最高點，報應之快超乎想像，也使得一笑傾國有了鮮明的例證。

第二首也是以美女的笑與國家對比，日理萬機的君王因為巧笑就荒廢國事，「堪」之一詞，使得原本懸殊的事情竟然可以放在天秤上等量齊觀，用「巧笑」使原本女子美好的想像破滅，更具反諷的效果，而「傾城最在著戎衣」強化馮貴妃的形象，相對於玉體橫陳的嬌柔，著戎衣的颯爽英姿又別有風情，更加魅惑人心，最後取用歷史事實，當周師已攻陷平陽，後主還聽從馮貴妃之言再打獵一回，返回晉州時，城已陷落。詩人在此蓄意張冠李戴，將平陽移為晉陽，二詩於是有了連繫，事件有了進展的速度，然而北齊後主高緯無視危機，重色貪玩的荒謬，死不覺悟的狂悖，亡國之君的形象也就更為鮮明。

這兩首詩並沒有多加議論，而是藉由大小對比，以及歡愉與危機場景的切換，重塑北齊一段荒唐歷史，告誡君主不能荒淫誤國，深有諷諫意義，而刻意誇大馮貴妃的美貌，不僅能證明其殺傷力，也更強化全詩的藝術效果。

◆憶梅　李商隱

定定[1]住天涯，依依向物華[2]。
寒梅最堪恨，常作去年花[3]。

注釋　①定定：猶言牢牢地。②物華：指眼前美好春天景物。③去年花：梅花先春而開，到春光明媚百花盛開時，它卻早已凋零，所以梅花是去年就開的花。

大意　如今牢牢地被綁在天涯的遠方，我依依不捨地看著春天的美好景物。只有寒梅最讓人遺憾，常常被當作去年開的花。

簡析　這首詠物詩，雖然有自傷的心情，但風格清新，氣韻渾成，讓梅花充分展現托物起興的作用。首先點出自身處境，「定定」是唐時俗語，有牢牢不動的意思，詩人引俗語入詩，情感更為直接親切，妻子亡故後赴召，卻看不到歸鄉的時候，如今遠在天涯，心中鬱悶可想而知；看著春天繁華美景，詩人心中似乎有著遙遠的懷想。話鋒一轉，想到了寒梅早於百花而開，「堪恨」一詞使無奈與眷戀有了更清楚的答案，梅花於寒冬盛開的特點，早於春天繁花，卻被當成去年的花，詩人不但為梅花而嗟歎，更多的是自傷自憐。

李商隱才華早著，如果了解他在牛李黨爭當中依違不定的難處，常被自己人當成局外人，甚至被視為叛徒，讀這首詩應該會有更深的感受。羅宗濤〈李商隱詩中的百花世界〉一文分析李商隱所寫梅花的結果，傾向貞正堅毅者少，傾向於愁怨意趣者多，心境影響審美眼光由此可見。全詩文字簡單如白話，使用疊字手法增加節奏美感，以梅花先發的特點，興發自傷的感慨，沒有華麗雕琢痕跡，也無晦澀文句，風格含蓄優雅，值得細細品味。

◆月　李商隱

樓上與橋邊，難忘復可憐①。
簾開最明夜，簟②卷已涼天。
流處水花急，吐時雲葉③鮮。
姮娥④無粉黛，只是逞嬋娟⑤。

注釋　①可憐：可喜可愛。②簟：簟音電。竹蓆。③雲葉：雲朵。④姮娥：嫦娥，指月亮。⑤嬋娟：形容姿態美好的樣子。

大意　秋月懸掛在樓閣上、木橋邊，是最可愛也最令人難忘的景色。打開竹簾就可以看到皎潔月光，收了涼蓆秋天也就到了。溪流水花濺起，月光從雲彩透出，夜空更為潔亮。月中仙女不用脂粉，就已在月華中展露美好的姿態。

簡析　李商隱在〈霜月〉：「初聞征雁已無蟬，百尺樓高水接天。青女素娥俱耐冷，月中霜裡鬪嬋娟。」以感受與想像來呈現霜月的美感，而這首詩則是以素描方式來刻畫秋月美景的可愛，分別採取寫虛、寫實不同手法。首聯點出場景，高樓可以望月，橋邊則有鏡花水月，都是賞月極妙之處；捲上了竹簾後可見透亮的月光，而天氣漸涼，竹席也可以收起來了，卷舒的動作再加秋涼的膚觸，使得秋與月有了動態的聯結；「流處水花急，吐時雲葉鮮」是全詩最流光華彩之處，從橋邊看湍水溪流映照著月光，光華流瀉，波光粼粼，從高樓仰望，月亮從雲縫中露出，光芒使得夜空雲彩通透明亮，此處引用了陸機〈浮雲賦〉：「金柯分，玉葉散」的典故，雲月掩映既細緻又華麗；末聯寫秋月不施粉黛已光彩明麗，成為秋天夜空最美的存在，以此表達心中無限的艷羨與欣賞。李商隱善於構畫場景，鋪排氣氛，秋月乃是唐詩常見主題，然而如此華麗之作卻也罕見。

◇日射　李商隱

日射紗窗風撼扉，香羅①拭手春事違②。

迴廊四合③掩寂寞，碧鸚鵡對紅薔薇。

注釋 ①羅：質地柔軟的絲織品。②春事違：謂虛度春光。③四合：四面團聚。

大意 陽光射進紗窗，微風吹動門扉，以羅帕擦拭手，在此虛度春光。迴廊四合，圍住了寂寞的人，只看到開得燦爛的紅薔薇，以及學舌的綠鸚鵡。

簡析 這首閨怨詩不同於過往，詩人對於空間的描繪更為細膩華麗，對寂寞心情的鋪排更為深刻幽微。首先寫日光照入紗窗，微風吹動門扉，細微的日常經常視而不見，詩人以寂寞的心，也就察覺到深閨裡日光、微風的變化，以春事違點出女子心中無奈，鋪排女子無意識玩著手帕，讓人憐惜的嬌羞模樣。迴廊四合的內院，一方小小天地，垣牆重密，猶如囚牢鎖住寂寞芳心，鸚鵡學舌而不解語，薔薇嬌艷而易謝，碧與紅的顏色對比，強化衝突的藝術張力，鮮艷景物反襯內心寂寥，使得豪門深宅中有著華麗而冷清的孤獨感。整首詩不著心事僅純粹寫景，在堆疊的意象當中，看見女子百無聊賴的心情，深閨當中時間彷彿停駐，層層圈住寂寞芳心。

◇七夕　李商隱

鸞扇斜分鳳幄①開，星橋②橫過鵲飛回。

爭將③世上無期別④，換得年年一度來。

注釋　①幄：幄幕。②星橋：鵲橋。③爭將：怎把。④無期別：永別。

大意　斜分羽扇，打開華麗帳幕，喜鵲在織女通過鵲橋相會後飛了回去。相對於人間一別再無會面之期，還不如年年都有一次的相聚機會。

簡析　這是首詠七夕的詩，也是一首悼亡詩，既讚嘆天上牛郎、織女相會，又感傷人間生離死別，相見無期。首句天上織女華麗出場，又像人間后妃出巡端重的儀仗，更似新婚燕爾新娘走出繡閣錦帳，詩人心中浮現浪漫疊加畫面，應該就是夫人王氏出嫁的模樣。「星橋橫過鵲飛回」寫喜鵲辛勤搭起鵲橋，天上奔忙熱鬧不已，織女與牛郎相會像一場華麗的儀式，相對於天上歡喜相逢，詩人心念一轉，恐怕想到的是王氏離世，從此天人永隔，相較之下，牛郎織女一年一會是令人欣羡的，語氣中充滿著來年相見的熱切期待。相對於過往文人寫七夕，往往同情牛郎織女只能一年一會，李商隱分寫天上人間，對於妻子一往情深卻再難相見，因此反而羡慕牛郎織女。整首詩有豐富的想像、浪漫的情節以及隱然不捨的思念，充滿華麗感覺，又透著哀婉心情，成為撫慰世間男女的佳作。

◆離亭賦得折揚柳　◎二首其二

李商隱

含煙惹霧每依依[1]，萬緒千條拂落暉。
爲報行人休盡折，半留相送半迎歸。

注釋　①依依：戀戀不捨的樣子。

大意 柳樹在煙霧迷離中讓人離情依依，千萬柳枝在餘輝中日日送走斜陽。為了回報遠行的旅人千萬不要折光所有柳條，因為一半用來送別，還要留著一半迎接朋友歸來。

簡析 詩題下注「樂府詩題作楊柳枝」，〈楊柳枝詞〉是唐代詩人援舊新創的近體新曲。這首詩是〈離亭賦折楊柳〉二首之二，與第一首「暫憑尊酒送無僇，莫損愁眉與細腰。人世死前唯有別，春風爭擬惜長條。」相比，情致更深，有翻題之妙。「含煙惹霧每依依，萬緒千條拂落暉」寫盡楊柳含情送別的形態，在煙雨迷濛中，或是夕陽餘暉底下，千絲萬縷的柳條讓人離情依依。而後半則翻新命意，相對於「人世死前唯有別，春風爭擬惜長條」似乎勸人折盡楊柳來送別，這裡卻讓人要珍惜楊柳，至少要留下一半迎接歸來，於是送別之意更為悠遠，也更有祝福的意味，宣洩情感之餘轉為含情脈脈，讓人無限懷想，兩首彼此搭配，也互相補充。唐代詩人有許多詠柳的名篇，這首詩從驛站送別，將詠物詩轉化為送別詩，描寫細膩，含情不盡，巧妙構思的藝術手法，不僅充滿美感也深刻感人。

◈韓冬郎[1]即席爲詩相送一座盡驚他日余方追吟連宵侍坐裴回久之句有老成之風因成二絕寄酬兼呈畏之[2]員外

李商隱

十歲裁詩[3]走馬成[4]，冷灰殘燭動離情。
桐花萬里丹山[5]路，雛鳳清于老鳳聲。

注釋 ①韓冬郎：就是韓偓。②畏之：是韓偓父親韓瞻的字，他和李商隱是同榜進士，也都娶了王茂元之女。③十歲裁詩：李商隱與韓瞻為連襟，韓偓十歲時李商隱離京，父子相送，韓偓即席作詩。④走馬成：作詩文思敏捷。⑤丹山：在湖北省巴東縣。

大意 十歲的公子在走馬之間就完成了詩篇，在殘燭成灰的宴席上讓每位送行的人都燃起了離情。可以想像前往丹山的萬里長路上開滿了桐花，上頭棲息的雛鳳鳴聲一定比起老鳳凰的叫聲更為清亮。

簡析　冬郎是韓偓的小字，父親韓瞻與李商隱是好友也是連襟，這首詩是回憶唐宣宗大中五年（八五一）李商隱四川赴任時，韓偓即席賦詩之事，對於這位晚輩的才情充滿讚賞，李商隱〈留贈畏之〉寫有「郎君下筆驚鸚鵡，侍女吹笙弄鳳凰」，可以做為「一座盡驚」的證明。李商隱數年之後讀誦詩篇，回憶往事，寫成二首詩酬答，這首詩便是第一首。

首句追憶韓偓十歲即席賦詩之事，年紀輕輕又才思敏捷，十歲就有如此超齡的表現，詩題直言有「老成之風」；第二句寫宴席尾聲，以〈留贈畏之〉：「待得郎來月已低，寒暄不道醉如泥」的說法，韓瞻赴會遲到，所以韓偓寫詩連蘊釀的時間都沒有，然而詩篇一成，離情感染每位與會之人，「冷灰殘燭」的慘澹氣氛下，這首詩又再次觸動離情，詩人層層鋪排對於韓偓詩篇的稱賞；第三、四句則是巧妙取用鳳棲梧桐的典故，詩人用桐花更為生氣蓬勃，也更有前程燦爛的寓意，而將韓瞻比喻為老鳳，韓偓比喻為雛鳳，父子均為人中之鳳，但韓偓詩名一定更為響亮，李商隱對於晚輩推崇讚賞不遺餘力，提供具體而有畫面的場景，韓偓少年詩人形象躍然紙上，祝福與期勉也不言可喻。

◆夕陽樓①

李商隱

花明柳暗繞天愁，上盡重城更上樓。
欲問孤鴻向何處，不知身世自悠悠②。

注釋 ①夕陽樓：位於河南滎陽，與黃鶴樓、鸛雀樓、岳陽樓齊名。②悠悠：憂思貌。

大意 四周繁花似錦，柳樹茂密，層層環繞，而當登上高城，竟還要再上一層樓。看著天空想問孤鴻究竟要飛向何處？才察覺自己人生其實也是茫然不曉得會到何方。

簡析 這首詩原注「在滎陽。是所知今遂寧蕭侍郎牧滎陽日作矣。」蕭侍郎即是蕭澣，十分賞識李商隱的才情，夕陽樓是蕭澣任鄭州刺史所建。文宗大和八年（八三四）蕭澣任刑部侍郎，卻於大和九年（八三五）被貶，好友仕途受挫，連帶也影響李商隱的未來，撫今追昔，心中有無限感慨。首句上樓遠眺，看到重重花柳，這裡的「花明柳暗」介紹繁花似錦，柳樹茂密的風景，甚至在「暗」與「愁」之間，隱然透露朝廷的暗流與心中的不安，因此從「上盡」又到「更上」，充滿了沉重的負擔，愁緒環繞之下，欲上乏力，遠不是過往遊賞的心情；最後從高樓抬頭仰望天空，只見孤雁遠逝，全詩不言夕陽，但日暮飛鳥而過，充滿滄桑，已經將夕陽意味表露無遺，詩人用了設問的方式，想問孤鴻飛向何方？看著鴻雁漸離漸遠，才意識到自己也是身世悠悠，未來同樣無法確定，夕陽樓中舉目四望，悲友人之遠謫，也哀自己的未來，樓高不勝愁，使這首詩更為悽婉動人。

◈天涯

李商隱

春日在天涯，天涯日又斜。
鶯啼[1]如有淚，爲溼最高花[2]。

注釋 ①啼：有啼叫與啼哭之意。②最高花：頂枝的花，最後凋零，最高花謝，則花盡春逝。

大意　繁花似錦的春天流落到天涯，在天涯又遇到夕陽西斜。黃鶯如果也一樣悲傷欲泣，請為我將淚水灑向最高枝的花。

簡析　這首詩深情濃烈，文字卻含蓄幽婉，既悲情又華麗，清人屈復《玉谿生詩意》言「不必有所指，不必無所指，言外只覺有一種深情。」將這首詩的氣氛表露無遺。詩人先點出時節地點，藉由頂針迴環的句勢，讓詩文琅琅上口，春日是美好的時光，但所有的美景終將掩沒在蒼茫暮色當中，所有的青春、夢想，最終消逝難以挽回，詩人從天涯延伸，更增悲涼愁思，產生強烈的情緒張力。後半設想新奇，鶯啼是春天的象徵，也代表美好，然而韶光易逝，如果黃鶯可以感受詩人的惆悵感傷，一掬同情之淚，那就將眼淚滴在枝上最高的那朵花，就算是春逝花盡，也已留下最淒美的淚痕。李商隱一抒春日將逝，天涯淪落的悲情，卻用奇異的想像，將無法回復的愁思轉化為淒美浪漫的情節。詩人與黃鶯的約定，更像是最後一搏。精彩的文句，奇特構思與豐富想像，為無奈的人生更增絢麗色彩。

◇憶住一師　李商隱

無事①經年別遠公②，帝城鐘曉憶西峰③。
爐煙消盡寒燈晦，童子開門雪滿松。

注釋　①無事：無端。②遠公：東晉高僧慧遠，東晉太元六年（三八一）入廬山，住東林寺傳法。這裡借指住一師。③西峰：東林寺位於廬山西北麓，故稱西峰。這裡借指住一師所居的佛寺。

大意　無端離開如同東晉慧遠的住一大師多年，長安城中清晨的鐘聲讓我回憶起西峰佛寺的過往。爐中焚香已經燒盡，燈燭也逐漸晦暗，童子一早開門看到的是已經堆滿了積雪的松樹。

簡析　唐代佛教盛行，許多詩人結交方外之士，也參悟佛理，這首詩是李商隱追憶過往結識住一師的詩作，「住一」一本作「匡一」。詩人以東晉高僧慧遠大師相比擬，對住一大師極為推重，而「無事經年」更是數年來俗務纏身，追悔一事無成的告白。「帝城鐘曉憶西峰」寫出作者生活在繁華的帝都，陷於功名利祿當中，心思紛紛擾擾，也有無數困辱與難堪，然而就在清曉鐘聲中，敲醒塵俗之念，喚起清明心靈，也回憶起過往佛寺修禪的經歷。回想過去學禪，住一大師的開示讓人得到心靈的解脫，整晚都忘了睡意，當童子破曉開門時，看到一夜積雪已經蓋滿了松樹，所見澄澈明亮，心思也獲得了洗滌，詩人藉意取景，雪滿松枝不僅具有美感，也將住一大師超然出世的形象表露無遺。這首詩可以做為李商隱長安生活的心情側寫，也可以了解詩人內心其實另有超然物外的志懷。

◆寫意

李商隱

燕雁①迢迢②隔上林③，高秋望斷正長吟。
人間路有潼江④險，天外山惟玉壘⑤深。
日向花間留返照，雲從城上結層陰。

三年已制⑥思鄉淚，更入新年恐不禁。

注釋 ①燕雁：燕地的鴻雁。②迢迢：遙遠的樣子。③上林：上林苑，漢武帝宮苑，借指長安。④潼江：源出於四川平武之龍門山，注入涪江。⑤玉壘：山名，在成都西北岷山界，今四川汶川縣境。⑥制：控制、節制。

大意 燕地鴻雁千里迢迢遠離上林，秋天望斷天涯悲聲長吟。人間路程就以潼江最為驚險，天外青山就以玉壘山最為高峻。夕陽中花叢留下反射的光影，山城上雲層堆疊密布。三年來已經學會節制思鄉的眼淚，但是新的一年快到了，恐怕又控制不了滿腹的悲情。

簡析 這首詩是羈旅異地思鄉作品，久居四川使得詩人愁思縈懷，直抒內心的糾結情緒，沉鬱厚重迥異於過往綺麗迷離的風格。首聯詩人藉北雁自況，從燕地飛來的鴻雁橫越長安上林苑，即使是秋高氣爽的時節，受雲山阻隔，極目遠望也看不到家鄉，只能惆悵悲鳴，「隔」之一字訴說了詩人心中鬱結所在。第二聯描寫坐困愁城的現況，詩人從長安遠來，所經潼江湍急凶險，路經玉壘山險峭艱難，如今彷彿是困住詩人的天塹，擋住歸鄉路途，這不是誇飾的手法，而是詩人心理的真正感受。第三聯寫景抒情，從眼前近景到遠方觀察，對語工整，更有意象鋪排的巧妙，定焦在日暮寂寞山城，使得全詩有完整的畫面。末聯揭露心曲，轉眼又是新的一年，三年來殷殷期盼，始終得不到可以回鄉的機會，然而轉眼又是新的一年，還是沒有機會返家，回鄉的希望再次落空，不覺悲從中來，詩人從「已制」到「不禁」，從忍住到忍不住，情緒更深一層，人的脆弱反而更顯出人性，也更讓人同情。

全詩以鴻雁起興，揭示對家鄉的想望，從遭遇說起，一路用情景抒發心曲，層次井然，思鄉情切。題目「寫意」就寫思鄉之情意，原就有白描的意味，成為詩人居蜀的重要告白。就風格而言，劉學鍇、余恕誠《李商隱詩歌集解》引方東樹按語「此詩末句點題，章法用筆似杜。三、四句法亦似杜。」杜甫同樣久居四川，李商隱從前輩詩人汲取創作養分，也可以從中得到觀察線索。

◇花下醉　李商隱

尋芳不覺醉流霞①，倚樹沉眠日已斜。
客散酒醒深夜後，更持紅燭賞殘花。

注釋　①流霞：仙酒。

大意　賞花的好心情讓人不知不覺被美酒灌醉，於是倚樹酣睡直到日已西斜。不妨等到深夜客散酒醒之後，獨自拿著紅燭再來欣賞殘花！

簡析　這首詩抒發對於花的陶醉，前人繫於李商隱母喪閒居永樂時期，必須從寂寞中體認愛花的心情，欣賞才能到位。「尋芳不覺醉流霞」直接破題，詩人賞花而陶醉，並不寫虛而是寫實，是真正喝酒而沉醉，對於花的癡迷由此可見，「流霞」一詞是指酒，還是指花，還是傍晚時分霞光下的花叢，或許在詩人醉眼迷離中已分不清楚。即使這樣還是不忍離開，於是在花樹下沉沉睡去直到日已西斜，酒的催化將人與花合而為一，身心完全沉浸於芳芬當中，詩人展現愛花的最高境界，最後「客散酒醒深夜後，更持紅燭賞殘花」詩人以獨賞殘花來展現，待客人散去，深夜時自己秉燭獨賞殘花，接續白天的雅趣，也有更深人靜自己獨享的心情，雖寂寞，卻也唯一，詩人用「殘花」來標示自己鍾情不悔，雖殘而不改的心意，這樣的愛花才稱得上是沉醉癡迷。

清人馬位《秋窗隨筆》對於這首詩讚譽有加，因其情致雖曲折不已，但造句平實樸素，風格渾成，詩人的深情雅致出於自然，可以讓人一再賞玩。

◆春日寄懷

李商隱

世間榮落重[1]逡巡[2]，我獨丘園[3]坐四春。
縱使有花兼有月，可堪無酒又無人。
青袍[4]似草年年定，白髮如絲日日新。
欲逐風波[5]千萬里，未知何路到龍津[6]？

注釋 ①重：主要、要緊。②逡巡：頃刻間。③丘園：鄉野林園，指退隱。④青袍：八、九品官服色。⑤風波：指宦途升沉。⑥龍津：龍門、河津，猶言要津、要路。津：渡口。

大意 世間升遷貶黜往往瞬息萬變，而我卻獨自家中待了四年。縱使過著有花又有月的逍遙日子，可惜就是沒有酒也沒朋友。像草青色的八品官袍年年一樣，頭上白髮卻是愈來愈多。一心想要乘船破浪飛馳萬里，就不知道哪一條路才能到達渡口？

簡析 這首詩必須與上一首詩配合來看，才能了解李商隱閒居永樂的全貌。事實上，李商隱居母喪時間正是李德裕執政時期，原本應該是最可以發揮的機會，卻困守在家，詩人一方面清楚知道朝堂瞬息萬變，但因無法參與，便將其中的愁悶寄情於栽花植樹，心中的百般無奈，還是在這首詩吐露而出。

第一聯寫目前情況，人世忽榮忽落何其迅速，升遷貶謫往往是頃刻間的事情，然而自己卻只能在鄉野林園中白白度過四年時光，「榮落」與「丘園」既是人世升貶，也指園林中的花開花落，具有雙關作用，「春」更有時機的暗示，「逡巡」指頃刻間，也有後退不進之意，用字十分巧妙；第二聯對語精巧，有花有月是丘園的風光，但無酒無人，則是直白指出缺乏有力人士的舉薦，官場也就沒有可以發揮的機會，這是鄉居心境的說明；第三聯揭示心中的愁怨，四年來仍是原來品秩，也就是青色的官袍，詩人用「似草年年定」貼合丘園四年來春天草色，然而頭上白髮卻是日日新發，愈來愈明顯，兩相對比，更顯得虛耗時間的無奈；末聯說明自己其實懷抱千里之志，卻乏一展長才的機會，「龍津」同樣也是一語雙關，既是乘船要津，也代表作者對躍龍門的期待。

這首詩對語工巧，寫得直率，事事明寫丘園花月，件件暗指仕宦前途，感慨錯過時機，感傷無從發揮，只是時局如此，既然無法一展志懷，心情未能因變調整，不免陷於進退失據的困境，做為了解李商隱心聲是很值得參考的作品。

高駢

高駢（八二一—八八七），字千里，幽州（今北京西南）人。僖宗乾符四年（八七七），進封燕國公。六年，進位大都督府長史、兵馬都統，又擢檢校太尉，同平章事，負責全面鎮壓黃巢軍，而高擁軍自保，致使兩京失守，僖宗西狩。晚年屬意神仙，用方士與狂人，卒起禍亂。《全唐詩》存詩五十首。

◇山亭夏日　高駢

綠樹陰濃夏日長，樓臺倒影入池塘。

水晶簾動微風起，滿架薔薇一院香。

大意　綠樹如蔭的漫漫長夏，看著樓臺倒影映照在池塘水面。當微風吹起，可以看到水晶珠簾隨風擺動，而架上開滿了薔薇花讓整院子充滿花香。

簡析　高駢是晚唐重要的軍事將領，能文能武，早年戰功卓著，晚年卻荒悖迷信，最後被部將所殺。這首詩將夏日的靜謐展露無遺，確實是清新俊逸，雅有奇藻。首句描寫陽光正艷，綠樹濃蔭，深濃色調不僅指出樹葉繁茂，也使夏天有一隅清涼所在；第二句寫池塘，晴空萬里，水面上有樓臺的倒影，不僅有美感，詩人使用「入」字，樓臺好像也有了生命，為了尋求一片的清涼投身池水中；之後詩人將視野轉回到身旁，當水晶珠簾飄動，才察覺到一陣微風，晶瑩透澈的水晶簾子使得清涼的意象更明晰，微風輕拂才是炎炎夏日的期待；末了微風更吹來一陣花香，原來是架上開滿了薔薇花，使得院落充滿馥郁的香氣。

詩人從視覺、觸覺、嗅覺都得到滿足，夏日炎炎的午後，心裡存有一絲涼意，整首詩寫出夏日山亭的觀察，造語清新，風格自然，饒有生活的悠閒雅趣，只是相較於其他人蹭蹬一生，苦無發揮機會，高駢耽溺於自己的世界，顯然又過於安逸，性格如此，恐怕也是造成日後悲劇的原因所在。

朱絳

朱絳，生平不詳，約為宣宗大中十年（八五六）以前人。《全唐詩》存詩一首。

◇春女怨

朱絳

獨坐紗窗刺繡遲，紫荊花下囀黃鸝。
欲知無限傷春意，盡在停針不語時。

大意　少女獨坐在紗窗邊緩緩地刺繡，外面紫荊花下有黃鸝清脆鳴叫。想要了解少女傷春的無限心思，就應該在停針不語的時候。

簡析　《全唐詩》只保留朱絳這一首詩，詩人將少女懷春刻畫入微，情思細膩，就在一舉一動之間。首句構畫獨坐紗窗刺繡的少女，一切是如此的尋常，但「遲」字是心不在焉還是心中有事，讓人有無限的揣想，「紫荊花下囀黃鸝」轉到窗外的場景，看到窗外開滿了紫荊花，黃鸝鳥宛轉啼叫，一片春光美景令人心情愉悅，少女刺繡遲與春日花鳥歡快，繡闈的無聊與外面的精彩形成強烈對比；最後定格在少女停針不語時，從「遲」到「停」的細微動作變化，少女心思飛馳遠方，詩人指出但停針不語的細節，傷春之意已然可見。

全詩描寫生動，用紗窗、紫荊花、黃鸝，營造出清新明亮的春日意象，就在刺繡停針的一刻，讓人有無限的綺想，與閨怨相比，少女嬌俏可愛的形象，更加通透明麗。詩人讓讀者共同參與春日少女的懷想，從單純的生活場景，些微的動作差異，看出女孩的細膩心思，點出無限的春情。

貫休

貫休（八三二—九一二），詩僧，俗姓姜，字德隱，婺州蘭溪（今浙江蘭溪）人。七歲出家，二十歲受具足戒。昭宗乾寧元年（八九四）往錢塘謁錢鏐，受禮遇。天復三年（九〇三）入蜀，為王建所重，賜號禪月大師。休十五、六歲即有詩名，後廣交詩友，與當代名詩人陳陶、方干、許棠、李頻、張為、曹松、吳融、羅鄴、韋莊、齊己等皆有唱酬。《全唐詩》編其詩為十二卷。

◈ 招友人宿　貫休

銀地[1]無塵金菊開，紫梨紅棗墮莓苔。
一泓秋水一輪月，今夜故人來不來？

注釋　①銀地：月光照耀下的地面。

大意　月光照耀地上一塵不染，也照耀綻放的金菊，樹上紫色梨子與紅色棗子任其熟成落在紅莓青苔上。一道清流映照著一輪明月，就是不知道好友今晚會不會來？

簡析　這首是期待友人到訪留宿的詩作，殷勤真切，風格近似於詞。禪月大師貫休是晚唐著名詩僧，既修禪又能詩，善於接引各方人物，《全唐詩》中收其贈詩對象計有三十五人，包括帝王、宰相、朝官、地方官、舉子、處士與方外之士，所結交官吏多為忠貞、直諫、憂時、愛民之士，至於處士、隱者則是詩文同道，可說是在詩與僧之間找到圓滿平衡點，這些可以參看羅宗濤撰〈貫休與唐五代詩人交往詩淺探〉一文整理的成果。

秋高氣爽，皓月當空，地面映照著銀色月光，空明猶如一塵不染，而金黃色秋菊也在銀色月光下綻開，菊花原就有隱逸的象徵，一塵不染不僅言其澄澈明亮，更是隱喻不染俗塵，如此良辰美景，清秋賞菊，豈不思知交故友相伴。而秋天是收成的季節，樹上紫梨、紅棗皆已成熟，任由落在莓苔之上，既無人採摘，隨其自然，詩人以園中所見點染出自在隨緣、無機心的氛圍，「銀」、「金」、「紫」、「紅」的強烈顏色，再加紅莓與青苔，其實也就是禪寺中主要色調，詩人最後構畫出紅塵中的淨土世界，就是一泓秋水與一輪明月，月光如水，水中有月，並非只是鋪排美感而已，如果了解禪門「月映萬川」的比喻，顯然還有真性朗現的期待，最後一句「今夜故人來不來？」是全詩最為動人的呼喚，顯得親切有味，餘韻無窮，對於朋友真情的召喚，不僅是美景共賞而已，還有分享真理的喜悅與期待。全詩層層鋪排，從境象而及於境界，構畫出人間空靈所在，等待則眾生前來，禪師真性真情，使得這首詩既有詩意又有禪趣。

◇獻錢尚父①

貫休

貴逼②人來不自由，龍驤③鳳翥④勢難收。
滿堂花醉三千客，一劍霜寒十四州。
鼓角⑤揭天⑥嘉氣冷，風濤動地海山秋。
東南永作金天柱，誰羨當時萬户侯？

注釋 ①錢尚父：吳越開國君王，佔有兩浙十三州。②貴逼：富貴逼人，言人不求富貴，富貴自來。③驤：奔馳。④翥：翥音住。高飛。⑤鼓角：軍中用為號令的樂器。⑥揭天：震天。

大意 富貴自來擋都擋不住，人中龍鳳可以成就不朽的事業。滿堂花香熏醉了三千門下賓客，一把利劍蕩平十四州。擂起戰鼓、吹起號角，聲震天下，風捲浪襲山河變色。從此穩住東南半壁成為天下支柱，誰還羨慕舊時追求的萬戶侯？

簡析　這首是干謁求薦的詩作，《全唐詩》於詩題下注「錢鏐自稱吳越國王。休以詩投之。鏐諭改為四十州，乃可相見。休曰：『州亦難添，詩亦難改。閒雲孤鶴，何天不可飛？』遂入蜀。」貫休因此改投王建。晚唐詩人遭遇紛亂世局，投靠方鎮求得寄身之所，貫休雖是方外之人，但深有詩人的志懷，可參見羅宗濤〈唐末詩人對唐亡的反應試探〉一文的分析。

首聯破題極具氣勢，稱揚錢鏐有好機遇，貴氣逼人是時運所至，但也以「龍驤鳳翥」稱揚錢鏐人中龍鳳的才情，在紛亂時局當中立下不朽的功業；第二聯對語工整，一劍蕩平東南十四州，所有的賓客可以同享富貴，詩人以「花醉」來形容門下之人，言語極有分寸；第三聯延續氣勢，以「鼓角揭天」、「風濤動地」來形容聲勢驚人；末聯「東南永作金天柱，誰羨當時萬戶侯」最堪玩味，「永」之一字，期勉可以世襲罔替，勳業永固，這是極高的祝福，卻又有些許的暗示。全詩極力稱揚錢鏐的功業，對於錢鏐稱王，詩人許其為擎天之柱，可以成為一方之主保護東南百姓，但並未認可以改朝換代，一統天下，其中底線與分際，可以看出貫休的堅持，所以當錢鏐要求「十四」改為「四十」，詩人斷然拒絕，其中不是數字之爭，而是理念不同，保護百姓與危害天下，其實也就在一念之間。

羅隱

羅隱（八三三—九一〇），餘杭新城（今浙江富陽）人。依鎮海節度使錢鏐。其詩風近於元、白。雄麗坦直，通俗俊爽。《全唐詩》存詩十一卷又一首。

◇西施

羅隱

家國興亡自有時①，吳人何苦怨西施。
西施若解傾②吳國，越國亡來又是誰？

注釋 ①時：時運。②傾：覆滅。

大意 國家興亡有一定的時勢天命，春秋時代吳國又何苦埋怨西施。西施如果是吳國傾覆的原因，那越國的滅亡又該怪罪誰呢？

簡析 這是一首替西施平反的翻案作品，文字簡潔，命意清新。唐代詩人寫西施者多矣，批評女子禍國者不多，多數同情西施的遭遇，讚嘆其美貌，羅隱則是進一步為其平反，唐人對於女子的看法開明且積極，對於美女的欣賞多於苛責。詩句直抒個人的歷史觀點，國家興亡歸於天時命數，人力所不能及，吳國將亡國責任歸於西施，顯然過於苛責了，「何苦」兩字，溫柔敦厚，深得詩人之旨，如果西施是讓吳國亡國的原因，那越國何以也亡國？詩人用了類推的邏輯為西施澄清誤解。

相對於過往對西施美貌的歌詠，以華麗的辭藻，想像各種浪漫的場景，這首詩以簡單的文字，單純的理由，揭示一個事實：亡國的原因多矣，有權力的人要負最大的責任，歸責於一個女子，既不正確也不公平。自先秦以來，女禍觀念常常成為檢視女子的枷鎖，美女往往被貼上紅顏禍水的標籤，晚唐詩人見盛世崩壞，感慨深矣，也更能了解時局變化，盛衰有時，自有其道理，羅隱還給西施公道，這才符合普世價值，也才是觀看歷史的正確態度。

◆柳　羅隱

灞①岸晴來送別頻，相偎相倚不勝春。

自家飛絮猶無定，爭②解垂絲絆③路人？

注釋　①灞：灞水，源出陝西西安，北流入渭河，灞水上有橋，古時長安送行者多至此折柳贈別。②爭：怎。③絆：挽留。

大意　天晴時灞水岸邊有許多折柳送別的人，柳樹下相倚相偎有無限春意。其實柳絮自己到處飄飛都無法管束，又怎麼有辦法用柳條去挽留行路之人？

簡析　唐人寫柳送別者多矣，寄託無限珍重情意，詩人翻出新意，寫得趣味盎然。在長安多在灞水送客遠行，詩人選擇唐代最具代表性的送別地點，離別之人彼此的不捨，「相偎相倚」既可以指送別的人，也可以指柳葉繁密，一語雙關，呈現出無限春意，詩人刻意淡化離情而強化春意；「自家飛絮猶無定，爭解垂絲絆路人？」則是詩人的提問，柳絮四處飄飛，不曉得落到何處，柳樹自己都無可奈何，又如何用垂柳去牽絆行路之人，詩人不是責怪，而是說明一個事實，當人們寄託折柳送別的情思，每一柳條就有一個離別的故事，使得楊柳承擔了太多離別的責任。孟郊的〈折楊柳〉：「贈遠累攀折，柔條安得垂。」為楊柳抱屈，如今羅隱幫柳樹平反，柳絮迎風飄揚原是自由來去，同樣的道理，垂柳依依也是無關離人，有唐一代，終於有人還柳樹自由。

◇雪

羅隱

盡道豐年瑞①，豐年事若何。
長安有貧者，爲瑞不宜多。

注釋　①豐年瑞：瑞雪為豐年之兆。

大意　人人都稱道瑞雪豐年，只是豐年又如何？長安有穿不暖、吃不飽的窮苦人家，還是不要下太多的瑞雪比較好。

簡析　這是一首議論小詩，而非詠物詩，詩人一秉直爽俊朗的個性，針對瑞雪大發議論，深寄民胞物與的情懷。首句直言人人看到瑞雪的欣喜之情，「盡道」是人的一廂情願，也或許是眾人對於世道昇平的期待與想望，但詩人給了冷淡的答案，豐年又如何呢？晚唐國勢日頹，方鎮割據，太平豐年的日子似乎已經頗為遙遠，更多是戰火紛擾的生活，接下來的轉折「長安有貧者，為瑞不宜多」為本詩精彩處，相較於對豐年沒有期待，詩人更擔心貧苦人家，眼前降下大雪，天寒地凍的天氣，生活難以為繼，哪裡還奢望豐年，因此一句「為瑞不宜多」，以玩笑的語氣戳破假象，既是對貧苦人家的同情，又像是怕瑞雪年豐所帶來的空想，詩人用「瑞」之一字，全然反諷，也使得這首詩有尖新嘲諷的趣味。晚唐詩風趨於華麗輕靡，但還是有詩人一秉元、白新樂府精神從社會當中發掘創作能量，抱持悲憫的情懷，以冷峻的眼光與諧謔的態度，文字雖然平淡，卻值得反覆咀嚼。

◇蜂

羅隱

不論平地與山尖，無限風光儘被占。
採得百花成蜜後，爲誰辛苦爲誰甜？

大意　不論是平地還是高山，只要有無限風光都可以看到花朵上的蜜蜂。當蜜蜂努力採花釀蜜後，辛苦的結果最後是為了誰，又給了誰甜蜜？

簡析　這首詠物詩簡潔明晰，意象與特色鋪排得宜，由蜜蜂採蜜轉化為人生謳歌，更覺餘韻無窮。首句從平野到山峰各種地方，一如人生飽含高低歷程，而蜜蜂穿梭在花朵間，用「占」一字巧妙形容蜜蜂攻城略地，一朵飛過一朵，人生所追逐的也有無限的風采；蜜蜂採花釀蜜是自然界最為奇特的饋贈，也暗示人生各種辛苦努力後終於會有好的成果，末了「為誰辛苦為誰甜？」詩人回以冷峻的答案，蜂蜜最終供人食用，所有的辛苦化為烏有，辛苦是自己，甜蜜是別人，詩人為蜜蜂叫屈，更可能是為人生一輩子爭逐追求而浩歎，豁然覺悟的心情，百味雜陳。晚唐詩人歷經世局的紛擾，有看透人生的了悟，整首詩文字直白，寓意深遠，羅隱以犀利眼光洞悉人生，藉蜜蜂抒發感悟，忙碌一生最終還是要放下，人生所求為何？詩人並未提供答案，是無怨的付出，還是多想想自己，就讓讀者自行領會。

皮日休

皮日休（八三四？—八八三？），字逸少，後改襲美，襄陽（今湖北襄陽）人。懿宗咸通八年（八六七）登進士第，與陸龜蒙齊名。《全唐詩》存詩九卷。

◆汴河①懷古 ◎二首其二　皮日休

盡道隋亡爲此河，至今千里賴通波。

若無水殿龍舟事②，共禹論功③不較④多。

注釋 ①汴河：指通濟渠東段全流。起自河南滎陽北，最終注入淮河。南宋時已湮廢，今僅江蘇泗洪縣尚殘存一段。②水殿龍舟事：隋煬帝開通濟渠，耗費人力，造巨大遊河船，龍舟華麗如水上宮殿，遊河隊伍所經處均須進獻食物，民怨甚深。③共禹論功：可與大禹治水的功績相比。④較：差。

大意 人家都說隋朝的滅亡是因為開鑿這條運河，如今南北千里水運暢通無阻就是依靠這條河。假使沒有建龍舟水殿巡幸江都之事，隋煬帝的功績應該可以與大禹治水差不多。

簡析 這組詩是興發感慨的懷古詩，也是為隋建運河翻案的文字，第一首「萬艘龍舸綠絲間，載到揚州盡不還。應是天教開汴水，一千餘里地無山。」從南巡事講到汴水，呈現汴水的不凡，而這一首則是從汴水的不平凡，講到南巡事，最終給予歷史的評價，從古至今，又從今至古，布局頗有層次，更是詩人立論所在。人人認為隋亡於修築大運河，此河背負了沉重的罵名，然而如今千里航運有賴這條運河，舟楫往來再無阻礙，大家享受這條運河的便利，詩人藉由眼前可見之事實洗刷過往歷史污名，確實是有力的論據，也喚起重新思考的方向。詩人以「若無水殿龍舟事」概括了第一首「萬艘龍舸綠絲間，載到揚州盡不還」之事，隋煬帝極盡豪奢誇耀之能事，建龍舟水殿南巡江都，詩人剖析事理直指核心，認為敗德喪身才是亡國的原因，建造汴河如純就交通的作用而言，貢獻大矣；詩人最後甚至拿聖人來相比，開鑿運河如同大禹治水一般，都是水利工程大事業，聖人與亡國之君不啻雲壤之隔，以大禹與隋煬帝相比更完全突破一般的想像，但同為治水工作卻又有相似之處，如此醒目而聳動的比喻，具有強化論點的效果。

皮日休在此以懷古為題，為汴河平反，主要申明有利於民生即是不朽功績，其中有詩人對於歷史功過的獨特見解，以及回歸於客觀層面的考量。以詩議論有其難處，篇幅既小，既要命意新穎，又要理正辭暢，還要保有詩歌溫雅情調，十分困難，皮日休以汴河與發歷史情懷，而歸結於治國應有的道理，堂堂之論，值得深思。

陸龜蒙

陸龜蒙（？—八八一？），字魯望，吳郡（今江蘇蘇州）人，其詩近體受溫、李影響。古體多承韓愈，以鋪張奇崛為主。《全唐詩》存詩十四卷。

◇懷宛陵①舊遊　陸龜蒙

陵陽②佳地昔年遊，謝朓青山③李白樓④。
唯有日斜溪上思，酒旗風影落春流。

注釋　①宛陵：唐代宣州宣城縣，今安徽宣城。②陵陽：山名。在唐宣州涇縣西南，相傳為陵陽子明得仙處。③謝朓青山：在宣州當塗縣東南。南齊謝朓曾築室及池於山南。④李白樓：李白晚年居於當塗。

大意　過去在宣城遊覽名勝陵陽山，南朝詩人謝朓以及當代大詩人李白都曾在這裡留下足跡。當夕陽西下沿著溪邊漫步沉思，又看到迎風飄揚的酒旗映入溪流水面。

簡析　這是首山水詩，更像是向前輩詩人致敬的懷古詩，詩人感念過往前輩詩人在此觀覽吟詠，流年逝水，歷史層層疊加，古今同在一處，生命似乎也有了交流。過往遊覽宣城陵陽山遊賞之作多矣，模山範水難出新意，詩人舉歷史相關人物為證，前輩詩人同遊一處，佳地於是有了名人背書，「謝朓青山李白樓」則是極妙的組合，南朝詩人謝朓曾任宣城太守號「謝宣城」，而李白為盛唐詩人代表，也與宣城有不解之緣，於是每座青山、每個樓臺都有南朝詩人謝朓、唐代詩人李白遊賞的足跡，詩人使用互文手法，宣城景色無不薰染南朝以來風雅氛圍，處處是美景詩意，匠心獨運，於是宣城之美有歷史，更有了文學的詩情。後半則回歸詩人自己的遊賞，夕陽斜照，青山樓臺之間小溪潺潺，詩人不僅是觀覽，更沉浸於歷史、地景、人文乃至於個人情思當中；最後「酒旗風影落春流」一句，風雖無影，但酒旗飄動可以看出風的影子，「酒」與「風」具化形於旗子，落影於溪水之上，代表六朝的風流與李白的酒，於不同的時空風俗下，同時映照在流淌溪水中，宣城成為詩人眼中具有豐富歷史的人文地景，雖是懷想過往的舊遊，然而從漫步溪邊，青山樓臺之間，領略江南風情，以及前輩詩人倘佯山水之中的情懷，古今一概，一首小詩寫得如此豐富，可見藝術構思的巧妙。

韋莊

韋莊（八三六—九一〇），字端己，京兆杜陵（今陝西西安東北）人。昭宗乾寧元年（九〇六）勸王建稱帝，拜相。韋莊為晚唐重要詞人與詩人。其詞今存在五十餘首，與溫庭筠齊名，為花間派代表詞人。其詩今存三百餘首，主要寫詩人流離漂泊之經歷，與離別思鄉之情緒，對黃巢起事前後有較真實之描寫。近體造詣尤高，於晚唐詩人中僅次於杜牧、李商隱。《全唐詩》存詩六卷。

◇延興門①外作

韋莊

芳草五陵②道，美人金犢車③。
綠奔穿內④水，紅落過牆花。
馬足倦游客，鳥聲歡酒家。
王孫⑤歸去晚，宮樹欲棲鴉。

注釋 ①延興門：長安東面南三座城門之一。②五陵：漢代五位皇帝的陵墓，即長陵、安陵、昭陵、茂陵、平陵，在長安北五陵附近為富豪聚居之地。③金犢車：金飾的牛車。④內：皇宮。⑤王孫：貴族子弟的通稱。

大意　芳草萋萋五陵道上，美人乘著華麗金飾的車子。碧綠流水向著裡面潺潺奔流，艷紅花朵從牆頭上紛紛落下。疲累的馬匹載著行旅出遊之人，鳥雀鳴叫讓路旁酒店顯得歡樂。王公貴家子弟遊玩到忘了回家，宮樹上已經有棲息的烏鴉。

簡析　如果看過北宋張擇端〈清明上河圖〉描繪汴河兩岸的繁華與熱鬧，讀這首詩會很有感受，延興門為長安東面外郭城三門當中南邊的門，座落樂遊原上，鄰近曲江芙蓉園，許多名門貴族居住附近，是長安最佳旅遊勝地，從唐玄宗〈同二相已下群臣樂遊園宴〉、張九齡〈恩賜樂遊園應制〉、〈登樂遊原春望書懷〉以下，可以說自皇帝而至百姓，無不遊賞，李商隱〈樂遊原〉：「夕陽無限好，只是近黃昏」更是千古傳唱名句，詳細地理位置，可以參考簡錦松〈長安唐詩與樂遊原現地研究〉。

延興門是名門士宦、市井百姓樂遊原進出往來的城門，詩人以此為題，記錄長安百姓生活場景。從城門而出遙望五陵，路上芳草萋萋，香車美女絡繹不絕，點出城門地理方位以及交通要道的關係；第二、三聯描繪奔流的綠水、飄落的紅花，也將紅男綠女川流不息，人聲雜沓的景象化為繽紛的動態描述，詩人並運用句勢的調整，產生往復變化的語感，增加聲情的活潑趣味，「綠奔穿內水，紅落過牆花」，強烈的顏色對比，彩繪繁忙的意象。書寫延興門更多了帝都人來人往，繁華喧鬧的即視感，詩人善於擷取意象，芳草、美人、綠水、紅花，呈現繽紛色彩，而以速寫的方式，用工整對句錯綜語勢，從空間、人物、活動入手，營造生動氣氛，鋪排歡會樂遊場景，成為晚唐長安城鮮明的生活畫卷。

◆送日本國僧敬龍歸　韋莊

扶桑①已在渺茫②中，家在扶桑東更東。
此去與師誰③共到，一船明月一帆風。

注釋　①扶桑：神話中的樹木，日出於其下，因用作日本的代稱。②渺茫：遙遠的樣子。③師：指僧敬龍。

大意　扶桑在遙遠渺茫大海中，而家又在比扶桑還要更遠的地方。此去返國有誰可以與大師同行，唯願一路明月相伴以及一帆的順風。

簡析　這首詩文情並茂，深寄祝福之意。唐代是富盛的帝國，也是文化最開放的時代，各國商旅往來頻繁，日本十幾次遣唐使更是大規模文化學習與交流活動，晚唐政治遽變，日本中斷派遣，然而私下往來並未停止，反而因民間情誼，產生許多送僧人歸日本的詩作，如賈島〈送褚山人歸日本〉、皮日休〈送圓載上人歸日本國〉、貫休〈送僧歸日本〉等，韋莊送日本僧人敬龍也是如此。扶桑原是神話地名，指稱日本有遙遠難及的意思，用渺茫形容十分貼切，而僧人敬龍的家卻還更遠，「東更東」是出於誇飾還是真切的地理位置，恐怕無法考據，然而僧人要回到超乎想像的遠方，心中的記掛不言可喻。詩人心念一轉，「一船明月一帆風」將滿滿的思念與祝福，送與僧人同行。「一船」與「一帆」的「一」都有完完全全的意思，而「明月」隨人而行，如同一路相伴，風帆是旅程順利的祝願，期盼朗月順風，平安歸鄉。貫休〈送僧歸日本〉：「焚香祝海靈，開眼夢中行。」也是祝福平安，相較之下，這首詩更為雅緻。韋莊以清新的文字，真摯的情感，寄予溫暖祝福，以及對於異國朋友的無限情思。

◇古別離

韋莊

晴煙漠漠柳毿毿①，不那②離情酒半酣。

更把玉鞭雲外指，斷腸春色在江南。

注釋 ①毿毿：毿音三。細長的樣子。②不那：猶言無奈。

大意 晴空有著淡淡的雲煙，路旁垂柳細細長長，無奈離情正濃，還沒喝醉卻已要告別。看著離別的人高舉華麗馬鞭指向遠方，此後江南鶯飛草長，無盡春色只會讓人更增惆悵。

簡析 這首送別詩並不抒發個人愁思，反而用客觀角度及相反視角呈現離別的心情，構想十分巧妙。天氣晴而不朗，垂柳細而不密，一切在好與不好之間，可能多數的時節便是如此，就在這樣日常的日子要分別，想像送別最理想的狀況是喝醉上路，酒醒到達，韋莊〈離筵訴酒〉：「不是不能判酩酊，卻憂前路酒醒時。」如今酒澆不熄離愁，「離情酒半酣」不僅無奈，也無趣，然而因為清醒，詩人清楚描繪離別的人高舉馬鞭指著雲外江南的方向，此後在江南的春天，一定會想念這些朋友，「玉鞭雲外指」豪情萬丈的動作使得離別場面生動華麗，「斷腸春色在江南」更是令人感動的宣誓。相對於李白〈登金陵鳳凰臺〉：「總為浮雲能蔽日，長安不見使人愁」，如今雲反而是擋住了江南，雖然雲山阻隔，但改變不了人的感情，少了這些朋友，江南鶯飛草長，春色無邊，只讓人更加惆悵，詩人用江南美景反襯離情愁緒，也是一改江南書寫的印象。韋莊善於構畫清新的場景，產生濃厚的情感，唐人送別之作多矣，然而跳脫個人悲情，以客觀報導的方式一抒離別情愁，音韻和諧，字字有滋有味，一場餞別宴不僅感染送別之人，也感動後世讀者。

◈長年

韋莊

長年①方悟少年非，人道新詩勝舊詩。
十畝野塘留客釣，一軒春雨對僧棋。
花間醉任黃鶯語，亭上吟從白鷺窺。

大盜②不將鑪冶③去，有心重築太平基。

注釋 ①長年：長音掌。年歲增長。②大盜：指黃巢等叛亂集團。③鑪冶：洪爐，喻天地。

大意 年紀大了才知道年輕時想法的偏差，人家說新寫的詩會比舊作更好。十畝池塘可以留下客人垂釣，一窗春雨可以與老僧一同下棋。可醉倒花叢間任憑黃鶯啼叫，也可在亭上吟詩任由白鷺窺探。如果大盜沒有將天地洪爐毀掉，有信心可以重新建立太平基業。

簡析 這首詩題目「長年」，一作「感懷」，晚唐詩人面對政治紛亂與世局的殘破，客觀評估政治局勢變化，更有心懷太平的期待，這首詩不僅有洞悉時勢的智慧，更有護持天下的決心，絕非一般詩人手筆，鄭方坤《五代詩話》認為這首詩可推斷韋莊氣度與成就，日後入蜀輔佐王建，可以從中一窺端倪。首先談起年紀漸長，才了解年少輕狂，許多世道變化、人情世故都有其道理，這是閱歷經驗，也是年紀換來的智慧。第二、三聯對語工整，意象清新，展現順應自然的人生態度，當有十畝方塘也就可以留住釣客，同樣道理，一窗春雨可以與閒僧奕棋，只要時機正確、條件具備，總能成就事情，在變化當中要如何守住常道，詩人有著洞悉世局的智慧。末了「大盜不將鑪冶去，有心重築太平基」則是了不起的宣言，相較於盛唐杜甫〈奉贈韋左丞丈二十二韻〉：「致君堯舜上，再使風俗淳」的願景，韋莊認為只要國家基礎還在，就有信心可以重建太平，可見詩人不僅於文字構築風雅，也有再造山河的志懷。詩人以「鑪冶」指天下，大盜指黃巢，如果了解晚唐黃巢之亂所造成的衝擊，更能夠感受到韋莊心志的高遠。韋莊名作〈秦婦吟〉就是身陷黃巢兵亂時的作品，長達一千六百餘字，託秦婦之口，如實記錄生靈塗炭、人命危淺、社會離亂情形，其中因有「內庫燒為錦繡灰，天街踏盡公卿骨」一句，干犯忌諱，所以並未收錄集中，直到敦煌石窟發現寫卷才重新傳世，韋莊親歷戰爭的殘酷，體會自然不同，而這首詩如果與〈秦婦吟〉參看，感慨既深，卻仍然志氣昂揚，更可得見詩人的襟懷。

司空圖

司空圖（八三七—九〇八）字表聖，自幼隨家遷居河中虞鄉（今山西永濟）。懿宗咸通十年（八六九）登進士第。《全唐詩》編其詩三卷。

◇河湟①有感　司空圖

一自蕭關②起戰塵，河湟隔斷異鄉春。
漢兒盡作胡兒語，卻向城頭罵漢人。

注釋　①河湟：黃河與湟水流域，指河西隴右地區。②蕭關：關塞名，故址約在今寧夏固原，為關中塞北交通要衝。

大意　自從蕭關一役之後，春風阻隔，河、湟成為異鄉。漢家兒童說的是胡人話，還向著城頭罵漢人。

簡析　這首詩深有國族情懷，唐代吐蕃勢盛，甚至曾直下長安，肅宗至德元年（七五六）吐蕃占據蕭關，河、湟地區淪陷長達百年，直到宣宗大中二年（八四八）張義潮沙州起兵，才收回河西諸州，面對晚唐國勢日頹，戰亂紛起，邊境不保，唐代詩人已無過往邊塞詩的豪氣，這首詩寫得哀傷深切。從吐蕃入侵占領蕭關之後，河、湟與內地不通，不僅斷了唐與西域的交通，異族統治下百姓久染胡風，已無華夏之習，詩人用「隔斷」來說明國家阻隔，血脈切斷，唐朝政教已經無法及於河、湟地區，而以「異鄉春」來形邊地風俗改易，王之渙〈涼州詞〉：「春風不度玉門關」，春風不只是氣候而已，也有華夏風教的隱喻，如今春風阻斷，草木已無潤澤，春天也是異鄉的春天，詩人比喻生動，饒富雅致。然而最令人難堪的事莫過於「漢兒盡作胡兒語，卻向城頭罵漢人。」漢人染胡風，兒童不僅不會講漢語，甚至還在城頭罵漢人，背離種性，詩人悲痛扼腕可以想像，百年淪陷，百姓早已不識漢家威儀，大唐帝國淪落至此，華夏民族的尊嚴蕩然無存，衰亂之世的悲哀讓人無奈。事實上，司空圖是日與名僧、高士遊的避世隱遯之人，所作〈下方〉一詩「三十年來往，中間京洛塵。倦行今白首，歸臥已清神。」自述之詩，沖淡出於自然，然而對於家國淪亡，一樣感到悲痛難堪，亂世黍離之悲，出於至情至性。

胡曾

胡曾，生卒年不詳，長沙（今湖南長沙）人，懿宗咸通中進士及第。《全唐詩》存詩一卷。

◇長城　胡曾

祖舜宗堯自太平，秦皇何事苦蒼生。
不知禍起蕭牆①內，虛築防胡萬里城。

注釋　①蕭牆：宮室裡的門屏。指宮廷的內部。

大意　如果祖述堯、舜天下自然太平，秦始皇何必勞苦天下蒼生。不曉得禍事常是起於蕭牆之內，何必外頭虛築一個防禦胡人的萬里長城。

簡析　胡曾回歸於《詩經》諷諫傳統，抒發歷史感懷，撰成《詠史詩》一百五十首，成為詠史長卷，本詩為第八十六首，針對秦始皇築長城興發議論。詩人首先標舉立場，祖述堯舜是儒者對於帝王的期待，杜甫〈奉贈韋左丞丈二十二韻〉：「致君堯舜上，再使風俗淳。」效法堯、舜成為唐代儒者的共識，因此假設秦始皇如果能夠以堯、舜為典範，自然近悅遠來，天下太平，便不用耗費大量人力物力修築長城。國家崩壞是因為內部爭權的結果，真正禍事常起於蕭牆之內，以秦朝來說，亡秦不是胡人，而是胡亥。同樣情形，唐朝由盛世而走向衰敗也是如此，詩人總結歷史經驗，用「虛築」來說明長城的作用，然而所未言之事，乃是帝王應該有效法先聖的懷抱，要有修身、齊家的工夫，如此才能治國、平天下，好大喜功，誇耀武功的想法，不利於長治久安，也會對百姓造成傷害，這個道理說來平常，卻是晚唐詩人從歷史，從自身經歷所獲得的觀察，同為晚唐詩人褚載〈長城〉言「焉知萬里連雲色，不及堯階三尺高。」想法也是一樣，可見這是一種時代的共識。全詩文字簡單，道理明白，直指問題核心，風格質樸有力，胡曾藉古諷今，也給了後世寶貴教訓。

唐彥謙

唐彥謙（?—八九三?），并州晉陽（今山西太原）人。《全唐詩》存詩二卷又十一首。

◇小院　唐彥謙

小院無人夜，煙斜月轉明。
清宵易惆悵，不必有離情。

大意　小小院落無人的夜，天空上雲淡月明。如此清靜的夜晚容易讓人惆悵，不必分別心中就已經充滿了離情。

簡析　唐彥謙博學多才，詩文壯麗，然而這首詩清麗淡雅，對心情的體會刻畫入微，閒情中又有淡淡哀愁。詩題「小院」書寫在小院中的心情，顯露性靈一如小品文。詩人構畫場景，也鋪排氣氛，小小院落只有自己，然而從小院中所見的夜空，也只是天空的一角，因此詩人用「煙斜」來形容疏淡的雲煙，而以「月轉明」來說明時間的流轉，一如蘇軾〈水調歌頭〉中「轉朱閣，低綺戶，照無眠」中的「轉」，詩人設色生動，刻畫入微，院落當中月色流轉，清光無限，在靜謐清幽的氛圍當中，詩人點出心思隱隱約約的惆悵，有些情緒沒有來由，如此冷清的夜裡面對自己的孤寂，心情也就從閒淡轉為哀愁，無離別而有惆悵，乃是了解環境對於心情影響的真切之言，相對過往唐詩「星垂平野闊、月湧大江流」、「大漠孤煙直，長河落日圓」，廣大視野與廣袤空間的書寫，晚唐詩人回歸於小小院落的空間，關切自己心靈獨特的感受，敏銳地捕捉氣氛，清麗當中有細緻的抒懷。整首詩不僅寫出院落中的心情，更是寫出人心共有的反應，心同理同，也就有觸動心弦的力量。

章碣

章碣，錢塘（今浙江杭州）人。詩人章孝標之子。登僖宗乾符進士第。《全唐詩》存詩二十六首。

◈焚書坑①　章碣

竹帛②煙銷帝業虛，關河③空鎖祖龍④居。
坑灰未冷山東⑤亂，劉項元來⑥不讀書。

注釋　①焚書坑：在今陝西臨潼縣驪山下，傳說為秦始皇焚書坑儒處。②竹帛：古時以竹簡布帛記載文字，指書籍。③關河：函谷關和黃河。④祖龍：指秦始皇。⑤山東：函谷關、崤山以東。⑥元來：本來。「元」同「原」。

大意　焚書灰煙吹散了秦朝一統天下的帝業，只剩關中天險保護秦始皇的根基。焚書坑的書灰都還沒冷卻，山東就已經有了叛亂，然而劉邦、項羽原來也不是讀書人。

簡析　唐代詩人喜歡與漢代比較，但是晚唐詩人轉而關注秦始皇，檢討秦失其鹿，天下共逐之的原因，羅隱也有一首〈焚書坑〉，而章碣這首寫得更深刻尖銳。首先點題，秦始皇採納李斯建議焚書坑儒，全面性的思想檢查，破壞文化，成為秦朝最令人批評的暴政，唐末詩人對於焚書坑興發感慨，「煙銷」一語雙關，不朽帝業毀在錯誤的政策之下，箝制思想的結果是喪失民心，就算據山河之險的關中，秦始皇基業終究成空，詩人用「空鎖」不僅暗示秦自外於天下，也說明困居於關中帝業終將成空，秦朝末年楚、漢各路人馬以進入關中為號召，正是詩人形容的情況，所有的憑藉擋不住人心和形勢的變化。相對於事實描述，末了更是深有諷刺意義，從「煙銷」到「灰冷」其實時間很短暫，但詩人卻是直指灰未冷而叛亂已起，「山東」是指關中以東的地方，從焚書到各路人馬揭竿而起，時間濃縮讓因果關係更為緊密，最後補上劉邦、項羽原不是讀書人的說明，實在耐人尋味，詩人應不是藉機諷刺劉邦、項羽，而是指出原本不讀書的人，也知道焚書喪失民心，因此憤而推翻暴政，然而李斯這些讀書人卻建議焚書。章碣檢討秦始皇的失敗，也提醒了讀書人應有的職分，言之隱微，卻有深刻的反省。整首詩文字簡潔，主題明確，饒有興寄，從焚書坑慨想過往，不僅有歷史鑑戒意義，也有提醒讀書人的作用。

韓偓

韓偓（八四四—九二三），字致堯，一作致光，小名冬郎，號玉山樵人，京兆萬年（今陝西西安）人。韓偓自幼聰穎，十歲能詩，李商隱是他的姨父。官至兵部侍郎、翰林學士，曾貶濮州司馬。因不肯依附叛亂篡位的朱全忠，避身福建終老。韓偓詩慷慨激昂，迥異於晚唐的靡靡之音；擅寫宮詞，辭藻豔麗，號為香奩體。有《韓內翰集》、《香奩集》，《全唐詩》存詩四卷。

◈家書後批二十八字 ◎在醴陵①，時聞家在登州②

韓偓

四序風光總是愁，鬢毛衰颯③涕橫流。
此書未到心先到，想在孤城海岸頭。

注釋 ①醴陵：縣名，在湖南省東部。②登州：在今山東蓬萊，城在渤海岸邊。③颯：衰落。

大意 四時節序流轉使人平添哀愁，看著鬢髮蒼蒼更令人涕淚橫流。家書雖然還沒到但我心早已到達，每天遙想著在海岸孤城的家人。

簡析　唐昭宗於光化四年（九〇一）被劫至鳳翔，韓偓往見，君臣命懸一線，詩作〈秋霖夜憶家〉言「垂老何時見弟兄，背燈愁泣到天明。不知短髮能多少，一滴秋霖白一莖。」愁思滿腹，深深記掛家人；而這首詩則是唐昭宗被弒，韓偓不肯依附逆臣，流寓湖南所作，詩題「時聞家在登州」，大亂之世，家人離散，於是將身世之慨轉化為無盡情思，既悲涼又豪氣。首先敘明心情，四時流轉，面對不同風光，應該會有欣賞與愉悅心情，但卻歸結為「總是愁」，如果了解韓偓面臨國家淪亡，無力回天，深沉的哀愁是合理的情緒反映。從而回歸自身，感慨青春不在，髮蒼蒼而視茫茫，無可回復的困境，既傷己也傷時，以家書報平安，身在江湖，「想」之一字，逸興遄飛，情思綿邈，渴望而不可得，寫出詩人心中無盡的牽掛，也看到亂離之世的無奈。晚唐詩人堅持不仕二姓，司空圖選擇絕食，韓偓則遠走天涯，〈避地〉一詩言「偷生亦似符天意，未死深疑負國恩」，〈病中初聞復官〉直言「官途巇嶮終難測，穩泊漁舟隱姓名」，可見心中的思量，詩人效忠國家，也珍愛家人，「此書未到心先到」一句，真摯深切，道盡天下人的心聲，令人感動。

◆深院　韓偓

鵝兒唼啑①梔黃嘴，鳳子②輕盈膩粉腰。
深院下簾人晝寢，紅薔薇映碧芭蕉。

注釋　①唼啑：唼啑音霎結。魚或水鳥進食時所發出的聲音。同唼喋。②鳳子：蛺蝶之大者，即鳳蝶。

大意　小鵝如同梔子花嫩黃的嘴喙在水面啄食，粉色腰身的鳳蝶在天空輕盈飛舞。庭院深深，主人垂下竹簾享受寧靜的午睡，庭中還有紅色的薔薇搭配碧綠的芭蕉。

簡析　這首詩寫深閨之中的幽思，辭藻華麗，意境優美，風格近似於詞。韓偓詩風慷慨激昂，有悲涼豪放之氣；但另一方面，艷情之作卻幽微細膩，溫婉動人，詩人才情洋溢，風格多樣，由此可見。第一、二句用相映對比的方式呈現，詩人用「梔黃嘴」、「膩粉腰」

來形容雛鵝的嘴喙與鳳蝶的腰身，細膩華麗，嫩黃顏色與膩粉觸覺都是輕巧愉悅的感覺，鵝與蝶自由來去，庭院中有令人愉悅的小動物，詩人從細節之處著力，由小見大的手法，迴異過往鋪排環境的方式；第三句點出全詩主題，深院裡主人垂下竹簾享受寧靜的午睡，垂下簾子，有了不被打擾的空間，也有難以參透的心思；末了庭院中有紅色的薔薇與碧綠的芭蕉，紅綠的對比，薔薇與芭蕉的相映，呈現植物熱鬧繽紛情態，與主人午休的清靜閒適形成對比。整首詩疏密有緻，濃艷色彩與悠閒心情形成和諧的樂章，詩人將心情寄託在一方小小天地，深深院落成為合宜居所。全詩有晚唐華麗晦澀詩風，也有詞作設色與鋪排手法，然而寫深閨而無艷情，還是有詩人的雅趣。

◇效崔國輔[1]體 ◎四首錄二　韓偓

澹月照中庭，海棠花自落。
獨立俯閒階，風動鞦韆索。

雨後碧苔院，霜來紅葉樓。
閒階上斜日，鸚鵡伴人愁。

注釋 ①崔國輔：盛唐詩人。開元十四年（七二六）舉進士第。擅長五言絕句，多寫兒女情思。《全唐詩》存詩一卷。

大意 月光蒼茫照在中庭，海棠花在夜裡任其飄零。獨自站立俯視著空空的臺階，任憑風吹動沒有人的鞦韆繩索。

下雨過後，滿院子的青苔更加碧綠，閣樓前有著染霜的紅楓。夕陽餘輝照在空蕩蕩的臺階，只有學舌鸚鵡陪伴滿腹愁思的人。

簡析 所選為四首之第一、二首，詩題「效崔國輔體」是韓偓仿崔國輔風格的作品；崔國輔為盛唐詩人，辛文房《唐才子傳》記載崔氏詩風從南朝樂府來，五言絕句最為擅長，能夠在短短文字當中，刻畫入神，寫出小兒女旖旎之態，愁而不怨的心情，傳世詩作雖然不多，但對唐詩確有影響，依王志民〈淺析「崔國輔體」〉一文分析「五言絕句有兩個來源：一是漢魏古詩，李白等人所傳承者；一是齊梁樂府，崔國輔所傳承者。」韓偓仿作，顯然也有向前輩詩人致敬的意思，以及重返典範的作用。

第一首寫月夜思念之情，月光灑落在中庭，看著海棠花凋落，獨自站立看著空蕩蕩的臺階，青春易逝，苦戀沒有成果，伊人終究沒有來，只有風吹著沒有人的鞦韆，詩人以自然可見之景，深寄愁思。第二首寫秋天雨後暮色，從雨後院落青苔碧綠，樓閣旁種著許多霜紅楓樹，綠與紅強烈對比有著繽紛多彩的視野，只是美景在前，卻又顯得寂寥空曠，空蕩蕩的臺階上映著斜陽，庭院中只有鸚鵡相伴，無人解語的寂寞，愁思更深一層。從第一首夜晚俯看閒階，到第二首夕陽照著閒階，時間變化，始終看著無人到來的臺階，加上風的戲弄，學舌的鸚鵡，都讓人更增惆悵，卻未見埋怨與憤怒，情緒隱而未發，含蓄優雅，最為得體。韓偓詩作慷慨激昂，另一方面又細膩委婉，都是承襲盛唐詩風而來，詩人才情洋溢又突破框架，更重要的是努力從過往當中汲取養分，嘗試各種風格，也才有多元的成就。

魚玄機

魚玄機（八四四？—八六八），字幼微，一字蕙蘭，長安（今陝西西安）人。十五歲補闕李億納為妾，以李黨不相容。於唐懿宗咸通中出家為女道士，然對李億仍一往情深，集中有寄李億（字子安）詩多首。《全唐詩》存詩四十八首。

◇江行◎二首之一　魚玄機

大江橫抱①武昌斜，鸚鵡洲②前萬户家。
畫舸③春眠朝未足，夢為蝴蝶也尋花。

注釋　①橫抱：指長江橫貫，似攔腰橫抱。②鸚鵡洲：位於武昌東北江中。③舸：舸音葛。大船。

大意　長江奔流穿過武昌，鸚鵡洲前有萬戶人家。在畫船中春眠不覺曉，因為已於夢中化為蝴蝶正在尋花。

簡析 這首是紀行詩，詩人的視角使長江浩大展露無遺。江面廣闊無邊，透露自在的從容心情，遲遲未醒使得陶醉更為傳神，詩人巧妙運用莊周化蝶典故，春睡意濃，已達物我兩忘境界，夢境中詩人早已化身為蝴蝶，「也尋花」一句不僅解釋了「朝未足」，於花叢翩翩起舞，也使化身蝴蝶更為優雅生動。詩人開闊的眼光，逍遙的心情以及活潑的想像力，使得壯闊江行成為一趟滌蕩心靈的旅程，氣魄與境界令人驚艷，至於最後一句是否是對於李億的深情追憶，為戀戀不捨的告白，可以聊備一說，詩人江行也就有更多浪漫的想像。

陸希聲

陸希聲（？—八九五），蘇州吳（今江蘇蘇州）人，昭宗乾寧二年（八九五）官至戶部侍郎、同中書門下平章事。《全唐詩》存詩二十二首。

◇梅花塢①　陸希聲

凍蕊凝香色艷新，小山深塢伴幽人②。
知君③有意凌④寒色，羞共千花一樣春。

注釋　①梅花塢：今江蘇省宜興縣東南，以盛植梅花著稱。②幽人：隱士。③君：指梅花。④凌：超過、壓倒。

大意　天寒地凍中綻放花蕊，香氣凝結開出鮮麗花朵，小山塢中有滿滿的梅花陪伴我這個幽居的人。我知道梅花志節堅貞不懼寒冷，就是因為不想與其他花朵一起開在春天。

簡析　這首詩是〈陽羨雜詠〉十九首中的第二首，為陸希聲隱於義興（今江蘇宜興）時的作品，題為梅花塢，但其實是一首以梅花為主題的詠物詩，唐代詩人喜歡梅花凌霜雪而傲的堅貞特性，這首詩寫得激昂直爽，既寫物也自許。首句素描梅花開時的姿態，分別就其形、味、色三方面形容，花蕊於天寒中怒放，香氣清幽淡雅，隱微而悠遠，花色嬌嫩新艷，都極為傳神。宋人林逋〈山園小梅〉：「暗香浮動月黃昏」、王安石〈梅花〉：「遙知不是雪，為有暗香來」，皆用「暗香」形容梅花幽幽淡淡的香氣，而凝香一詞更有含蓄凝鍊，傳之悠遠的涵意。詩人並將梅花擬人化，在小山塢所有盛開的梅花，都是為了陪伴我這個幽居的人，相對於借景言情，情景交融手法，詩人移情於梅花，直接斷言「知君有意凌寒色，羞共千花一樣春」，將梅花不同於凡俗的堅貞特性完全展露。整首詩描繪生動，刻畫入微，既寫梅花也寫幽人，寄託自己的志向與稟性，是一首極為成功的詠物詩。

曹松

曹松（八四八—？）字夢徵，舒州（今安徽潛山）人。舉昭宗光化四年（九〇一）「五老榜」進士第。《全唐詩》存詩二卷。

◇己亥歲① ◎二首其一　曹松

澤國②江山入戰圖③，生民何計樂樵蘇④。
憑⑤君莫話封侯事，一將功成萬骨枯。

注釋　①己亥歲：唐僖宗乾符六年（八七九）年。②澤國：江南之地。③戰圖：戰爭波及的範圍。④樵蘇：砍柴與割草，指生計。⑤憑：請。

大意　水鄉澤國的半壁江山被畫入戰爭範圍中，百姓已經沒有採薪取草的安穩生計。請君不要再說什麼要建功立業封侯的事，不曉得要犧牲多少生命才能換來一個將領的成功。

簡析　〈己亥歲〉有二首，本詩為第一首，詩題下注「僖宗廣明元年（八八〇）」，時年歲次庚子，並非己亥，推測詩作應是隔年完成，詩人標舉干支以示紀實，也有感懷天下局勢的用意。僖宗時王仙芝、黃巢為亂，高駢負責彈壓，己亥、庚子之間，正是兩方勢力在江淮決戰之時，詩人一方面看到江南水澤之鄉被捲入戰爭，生靈塗炭，國家的經濟命脈恐被截斷；而朝廷上仍是標榜建功立業、希求封疆封侯的人，既無平定天下之策，更無憐惜百姓之心，因此詩人強烈批評漢唐以來的尚武精神，寫出這首震古鑠今，深刻反省的詩歌。第一句點出形勢的發展，「澤國江山」是一個特別的稱呼，不同於邊關城隘的大漠草原，水鄉澤國過往是較為安定的地方，如今也被劃入戰圖，戰火下百姓的生計已不可得，日後艱難更可想像，「樂」字更像是嘲諷，無計可施的惆悵溢於言表；第三、四句帶出深刻反省，成就一個人的功業要犧牲無數生命，「一將功成萬骨枯」成為千古名句，「一」與「萬」的懸殊對比，「萬骨枯」的怵目驚心，讓人思考到戰爭的殘酷與荒謬。唐人重視功名，唐詩當中不乏鼓吹殺敵報國，建功立業的作品，唐代歷經安史之亂、黃巢之亂，之後讓人看穿戰爭的本質，也讓人痛恨殺人盈野、只求個人成就所造成的傷害，明高棅編《唐詩品彙》引謝枋得云：「仁人君子聞此詩者，必不以干戈立功名矣。」說明這首詩的正向力量感動人心，曹松不僅洞悉世局，更有仁愛之心，這首詩是亂世中最深切的呼籲，也給好戰之人一記警鐘。

鄭谷

鄭谷（八五一？—九一〇？）字守愚，袁州宜春（今浙江宜春）人。齊己稱其為「一字師」。《全唐詩》存詩四卷。

◇淮上與友人別

鄭谷

揚子江頭楊柳春，楊花①愁殺②渡江人。

數聲風笛離亭晚，君向瀟湘我向秦③。

注釋 ①楊花：柳絮。②殺：同煞，極、甚。③秦：指長安。

大意 揚子江邊楊柳依依一片春色，紛飛的楊花讓渡江的遊子無限哀愁。傍晚驛亭中聽到風中傳來幾聲悠揚笛聲，你要前往瀟、湘一帶，而我卻要西入長安。

簡析 這首詩乃是江邊送之作，短暫一聚又各奔前程，自哀羈旅又傷別離，情緒頗為複雜，透過景色的點染，以及聲情節奏的鋪排，離情悠遠，餘韻無窮。首句敘明地點與時節，從「揚子江」、「楊柳」到「楊花」重複同音字，從「江頭」破題到「渡江人」收尾，重複「江」字，前後不僅音韻流暢，也產生往復循環又悠遠的聲情效果，一如蘇軾〈少年游〉一詞：「去年相送，餘杭門外，飛雪似楊花。今年春盡，楊花似雪，猶不見還家。」江水悠悠，楊柳送別，藉由意象與聲音的安排，鋪排天地當中綿長的離情，恰似漫天飛舞的楊花。詩人更進一步聚焦於驛亭當中，惜別宴中，夕陽伴隨著悠揚笛聲，只是終須一別，從視覺意象，增加聽覺的感受，兩人互道珍重，「君」之與「我」各有不同方向，全詩戛然而止，似乎有無限的祝福，又有許多來不及的交代，南北乖離，天涯遠隔，讓人留下無窮的想像。整首詩環繞著分別，層層鋪排離別情緒，文字流暢，優雅含蓄，又饒有詠嘆效果，在晚唐隱晦詩風當中，保有盛唐清新自然風格，十分難得。

王駕

王駕，生卒年不詳，字大用，河中（今山西永濟）人。昭宗大順元年（八九〇）登進士第，官至禮部員外郎。與司空圖、鄭谷為詩友。《全唐詩》存詩六首。

◆雨晴

王駕

雨前初見花間蕊，雨後兼無葉裡花。
蛺蝶飛來過牆去，卻疑春色在鄰家。

大意　下雨之前可以看到初開的花蕊，下雨之後綠葉中卻已看不見花。看到粉蝶紛紛飛到牆的另一邊，不由得懷疑春天跑到了隔壁家。

簡析　這首詩從細節處發揮活潑想像，第一、二句點出題目「雨晴」，分說下雨前後的差別，雨前花開正艷，詩人用「初見花間蕊」形容盛開的花朵，「初」字使得發現充滿新意與驚喜，然而雨後，花被雨打落，只剩茂盛的葉子，「葉裡花」的說法想必是觀察細究的結果，相對於宋代詞人李清照〈如夢令〉：「應是綠肥紅瘦」水墨點染的形容，詩人更像是工筆的描繪，花與葉的對比，讓雨前雨後有清楚的不同；然而院中既然只剩枝葉，蝴蝶紛紛飛到鄰家，一牆之隔，詩人因此產生了聯想，春天可能還在鄰家，用「春」來替代「花」，不僅境界更高，也更為生動。整首詩從雨後的感興，變成惜春的告白，「疑」字使所有的聯想串聯起來，蛺蝶逐花而飛，花為春色所在，最後一句妙趣橫生，寫活了春色，使得春天成為俏皮的存在，整首詩鮮活生動，韻味無窮，春天刻意留駐，成為詩人眷戀鍾情的懷想。歷來寫春色者多矣，這首詩意象精準，構思巧妙，機敏靈活，清新脫俗，心情也如同蛺蝶翩翩起舞，讀完不僅享受雨後天晴的愉悅，也感受到春光去而還留的深情。

翁承贊

翁承贊，生卒年不詳。字文堯，福唐（今福建福清）人。昭宗乾寧三年（八九六）登進士第。其詩高妙。《全唐詩》存詩一卷又一首。

◆書齋漫興◎二首其一　翁承贊

池塘四五尺深水，籬落兩三般樣花。

過客不須頻問姓，讀書聲裡是吾家。

大意　池塘水有四、五尺深，籬笆種了兩、三種花。過往的朋友不用頻頻詢問，只要順著讀書聲就可以找到我家。

簡析　這首詩是讀書人雅趣的自白。首二句對仗工整，寫出鄉居田野的景色，處處有池塘，家家有籬笆，雖有深淺大小不同，各色花種樣貌，但其實相近而難以分別，所以往來的人也就頻頻詢問主人誰家，而最後一句「讀書聲裡是吾家」為全詩精彩所在，循讀書聲而往也就是我家，是對於來訪客人親切的引導，也是詩人志趣的展現。《論語．子路篇》子曰：「君子和而不同。」雖然居於鄉野，不改讀書人本色。整首詩淺白如話，卻展現詩人性靈，既愜意又風雅，讀來也會了解詩人生活自在自適，感染讀書為樂的逸趣，讓人心情豐足愉悅。

薛媛

薛媛，濠梁（今安徽鳳陽）人，南楚材之妻。懿宗咸通三年前在世。《全唐詩》存詩一首。

◈寫眞寄夫

薛媛

欲下丹青[1]筆，先拈寶鏡寒。
已驚顏索寞[2]，漸覺鬢凋殘。
淚眼描將易，愁腸寫出難。
恐君渾忘卻，時展畫圖看。

注釋　①丹青筆：畫筆。②索寞：失意沮喪。

大意　才想下筆作畫，拿起光潔的鏡子一照，頓時看到失意沮喪的容貌，鬢髮更早已花白稀疏。描繪流下眼淚的眼睛很容易，但要畫出滿腹愁思卻很難。就是怕您將我全然忘記，請您要經常記得打開寫真圖畫來看。

簡析　這首詩是女詩人寄給丈夫寫真時所寫的詩，情真意切，交代思念之心，幽婉動人。薛媛所存只有這首詩，《全唐詩》於詩題下注云：「南楚材旅遊陳，受潁牧之眷，欲以女妻之。楚材許諾，因託言有訪道行，不復返舊。薛媛善畫，妙屬文，微知其意，對鏡圖形，為詩寄之。楚材大慚，遂歸偕老。里人為語稱之。」交代事由頗為詳細。第一聯從寫真動筆說起，這是一幅自繪寫真，詩人按照鏡像描摹，「寒」用來形容銅鏡光潔明亮，也用來點出女子心情，心寒更引出下一聯，攬鏡自照發覺滿臉的失意沮喪，心情與歲月都留下了痕跡，「已驚」與「漸覺」寫出得見鏡中影像不同層次的反映，愁容滿面，鬢髮凋殘，一見已然心驚，細察令人神傷，女子攬鏡自照的憂愁形象極為傳神，如果依樣描繪可以畫出淚眼，但愁思滿腹卻很難呈現，然而只要看的人細細揣摩，應該不難體會；末了「恐君渾忘卻，時展畫圖看」則是最後的叮嚀，期待心上人的心疼與憐惜，莫忘畫中人。薛媛的畫與詩，款款深情打動丈夫的心，南楚材得以迷途知返，共偕白首。這首詩以溫暖筆調取代怨恨與責難，深情呼喚，女子為自己幸福努力，最終獲得圓滿結局，乃是令人欣喜之事。

齊己

齊己（八六四—九三七？），詩僧，俗姓胡，名得生，湖南長沙（今湖南長沙）人。後梁龍德元年（九二一）於入蜀途中為南平王高從誨摭留於江陵，命為僧正。《全唐詩》存詩十卷。

◈撲滿子①

齊己

祇②愛滿我腹，爭如③滿害身。
到頭須撲破，卻散與他人。

注釋 ①撲滿子：儲錢的瓦器，儲滿時，撲碎取錢。②祇：僅、只。③爭如：怎奈。

大意 大家只愛我儲滿金錢，怎奈因此反而害了自身。撲滿到頭來終須打破，錢財最後還是要散給他人。

簡析 這首詠物詩，文字簡單，有書寫小物的趣味，又有曉喻人生的智慧，由小喻大，深寓哲理。撲滿是儲滿錢財的工具，最後結局只有撲破一途，詩人以此立論，首二句用「滿我腹」、「害我身」簡單的對比，點出撲滿的用途，而「祇愛」與「爭如」則說明人們想法的單純與結局的必然；第三、四句猶如當頭棒喝，撲滿最後必須打破，錢財最終也還是散給他人，只進不出的結果，自己一點都享受不到。詩人以撲滿為喻，用口語的方式，直接點出人們只想著蓄錢，最後敗德喪身，自取滅亡，結果還是了無所獲。詠物詩能夠宛轉稱情，興寄高遠，即是上品，詩人為晚唐詩僧，這首詩不僅是詠物詩的雋品，也是勸世良方，提醒人生在世，錢財是身外之物，修德才是正途，否則賺得再多終只會害了自己。

◆早梅

齊己

萬木凍欲折，孤根暖獨迴。
前村深雪裡，昨夜一枝開。
風遞幽香出，禽窺素艷[1]來。

明年如應律②，先發映春臺。

注釋 ①素艷：潔白妍麗，指白梅。②應律：謂梅花應時開放，律：節令。

大意 當各種樹木受不了寒凍天氣而摧折，只有梅樹的根蓄積暖氣恢復了生機。前村深埋厚厚積雪當中，昨夜竟然有一枝梅花無懼嚴寒而綻放。梅花幽香順著風遠遠飄散，吸引鳥禽前來欣賞。明年如果還是依著時節開花，就會是映春臺最早開的花。

簡析 這首詠物詩風調古雅，不染晚唐浮艷之風，又無禪林枯寂之習，晚唐詩人尚顏〈讀齊己上人集〉詩云：「詩為儒者禪，此格的惟仙。古雅如周頌，清和甚舜弦。冰生聽瀑句，香發早梅篇。想得吟成夜，文星照楚天。」可見這首詩乃是齊己代表作。第一聯對仗工整，以「凍」與「暖」相反，「萬木」與「孤根」對比方式，點出梅樹耐寒凌霜的特質，「獨迴」一詞不僅用來暗示「早梅」，也應許春暖早日到來，根暖而開花早的推測，為早梅提出解釋，更是前人少有的說法，根本不失，厚植基礎，更有意在言外的暗示。第二、三聯形容早梅的形態，構畫出村野寒梅清麗的景象，早梅不僅凌霜雪而傲，更是冰天雪地中的一點生機，梅花幽香，隨風飄送，從視覺意象增加嗅覺的感動，吸引生物到來，強化熱鬧活潑氣氛，而「幽香」與「素艷」又極具分寸地呈現梅花形態，雖然只有「一枝開」，但卻是美景中的焦點，最後詩人既給予祝福，也深深有著早春到來的期待，「應律」反映一種秩序重現的想望，而映春臺使得萬物期待更為具體，更有空間感。晚唐詩人詠梅花從孤寒形象，轉為貞定自許的意象，又進一步成為再造寰宇，重建秩序的想望，梅花凌霜雪的傲骨，成為天下澄朗的期待，氣魄更大，格局更高。整首詩文字清新自然，興寄悠遠，齊己雖是僧人，卻有儒者關心世局，期待天地清朗的志懷，即使經歷紛擾世局，依然有堅定高昂的信念，這首詩讓人看到向上的力量，值得細細思量。

舊書滋味寸心知深夜窗前
讀楚辭蘭蕙興來隨意寫
指南山下月明時
癸巳仲秋
羅宏濤

世世清白
癸巳羅宗濤

國家圖書館出版品預行編目（CIP）資料

春江潮水連海平：別選唐詩三百首賞析版 /
羅宗濤選注. -- 第一版. -- 新北市：人人出版
股份有限公司, 2021.08
面；公分. --（人人讀經典系列；29）
ISBN 978-986-461-258-1（平裝）

831.4　　110012863

【人人讀經典系列 29】

春江潮水連海平

別選唐詩三百首賞析版

選注 / 羅宗濤
整理 / 陳逢源
執行編輯 / 劉佳奇、林庭安
資料整理 / 陳靜雅、羅英奕
發行人 / 周元白
出版者 / 人人出版股份有限公司
地址 / 231028 新北市新店區寶橋路 235 巷 6 弄 6 號 7 樓
電話 /（02）2918-3366（代表號）
傳真 /（02）2914-0000
網址 / www.jjp.com.tw
郵政劃撥帳號 / 16402311 人人出版股份有限公司
製版印刷 / 長城製版印刷股份有限公司
電話 /（02）2918-3366（代表號）
經銷商 / 聯合發行股份有限公司
電話 /（02）2917-8022
第一版第一刷 / 2021 年 8 月
定價 / 新台幣 500 元
港幣 167 元

※ 本書內頁紙張採敦榮紙業進口日本王子 58g 文庫紙